上海文学名家文库·40后卷

王晓玉

上海市作家协会致敬文学　　王晓玉◎著

王晓玉自选集　**鬼手百局，你在哪里？**

百花洲文艺出版社

图书在版编目（CIP）数据

王晓玉自选集：鬼手百局，你在哪里？ / 王晓玉著. –– 南昌：
百花洲文艺出版社，2019.12
（上海文学名家文库.40后卷）
ISBN 978-7-5500-3429-7

Ⅰ.①王… Ⅱ.①王… Ⅲ.①中篇小说 – 小说集 – 中国 – 当代
②短篇小说 – 小说集 – 中国 – 当代 Ⅳ.①I247.7

中国版本图书馆CIP数据核字（2019）第230545号

王晓玉自选集：鬼手百局，你在哪里？

WANG XIAOYU ZIXUANJI：GUISHOU BAIJU，NI ZAI NALI？

王晓玉　著

出 版 人	章华荣	
责任编辑	郝玮刚	
书籍设计	方　方	
制　　作	何　丹	
出版发行	百花洲文艺出版社	
社　　址	南昌市红谷滩新区世贸路898号博能中心一期A座20楼	
邮　　编	330038	
经　　销	全国新华书店	
印　　刷	江西华奥印务有限责任公司	
开　　本	720mm×1000mm　1/16　　印张　14.5	
版　　次	2020年1月第1版第1次印刷	
字　　数	236千字	
书　　号	ISBN 978-7-5500-3429-7	
定　　价	48.00元	

赣版权登字　05-2019-279

版权所有，盗版必究

邮购联系　0791-86895108
网址　　　http；//www.bhzwy.com
图书若有印装错误，影响阅读，可向承印厂联系调换。

目
录

1　　　五妹

40　　田教授家的28个亲戚

80　　妖戏

140　鬼手百局,你在哪里?

163　我要去远方

五妹

一、梅陇地区的流行故事

本小说不写凶杀案。

可是本小说的开头，却又是："救命啊，杀了人啦——"

这么一声尖锐的呼叫，而且是女人的，从1301室那半开半闭的门内传出，还能不是凶杀案？

左邻右舍中勇敢者冲锋在前，好奇者紧跟在后，随即鱼贯而入。

场面酷烈：有鲜血，有格斗遗迹，有倒地之一男一女，有手持凶器尚僵立于旁之一男一女——这还能不是凶杀案？

目击者们认出了现场人物：

一头鲜血倒于内室居中位置的，是1301室之户主夏厂长；面色惨白如纸、侧卧昏死于门厅与内室之问的门槛上的，是隔壁1302室的美艳娇嗲的、号称本"小花园楼"之"楼花"的顾怜怜；手持一木质矮凳，上沾血迹——那自然就是凶器了，如泥塑木雕般立于夏厂长旁的，是厂长的老婆夏妈；而在人们蜂拥而入后依然还两拳紧握两目圆睁颈项额头青筋暴突者，则是夏厂长的儿子，那傻乎乎的夏大大。

　　闪电似的，熟知1301与1302两室之隐秘的近邻们，脑中掠过了一串相同的公式：

　　A. 夏厂长与顾怜怜是相好；

　　B. 夏妈终于忍不下去了；

　　C. 夏妈指使了傻儿子夏大大；

　　D. 母子俩合谋收拾奸夫淫妇；

　　E. 凶杀。

　　有报警的。有喊救护车的。有似是劝慰似是关切实为看管住凶手不使逃遁的。有急急出门进入上通下达之电梯房作本楼最新新闻之传递的。全搂大忙。

　　几天之中，关于小花园楼里发生了凶杀案的故事，被这一片梅陇地区的男女老少广为传播，一时成为楼群之间的文学热点。

　　故事是这样的：

　　情杀。

　　复仇。

　　夏厂长虽没有被杀死，但是他被杀了。他的头上开了裂，医生后来检查是颅脑骨折。他的顶门的头盖骨凹陷了下去，出了一个坑。X光透视过，因为是厂长，厂里效益又好，有钱报销，所以还作了"核磁共振"，确诊为稍稍开了一点点缝。医生说如果那小板凳用力再大一点，这条缝再稍许开阔一点，脑浆一旦流出来，这个人就没有救了。幸而夏妈病病歪歪的，手无缚鸡之力，小板凳又只是软皮皮的杉木，不在夏厂长家的成套红木家具之列。不过，夏厂长除了头上出了一个凹坑之外，还有一处也受了重伤。那是他的下身，他的下身被人踢了。这脚踢得非常重，把他的两颗卵子踢碎了一颗，踢歪了一颗。传故事的人说，夏厂长实际上已经变成太监了，废了。

　　砸的踢的是上下这两个关键部位. 符合情杀原则。

故事还有场景叙述、细节描写，甚至评点：

正月十五。农历。晚饭后的黄金时段。拥有鞭炮的都想到应该在今天出清本年存货了，于是"高升"的"蓬蓬"与"一千响"的"噼啪"开始争艳斗辉，一时里的闹响，绝不亚于大年三十和年初一交界的十二点钟，也不亚于年初五早上的喜迎财神了。在一片喜庆之声中，夏厂长头上挨了一击，胯下受了一踢，他所发出的撕心裂肺的惨叫就被轻轻地淹没了。

可是夏厂长家的隔壁邻居，即1302室顾怜怜，却一下子感觉到了异常。什么叫"心有灵犀一点通"？这就是。她本来是坐在自己家的沙发上，两手紧紧地捂住自己的耳朵，眼睛紧盯着荧屏上的演出，除了指缝中漏入的鞭炮声，什么都应该没听见的。可是她却觉得好像头上挨了一下子，耳内的鼓膜"嗡"地震了一下。岂但如此，她居然还觉得隔壁夏厂长家里有什么东西摔倒了。这种感觉，据说她后来在公安局里作陈述笔录时，还让她觉得毛骨悚然，差点再次昏倒。你想想吧，外面的鞭炮震天响，面前的荧屏正在演出着闹元宵的联欢节目，两三个正在演小品的演员正在夸张地做着各种各样的表情和动作，顾怜怜的手又紧紧地捂着自己的耳朵，在这样的情况下她居然能听到厚厚一堵水泥墙那边似乎有人倒下的声音，这不是鬼使神差，又是什么呢？顾怜怜本来是一个绝对唯物主义者，在全民皆放鞭炮的今天，在大家有饭吃了有衣穿了有地方玩了也就特别地敬鬼神讲迷信的今天，顾怜怜却是不敬神也不惧鬼的一个人。她从来也不放鞭炮。她甚至极其讨厌犬鞭炮。三年前她搬到这个楼里来的时候，就没有像本楼所有新迁户那样放炮送糕，只是挑了个既不是礼拜天也不逢六逢八的普通日子，一鼓作气悄没声响地搬了进来。她不是个把自己的命运寄于鞭炮焰火上的人。可是正月元宵那天，她却能在鞭炮声中听到隔壁夏厂长捧着自己的脑袋，夹着自己的裤裆倒到地上去的声音，这还能不让她感到后怕吗？

顾怜怜站起身来，犹疑地却又是身不由己地离开了她为之迷恋的荧屏，冒着鞭炮声响的倾盆大雨，拉开门，走出门厅，向隔壁的1301室拐去。1301在小花园楼第十三层东向打头第一间，从她的1302室出来转个弯走过去不过三步路，顾怜怜熟门熟路到了夏厂长家门口。夏厂长的家门没有掩上，留着一条缝。顾怜怜驾轻就熟地推门而入。这时候她就看到了倒在地下的夏厂长，红兮兮的鲜血已经涂满了他的脸，如同电视剧《水浒传》里讨伐方腊后的梁山好汉一般。进入顾怜怜视野的，自然同时还有那手上提着一个小板凳的夏妈和握拳弓腰作肉搏状的儿子夏大大，那母子两个，赛似电影中的定格，左右两边均衡对称地布局于鲜血满脸的夏厂长旁边。也完全就像电影和电视里的演出一样，顾怜怜在没有任何导演指点的情况下，两手高举，捧住自己的脑袋，从胸腔直冲头顶地冒出了一声高喊："救命啊，杀人啦——"然后就一点也不是做戏地晕倒在夏家门厅与内房之间的门槛上。

顾怜怜的这声喊叫声震裂帛，而又正好在一浪高过一浪的鞭炮声之间隙。小花园楼内但闻其声者无不见义勇为……瞧，这故事就又回到了本小说的开头啦。

二、小花园楼内的信息通道

文学性很强的流行故事在小花园楼里欢畅传播，通道或者说是载体，就是那不足三平方米的电梯房。

对于一栋高达十八层、每层楼面都曲里拐弯地布排了十来户人家的大楼来说，那二三平方米的电梯房，应该说是最密集地拥有了全楼公众之足迹，因而也是最可称为"新闻集散地""信息传播通道"的地方。高楼的电梯是高楼的血管，每一层楼的走廊是分支毛细血管，电梯通道是一根总动脉，而那小小的电梯房，当然就该比作整幢楼的心脏了。楼民和楼民们的消息在心脏内聚散，在血管里奔流，然后通达到每一尾神经末梢——关于1301室夏家发生凶杀案的故事，就这么妇孺皆知、家喻户晓了。

　　这栋小花园楼，只有极少数住户是花钱买的房。几乎百分之九十以上的住家，都是从徐家汇的小花园村里迁移过来的。徐家汇天主教堂旁边，原来有一大片被称为贫民窟的市民集居地，按照中间的几条主要干道，一共分成三村一园四个区域。三个村是南村、北村、市民村，一园即指小花园。小花园的名字虽然好听，但是在当初的三村一园中，却是最穷最乱最拥挤的居民群落。之所以称它为小花园，是因为这个区域正好有一条臭水浜经过，在臭水浜的两边，有几棵没有被砍伐掉的长得扭曲曲的柳树和几簇杂乱无章的灌木，春来秋去的，一样也会郁郁葱葱。在这一大片挤着数万居民的棚户区内，这是惟一带点绿色的地方，所以就得了"小花园"的雅号。上世纪九十年代，上海改革腾飞，徐家汇建设与国际接轨，所有的棚户拆得一干二净，三村一园的居民有一大批就迁到了西南角的梅陇地区。当年的棚户人有的住进多层，有的住进高层，一只只新瓶装的其实还都是旧酒。"旧酒"们带着几十年的旧习惯。其中包括对"三村一园"历史名称的深深的留恋。留恋化为对新住处的命名行功：就这梅陇靠近地铁的四栋高楼，因为分别住进了南村的、北村的、市民村和小花园的居民，所以尽管房产开发商本来给这些楼起了一些很漂亮吉利的名字，类似迎春啊，玫瑰啊，百佳啊，宝发啊等等，可是所有住进去的居民依然按照原来的习惯，分别称这四幢楼为南楼、北楼、市民楼和小花园楼。发生流血事件的夏厂长家，就在这"小花园楼"内。

　　由于群居数十年的历史原因，也由于拥有了现代化电梯的当下条件，小花园楼里谁家要是有一颗芝麻掉了地，全楼十八层一百多户家家都能听得见。

　　这话当然说得有点过于夸张了，可是，由于整幢楼上下十八层，每层十个单元，一百多户数百口人源出同一片土地，互相之间的相识不是一朝半夕的事，底细都清清楚楚，所以，这种沟通是神韵上的沟通，尽管有墙有门有窗有布帘，稍有风吹草动即沟通传播得比打电报还快却是事实。于是，夏厂长上的凹坑，凹坑里面的裂缝，胯下的两个卵子，一个碎了一个歪了，满头都是鲜血，不是别人正是顾怜怜冲了进去，然后吓昏，然后住医院里嗅了与马桶里的味道一样的阿莫尼亚才醒过来，等等等等，这一切细节，全楼也就统统知道了。

又过几天，凶杀现场之详细情况及其于文学想象的逻辑判断之外，人们又从电梯房里很快知道了进一步的消息。那就是，整场凶杀案的起因，竟不是那美丽娇艳的顾怜怜，而是屁股太大的五妹。

三、屁股太大，一定不是姑娘

五妹，五妹是谁呢？

在此之前，虽然五妹已经因为与夏厂长家的关联而开始声名鹊起，但她的知名度还没有大到全楼知晓，所以，本小说还是只好先从几个月前人们对她的屁股的关注谈起。

五妹是个外来妹。

五妹三个多月前到夏厂长家做钟点工。

夏厂长的有点傻的儿子夏大大不久就将五妹确定为自己的女朋友。

大人今年都快四十了。大大想结婚。大大喜欢上到自己家里来做钟点工的五妹了。大大就跟夏厂长提出结婚申请了。

可是夏厂长坚决反对。

夏厂长说："家里有什么亏待你的，你干吗要结婚？"

素来像是一条倔牛般的，终日里几乎不说话的大大说："我要。我要跟五妹结婚。"

夏厂长说："五妹是个外来妹，户口都没有！"

大大说："我有户口。"

夏厂长说："嗤，你这不是废话吗？五妹都没工作，谁养活？"

大大说："我"

"呸！"夏厂长大啐一口，"你！……呸！"他噎了一下，没有下文。

这时候那躲在屋角像是在抹着什么实际上却只是一直在听着的夏妈轻轻地说："五妹勤快着呢……"

夏厂长没让她说出后面那半句话，就冲她嘶嘶地低吼：

"啊哈，是你的主意？"

夏厂长边嘶着边老马识途地向他的老婆迈去，手掌熟练地张开、运气、坚挺，而夏妈则默契地缩短脖颈紧张肌肉准备迎候老拳，这时候夏大大却又开口道：

"五妹说的。"

夏厂长咬着牙看住儿子："她？她说什么？"

大大说："妈妈以后，跟我们一起住。"

夏厂长彻底地呆住了。

夏厂长呆住了十秒钟之久。

十秒钟里可以有许多思想，特别是夏厂长这样聪明的人。

夏厂长再次开口时，声调很平和，他说：

"大大你听着，你跟谁结婚都行，就是不能跟五妹结婚。"

大大没有声音。

夏厂长说："五妹屁股这么大，一定不是姑娘。结婚？休想。"

大大未及开口，夏妈在角落叹了一口气。

这口气叹不得。

夏厂长刚才中断了的那个巴掌扇了过去。夏妈跌到她正在擦抹着的大橱门上。橱顶上有东西掉了下来，一阵乱响，似乎是鸡精燕窝西洋参之类，夏厂长家特多这种壮阳类补品。

上面这场戏是一个从门缝里看着夏家、听着夏家所发生的一切的目击者，三分钟之后进入信息通道即电梯房里面告诉大家的。

这目击者姓包，外号为"包打听"。她曾经一度为花园村居委会的治保主任，不过那是"文革"期间，"文革"一结束，她的职务也就丢了，再后来也就退了休。包打听除了爱包打听之外，人倒也不坏，搬到这幢十八层楼来以后，非常热心于为公众出力，主动承担了每月月初到各家去抄水表、每月月中抄电表、每月月尾收大楼清洁管理费之类的公益劳动。时下收费项目繁多，大楼居民又有一百多家，包打听因此也很辛苦，像当年担任居委会治保主任一样，她每天都东家进西家出地游弋在十八层之中。她成了全楼拥有最大信息量的"富"婆。

花甲之后的包打听早已练成了一个彬彬有礼的人。她有个最大的长处是，从来不一走到人家门口就乱敲门。她总是要在门口站好一会，把耳朵凑近人家的门缝，眼睛贴近人家的窗缝，看看里面的人在不在，听听有没有人在说话。最终再决定要不要进得门去。如此，往往是房内的人都感觉到她在门外了，她才很突兀地抢先一步，或推门而入，或伸手去按电铃，脸上带着平和而热情的笑。收费的同时，她常常是也收得了又一轮崭新的信息了。

夏家三口之间的那番对话及动作，就都是包打听在临抄电表前伫立于门外五分钟之久所看到和听到的。门内的人在一心出演自己的戏，门外的包打听过饱了戏瘾。眼看着这场单本剧的结尾，也就是夏妈一如既往地边收拾地下的壮阳补品边用袖口抹起了眼泪之后，包打听知道后面不会有更精彩的节目了，这才伸出手推开了夏家的大门。

"晚饭吃过了罢？我来收电费。"她说着千篇一律的进门语，有点像是"芝麻开门"的咒语。

夏厂长家的门常常会忘了关。夏妈长年累月地挨巴掌，早早地就有了老年痴呆先兆，而夏大大又不机灵，从小就没有理财护财观念，在厂里常丢饭票，在路上常丢钱包，在家里则像是天生长着尾巴怕挨夹似的，进进出出都想不到关门。有了这么一个条件，包打听才饱饱地看完了夏家整出好戏，然后再进门处理正业。义务代收电费。收电费不过三五分钟，再之后三五分钟，夏厂长的经典名言就开始传播开来了：

"五妹的屁股太大，一定不是姑娘。"

四、五妹早先的故事

五妹的屁股从此成了小花园楼人的关注目标。

五妹每天下午到夏家来做一个小时的钟点工。她在底层上台阶时，她进入电梯时，她跨出电梯时，她在第十三层走廊拐向1301室时，她那的确肥硕的屁股上，总是钉上了楼民们的目光。

由此及人，五妹早先的故事也很快就为大家知道了。

五妹是安徽人。安徽那一片既不靠山又不临水的丘陵地带人。不靠山又不临水的地方大多穷，而越穷地方的人越是爱生会生。五妹的爹妈不例外。他们从最穷的六十年代初期生起，一直生到最乱的"文革"期间，前后一共生了七个女儿，一个儿子。当然喽，那一个儿子是最后的一个，生完这个儿子"文革"结束。国家的"只生一个好"的政策也已经正式下达了。五妹的妈就去做了绝育手术。五妹的妈要是不做这个手术，说不定还可以生出十个八个来，因为那一年里她才过四十，瘦点而已，什么毛病也没有。

五妹的七个姐妹死了四个，只活下了三个，连五妹在内。五妹排行第五。五妹还不满一岁时，临村有一对结婚十年还不生育的夫妇把她要了去。要了去的本意是做"药引子"的。按安徽当地的风俗，某家人若是久无儿女，就要被人称为"断子绝孙"，相骂打架都要矮人一头。这是符合古训的。因为古训曰："不孝有三，无后为大"。不过，领走五妹倒并不是要五妹去延续香火，而是按照当地的说法，或者说是根据年代久远的历史经验，但凡不开怀的夫妇，只要从人家那里领一个来养养，是会引出一个自己的亲骨肉来的。说也怪，五妹被领过去五年以后，也就是五妹快六岁的时候，这一对十几年没有生育的夫妇，突然之间还真的生出了一个，而且是儿子！

其间的奥妙，懂事很早的五妹是知道的。养母健壮如牛，养父却瘦弱乏力。养母早就同邻村一位小木匠有恋情。有了五妹之后，开怀的理论依据已经存在，心理的障碍少了许多，五妹就有了一个小她六岁的弟弟，只是可怜了那风流养母。高龄育儿，她难产，五妹的弟弟没过一周就没有亲娘了。

五妹当姐又当娘当了二十年。

弟弟二十岁，五妹二十六岁，瘦弱乏力却如藤条般坚韧的养父主持了他俩的婚礼。

这是天经地义的。

这么穷的地方，脸朝地背朝天地在田里一年，也不过是混上一口饭，明摆着家里一个五妹，谁还会想着花一笔彩礼去另外抬一个来？

结婚证领了，宰了一口猪两头羊的酒席办了，土坯泥屋用石灰水刷得雪白了，床铺上盖的被褥都换上新布新棉絮了，五妹不是这家的女儿，而是这家的媳妇了。

"女大三，抱金砖；女大五，赛老母"。终年劳作的五妹膀大腰圆，屁股肥硕，皮肤粗糙，面相见老，看上去比她的弟弟要大十岁以上。二十岁的小伙子与二十六岁老大姐无论到哪里一站，都像姨妈领着甥，婶子领着侄。

由她一手拉扯大的弟弟如木偶股由父老乡亲们安排着跟五妹成了亲，洞房之夜却怎么也改变扭转不了二十年铸成的姐弟亲情。五妹亦然。为弟弟铺好了被褥，她自己打了地铺。弟弟在临入被窝时也挺关心爱护她，很恳切地说：

"五妹姐，地铺上凉不凉？把我的棉袄盖上！"

他们无论如何也改变不了姐弟之间的感情的实质、神韵的实质、肉体的实质。

五妹一直到最后离开家乡，到上海来打工，从来也没有真正地当过自己弟弟的妻子。

五妹的故事有点像电影或电视剧了。

只不过现实生活中的事总没有文学艺术精彩，所以五妹妻不妻姐不姐地在她的老家过了好几年，对自己的命运糊里糊涂而且逆来顺受，一点也没有像电影中那样奋起反抗、愤而出走或者寻觅真正的爱情等等。

五妹后来外出打工，不是像如今那些南下深圳的文学妹子们所写的那样，主动自觉地为改变自己的处境甚或体现自身之价值什么的。五妹是乡里安排出来的。他们那个县八年抗战时有过游击队，算是"老区"，后来就跟上海的一家急需民工的建筑公司建了"手拉手"的关系，乡政府依乡民的贫穷程度一批批地向上海派了人。五妹家当时正好在一场大雨中倒了那土坯房，于是就轮上了第一批。比养父高出一头，比弟弟或者叫丈夫宽上一圈的五妹，毕生第一次走出了远过县城的地方。

她在上海的地铁工程里为挖泥工做饭，做了两年。

两年后的五妹变了。

回家时她穿着在上海大削价在老家简直是金镂玉衣的羊毛衫。她蹬着亮亮的皮鞋。她甚至还披着一件风衣，老乡们称之为"大氅"的。

她本应该留在老家的。家里因她每月寄回的百把元钱而盖上了瓦房，她已"脱贫"，公派的两年期限已满，别人可以接替她的位置。可是她只在家里过了一个年。她重新返回了上海。

乡里人说，五妹是让她的丈夫气走的。

乡里人很正义，五妹一回家，就有人向她告发说，她的丈夫在她走的那两年里，干了坏事了

干的什么坏事？五妹问。

他跟邻村的一个女孩子好上了。乡人答。

好就好呗，他都快二十五了。五妹说。

　　这怎么能行！乡里人说，在田里，在那片灌木林里，我，还有东头老王家的，好几次了，看见他们两个人光着屁股，叠在一起呢！

　　说这话的老娘们以为五妹跟所有结过婚的妇人一样，和她说话足可口无遮拦，没想到五妹却大红了脸。

　　大红了脸，还不就是气的？乡里人想。

　　果然，刚过年初五，五妹就又走了。

五、五妹近年的故事

　　五妹第二次到上海，在梅陇地区的人家家里做了两年的保姆。梅陇地区是上海近几年发展起来的市民集居地，一部分是从徐家汇地方迁移来的，一部分是做了生意发了点财有实力购买商品房的，其中不乏台商港商甚至外商。前者少有用保姆的，五妹就在后面那拨子人的装潢考究设备齐全的家里挣着钱。

　　五妹第二次返回家乡的时候，怀里揣了五千块钱。不但揣了这么一笔巨款，乡里人说，而且浑身上下统统串了味了。她变白了，变细嫩了，长长的头发还披在了肩上。她脸上抹着雪花膏，脚上踩着踏脚裤，还有一双半高跟的靴子。最令乡里人吃惊且义愤填膺的是，她回家的第二天，竟就跟弟弟到乡里去办了离婚手续！

　　全村舆论大哗。

　　虽然五妹第二次走的那年里，她弟弟就已经把那位邻村的姑娘接到了自己家里，令那姑娘虽无法律认同却理所当然地成了他们家的实质性的媳妇了，虽然乡人那两年里都视五妹的弟弟为大逆不道，可是等到穿了踏脚裤的五妹回来办离婚了，同情立即转往五妹弟弟，舆论完全倒戈——人们群起而攻之的，不是那"干坏事的"弟弟，转而成了五妹这个"女陈世美"了。

　　五妹故事中最有喜剧意味的是，刚办了离婚手续的五妹，隔不了几天就陪了弟弟和弟弟的女朋友即实质性弟媳妇，一起到乡政府去，像是他俩的妈似的，领了两份红彤彤的结婚证回来。再过几天，全村乡人就都接到了五妹从上海带回乡里来的大红喜帖，很洋气的，有股子香气的，上书某年某月某日特邀某某莅临喜宴之类的文绉绉的话——五妹竟就大张旗鼓地为她的弟弟，她的前夫，操办起轰轰烈烈的婚宴来了！

五妹操办的婚宴不再民族风格，也串了味了。去过上海的人说，这算是海派婚礼了。不说别的，她不再向乡民们发喜糕，而是发糖，发的而且是巧克力糖。她让全村的娃娃们大大地解了一回馋。五妹而且还以大姑姐的身份在婚宴上说了一通话，用了许多乡亲们听起来很吃力于是便使他们很敬畏的词。她的落落大方，她的标新立异，她在婚礼上的侃侃而谈，后来在长达半年之久的时间里，都成为她村里人的津津乐道的话题。

五妹自己呢，办完弟弟婚礼的第二天，又重新回到了上海。

她再没回去过。

据说，五妹曾跟别人说过这样一句话：

"我把自己解放了。"

六、五妹坚决不再做保姆

五妹的这些故事，在夏厂长关于她的屁股太大的经典名言未经出笼之前，本来并不为小花园楼的人所知。五妹又不是小花园人，她甚至连在小花园楼里的住家保姆都不是。五妹只是三个月前刚入130l室夏厂长家里的一个钟点工罢了。有谁会对一个只做一小时钟点工的外来妹的故事感兴趣？没有的，即便是包打听，也没这样的闲兴。

问题是，夏大大竟要想娶五妹了，夏大大他爸，竟然口出名言，议及五妹的屁股了！

包打听责无旁贷，一定要摸清这个有可能成为小花园新居民的五妹。

包打听是个很有钻研精神的人。她刨根问底，她跟踪追击，她竟然还探得了五妹为什么只在饮食店里下面条而决不再做保姆的缘由。

据她调查，五妹在前一次到上海的时候，前后做过四户人家。第一家她只做了一个星期。那家人嫌她不能说上海话，不过一个星期就辞了她。第二家那男主人倒还不错，为人挺和善的，可那女主人却是个醋缸子，五十多岁的年纪，总怀疑她那近六十岁的老头要抛弃她，另外再去找小老婆，五妹一到，就成了她的假想敌。她整天跟在五妹的后面，五妹的一举一动，在她眼里都是对那老先生的一种诱惑，害得那位老实本分的老先生坏了感觉，就好像真的成了淫棍，在五妹面前头都抬不起来。五妹实在受不了，干满了一个月，就自动地炒了自己的鱿鱼。第三家是四代同堂的大家庭，家政由一个非常抠门的主妇领导。那家很富有，现代化设施样样齐全，但只许放置着而不许动用。空调机挂着从来不开且不说，电水壶电饭煲都是亮铮铮地搁着只作摆设。家政领导烧开水别有一功：在煤气灶上拧出一种豆苗似的小火来，说是这么烧着，那煤气表就会停住不动。岂但如此，寒冬腊月，她从来也不许五妹使用她的热水器，一家近十口人的成堆的衣服，勤换勤洗的偌大的被单，都只许用冷水洗。洗衣机尤其不能动，理由是洗衣机洗出来的衣服不如手洗干净。五妹的一双手终于长满了冻疮，像那端午节里包的赤豆粽子一般，后来大片溃疡，再最后烂出脓来，还不让用洗衣机，五妹只好从那家仓皇逃离了。

不过，致使五妹下决心再不做保姆的，却是第四户。那一户丢了东西，向公安局报案时将五妹列为主要嫌疑，最后查明那贼，却是他们家自己的女婿。

五妹在那四家人家里挣得了五千元钱，也挣得了一个从此再不当保姆的决心。

她办完了自己的离婚弟弟的结婚花完了那五千元钱再到上海时，专往那些门口贴着招聘洗碗女工，招聘下面条女工的地方走。五妹文化不高，只念过四年小学。五妹知道自己长得不漂亮。五妹而且知道像样的地方、大的宾馆，甚至就是小铺子里面端茶、端酒的小姐都必得年轻美貌。五妹明白自己只能是做苦活的料。她专找那些饮食店。她干过几家，不称心就走，后来终于找到了小花园楼下的这一家。她跟那老板娘投缘。虽然一天三顿老是吃面条，但是管够管饱，五妹不计较。最让五妹可心的是，这家店晚上还从来不做夜工，九点钟就上了排门板，因为店主夫妇俩是电视迷，九点以后影视频道总有电影，两口子宁可不赚这个钱，也要打开电视机坐到硬板凳上认认真真地看到十一点钟。五妹觉得这样的环境非常合她自己的心意。她不久也被培养成影视迷，一到九点跟店主夫妇俩一起坐到电视机前，认认真真地看，看到十一点钟。十一点钟电影一结束，店主夫妇回自己房里睡觉，五妹就在店铺里的两张桌子上摊开自己的还带上安徽乡土味的被褥，蒙头就睡。从十一点睡到四点钟，五个钟头，五妹也就够了。五妹躺下去是什么姿势，醒过来还是什么姿势。她睡得熟，睡得深，五个钟头一醒过来，又生龙活虎。四点多钟她起来，把一锅豆浆熬熟，把要做大饼和油条的面都和透，到五点钟早早地赶来喝她的热豆浆、吃她的大饼油条的人就已经陆陆续续地到了，五妹照应着，觉得非常舒心。就这样，她一干就又干了半年，再没挪动过。

五妹是三个月前开始到夏厂长家里来做一个钟头的钟点工的。她对那寻根问底的包打听说，饮食店里下午是空当，老板娘同意她外出赚点"第二职业"的外快。不过包打听不太相信她的这一自白。据她打听，五妹是在跟常去饮食店买大饼的夏大大先结识，继而由大大介绍给自己的妈即夏妈，又经夏厂长批准了，才进入了小花园楼的夏家的。因此，五妹与夏家之纠葛的始作俑者，恰恰就是后来终于提出结婚申请的大大，或者换句话说，是一心要想嫁给大大的五妹。

为核实自己的推测，包打听曾跟五妹有过如下对话：

"干保姆，下面条，哪个挣钱多？"

"差不多吧。"

"哪个舒服些？"

"做生活赚钞票，都吃力。"

"啊哟，你上海话说得好得来，什么时候学会的？"

"好几年前啰，在人家家里做，说不来要受气的。"

"是怕受气，才不做保姆了？"

"阿婆你说得对，我就是图个心里开心——人不就是一口气吗？"

五妹不知道，包打听其实是在进行诱供。在这番谈话后，包打听在电梯里说，可别小看这个五妹，门槛精着，心气高着呢！

她说："你们没到她干活的那家店里去看过吧？啊哟喂，苦着呢，早上四点多就得起床，熬豆浆，做油条，摊大饼，晚上睡的，就是店的桌子！喏喏，两张方桌一拼，就是铺位，哪里有住在人家家里舒服啊？可是她却要为的'一口气'……"她学着五妹的口气说，"自找苦吃！嘿嘿，明摆着的，她是存心要在上海嫁人的了——保姆是不做的，要做就要做上海人家的媳妇——所以，嘿嘿，她是有心搭上我们这个憨大大的！"

七、一杯咖啡二十八元，乖乖！

因为夏厂长的一句经典名言，小花园楼里的人们都开始关注起了五妹的屁股。观察的结果达成了共识：五妹的屁股的确又圆又大；分析的结论却并不一致：屁股大就一定不是姑娘了？那可只是夏厂长这样的富有经验的人才能作出的判断了，许多熟知夏厂长的人说着，同时露出了一丝565暧昧的笑。

老邻舍了，都知道夏厂长与顾怜怜的特殊关系。拥有特殊关系的人同时拥有经验，这是常识。

夏厂长以名言断然拒绝儿子的结婚申请只是让小花园楼多了一条新闻，让包打听很辛苦地忙了一大阵去打听，并未能阻断他儿子想娶五妹的念头。

　　夏厂长不久就知道了，大大不遵父训，竟然还请五妹坐了对面豪富大厦的咖啡馆，喝了二十八元钱一杯的咖啡。

　　这回的消息来源不是包打听，而是顾怜怜。

　　夏厂长的儿子夏大大，大家都知道有点傻，其实他只是傻在一张嘴上。因为有夏厂长这样的爹，他不笨。只是他的全部才能都集中到了他的手上，一点也没分给他的嘴和舌头。他的一双手，灵巧得当年的三村一园都知道，左邻右舍无论什么东西坏了，第一想到的，就是一天说不出一两句完整话来的夏大大。夏厂长是一家饮料大厂的厂长，他升官以后不久，就把在清管站工作的儿子弄到了自己的厂里。夏大大本来在清管站干得也不错，但夏厂长总觉得干清管站有失他这个厂长的身份。一朝权到手，就把令来行，虎再毒，也还是舐犊情深，厂长位置一坐稳，就调了儿子。夏家父子俩，成了一个单位里的同事同行。

　　几乎是与此同时，夏厂长还干成了第二件大事，那就是，重新调整了自己的住房。夏厂长原来的家并不在小花园村，他是市民村的人。他本来应当住到北边的那一幢市民村楼里去。可是他当上厂长不久，就想办法把自己的房子从市民村转移到了小花园村，改变了自己的居住环境。说到这里，很可能有人认为夏厂长调儿子的事多少有点假公济私，第二件调房子的事，就没什么了不起了，不就是挪挪位置吗？一平方米都没增加，像他这样的厂长，时下真好算清官的了！可是知根知底的人都明白，夏厂长换房子醉翁之意不在酒，那是因为他的相好顾怜怜，就住在紧邻隔壁的1302室！

　　顾怜怜是夏厂长厂里的一个女工。芳龄今年三十九。三十九称之芳龄，那是相对夏厂长而言的，因为厂长都快六十了。顾怜怜长得好，鼻子是鼻子，眼睛是眼睛，身材小小巧巧的，特别招人怜爱。顾怜怜的丈夫也是夏厂长厂里的，搬运工。要说傻，顾怜怜的丈夫倒真的是有点傻。不说别的，他的额角特别低，他的后脑勺特别平，说话很会说，但是十句话里有九句半总是不太对路。比如说明明是冬天，他会说今天真凉。比如说他想吃样什么东西，他就会说这样东西我好久没吃了。再比如说有人说阿根啊，你们家的怜怜嫁给了你，真是鲜花插在牛粪上。他就会说我是鲜花，怜怜是牛粪。然后张开嘴笑，一脸傻样。

相比起来，夏大大从来不说这样的傻话。夏大大说话一句是一句，或者说他想到一句他就会说上十遍，二十遍，钉住这句话，非要达到目的不可。大大调到父亲厂里之后，灵巧的手很快就闻名全厂。无论坏了什么东西，他都会去拨弄几下，有时还真能把它拨弄好。连电脑这样高级的现代化用品，夏大大居然也会对照着说明书把它给组接起来，调运起来，甚至还会玩出点花样来。当然，夏大大玩电脑。只是会拨弄里面的游戏部分，比如说挖地雷啊，翻牌啊什么的，只用鼠标，不用键盘，因为那键盘上的二十六个英文字母，大大总是记不全的。

夏大大不太会说话，估计和他所掌握的词汇量有点关系。比如五妹到他家做钟点工，他跟五妹说的话总是那几句：

"五妹，你来啦。"（第一句）

五妹说："是的，大大，今天有什么事吗？"

夏大大说："没什么事，你歇会吧。"（第二句）

五妹就笑，说："我能歇？我歇着你干？"

大大于是也笑，说："我干。"（第三句）

下文是再也不会有了。大大是只会一声不吭地抢在五妹前干活的了，好像这钟点工不是五妹，而是他夏大大。

可别以为大大没心计。自从五妹来做钟点工，他就把自己换成了长早班，天天下午两点半就早早地下班赶回家来，这能为谁？还不是为了帮帮五妹？

帮着帮着，后来就帮到了饮食店里。每逢周六周日，这大大还会像每天到厂里做早班似的，天不亮就赶到五妹那店里。在店里，大大的话更少，通常只有一句：

"五妹。你歇歇吧。"

五妹自此也就有了双休日。那两个早晨，抬豆浆桶、和生面的重活，大大包了。

饮食店的老板娘跟五妹开玩笑道："五妹啊，你在上海找到一个追星族了。"

经常陪着他们夫妻俩看影视作品的五妹当然懂得什么叫"追星族"，她说："我又不是明星，他也不是追星族。"

老板娘就文绉绉地说："大大仰慕着你呢。"

五妹说："我才不懂什么叫仰慕呢。"

一旁的老板解释道："仰慕么，就是看中你了呗。"

五妹说："他看中我，我又没看中他。"

老板娘拍手大笑，说："那么看来，咱们五妹已经明白大大是看中她了！"

这一对饮食店的夫妻俩后来就成了五妹和大大的介绍人。

他们喜欢大大。这大大来帮着五妹。实际上是到饮食店做了义务劳动。饮食店里的鼓风机坏了，只要五妹在下午去夏厂长家里做钟点工的时候，把信息透给大大，大大第二天就会来把鼓风机修好。饮食店里的电灯泡瞎了眼了。五妹跟大大一说，大大就会买了整整一打的电灯泡来换下饮食店里所有瞎眼的。又过不久，饮食店里面的所有的瘸了脚的断了腿的桌子、椅子、长条凳，都由大大一一修好了。再后来，大大还买了一点涂料来，把饮食店的墙都刷上了鸭蛋青色。整个饮食店焕然一新，生意一下子就好了好几成。饮食店老板娘过意不去，终于有一天在大大为饮食店安装触电防漏器时，明明白白地说：

"大大，我给你们做媒吧！"

大大无语，只是嘿嘿地笑。

老板娘说："你真的要不要？说一句。"

大大还是不吭声，老板娘故意逼他道：

"哎，大大，你可得给我一句话，你没有一句话我可不管你们的事了。"

大大这才开了口说："请你做媒。"

老板娘两手一摊说："做媒当然可以喽，将来十八只蹄髈，给不给吃？"

大大笑着点头，说："给。"

老板娘说："我这么胖，不吃蹄髈，你先请我喝咖啡吧！"

大大说："好，咖啡。"

老板娘就指着不远处刚刚盖好的灯火辉煌的豪富大厦说："这样吧，对面那幢豪富大厦，新开了一个咖啡馆，我一直想进去，就是怕他们斩我，大大你就请我们，五妹、我，当然还有我老公，进去喝一杯吧。"

大大却来了一句补充道："还有我妈。"

大大请喝咖啡是在他向老爸提出结婚申请而被否决之后。被否决了还要请喝咖啡，这足以显示出大大的决心、毅力，还有胆识。大大身上流的毕竟是夏厂长的血。

那天下午，在本来应该是五妹做钟点工的时间内，夏大大就请了媒婆即饮食店的老板娘，媒公即饮食店的老板，同时拖上自己的长辈即夏妈，又邀上了五妹，浩浩荡荡汇总起来共计五人进入了对面金碧辉煌的豪富大厦。

咖啡厅的看门小姐满面疑惑，愣愣地望着这一干人向她的玻璃大门走来。一直到夏大大的鼻子快要碰到玻璃门了，那位小姐还没决定到底要不要为他们效劳。夏大大并不计较，径自用肩膀顶开了玻璃门，用屁股顶着，使那玻璃门开成了一个直角，让后面的五妹，让五妹扶着的夏妈，让探头探脑东张西望的饮食店的老板和老板娘统统进入，然后他自己才一闪身，让那玻璃门当着那美丽的小姐的面嘭地一下关上。夏大大进门以后左右张望了一下，很在行地将他后面这一帮子人统统领入了咖啡厅。就这点我们就可以说明夏大大并不傻，而且夏大大是很典型的很绅士的一个上海男人。他当然从来没有进入过这样的咖啡厅，但是他天生地能够领悟坐咖啡厅的一应程式。他带着这些人坐上了一个个只有平时沙发一半高的矮沙发，并不看送茶小姐递上的茶单，只是温声温气地说：

"五个，咖啡。"

小姐问："清咖还是奶咖？"

大大说："最好的。"

大大在这样的场合不再重复前面的话，而能如此自如地应对咖啡小姐的很专业化的清咖奶咖之问，使五妹乃至饮食店老板夫妇都对大大平添了一股敬重。

小姐就去端来了最贵的、号称夏威夷的、二十八元一小杯的那一种了。

咖啡一上桌，夏妈就用她一直是抖抖颤颤的声音对五妹说："五妹，喝！喝喝！"

夏妈从来没有进过这样的咖啡店，但是夏妈知道，这回是自己的儿子请客，她身为请客主人的母亲，周身生出了一股豪迈之情。她像那乡镇企业聚会时的买单的主人一样，很主人公地对五妹说："喝喝。"非常地道地显示出了一个当婆母的气概。

账单最后送上来的时候，饮食店的老板娘实在禁不住，嘀咕了一句："啊，一杯咖啡二十八元，乖乖！"

大大请五妹喝二十八元一杯咖啡的信息很快就进入小花园楼的电梯通道，而且为夏厂长获悉。那是因为，很有点心计的饮食店老板娘，第二天一早就向来买豆浆包子的小花园楼民发布了这一新闻，其中包括那位与夏厂长有特殊关系的顾怜怜。

老板娘世事通达，她这么有意为之，是想将一袋子生面，做成熟而可食的大饼油条。

八、家有啥，那家有啥

老板娘是一个很聪明的人，而且因为看多了电影、电视剧，所以很懂得一点计谋。她非常了解小花园楼里十三层楼的夏家情况，因此明白五妹跟大大虽然两厢情愿了，但是这桩婚姻真要做到有情人终成眷属，并不是那么容易。她想出了三十六计之外的又一计，叫"生米做成熟饭计"。欲行此计，需得一把猛火，这把火，就是顾怜怜。

她终于把顾怜怜盼来了。

顾怜怜手中拿着一个小小的腰子形的塑料网篮，巴掌里抓着几块硬币，进入了饮食店。

顾怜怜跟五妹熟。她一进门就喊："五妹，给我捡几根油条。"

五妹应声而出。

饮食店老板娘却跟五妹说："油条我来弄吧，五妹，前面客堂有客人要面条，你到后面的厨房去下一碗来，牛肉浇头。"

五妹应声"是"，刚要走，又回过头来对老板娘说："老板娘，顾大姐家要把油条回一回锅的。"

老板娘笑着说："知道，她哪回来不沾我两次油啊。"

顾怜怜也笑了，说："老板娘，嘴巴不要太厉害噢，和气生财嘛。"

老板娘说："你还怕我这张嘴吗？你都听了几十年了。"

她们俩之间的对话，足以说明她们俩之间的关系，并不是一般的老板娘跟顾客之间的关系。说来话长，老板娘本来也是顾怜怜所在的或者说是夏厂长管着的那家饮料厂的工人。几年前，第一批下岗，夏厂长就把这个饮食店的老板娘给下掉了。饮食店老板娘心里明白，自己这张嘴太厉害，到哪都不受当官的人的欢迎。不要说现在有下岗的政策，就是没有下岗的政策，只要像过去那样搞运动，第一批要整的也免不了有她。下岗还算是好的，她衷心感谢再不搞运动的改革开放。

先是卖牛仔裤，后来又卖过茶叶蛋，她最后开出了这么一个小小的饮食店，跟同样下岗的丈夫一起下厨，雇一两名五妹这样的长工，两三个走马灯似的短工，日子倒也还过得不错。由于用不着再八小时上班，赚钱之外还有了自由，可以全心全意地培养儿子，儿子居然在考中学那年，考进了上海最好的住读学校，一下子就把那教育的责任交给了学校。两口子从此便活得优哉游哉。晚间能早早地上了排门痛痛快快地看电视剧。

这当然是夏厂长所始料不及的。夏厂长当初把这老板娘下了岗，是嫌她的嘴臭，而嘴臭的内容之一，就是夏厂长跟顾怜怜之间的关系。身为厂长，还能让一张臭嘴说三道四的？撵走拉倒。不过，坐厂长位置的怕飞短流长，身为女工的顾怜怜，倒反而没有太多的顾忌。同年进厂的小姐妹，谁不知道谁的底细？女人之间，开句把玩笑臭来臭去，都当是屁弹过而已。顾怜怜跟这位后来卖起了豆浆的当年小姐妹，从来也没翻过脸。

老板娘等五妹一走，马上就单刀直入地说："哎，你那个夏老头子，干吗不肯让儿子结婚？"

顾怜怜嫣然一笑："这跟我有什么关系？"

老板娘说："啊呀，别在我这里大脚装小脚好不好？是不是你吹的枕头风？"

顾怜怜咬着牙说："你的屁能不能放得轻一点？他在门口呢！"

"他"是指她的丈夫，就是那个称自己是"鲜花"的傻大个。

老板娘很讲道理地真的放轻了声音："老头子反对也没用，他们俩，已经订了婚了。"

顾怜怜露出了吃惊的表情："订婚？能吗？"

老板娘说："你倒说说为什么不能？"

顾怜怜说："他们俩好像不般配吧？"

老板娘说："有什么般配不般配的，周瑜打黄盖，一个愿打一个愿挨，旁人说什么都是假的。"

顾怜怜说："五妹不是安徽人吗？"

老板娘就笑了起来，说："安徽人又怎么样？你们那夏厂长家是江北人，安徽江北不是挺般配的吗？"

顾怜怜又说："五妹不是没有户口吗？"

老板娘的声音又响了起来："我说怜怜啊，你怎么总是跟在你那个夏老头的后面做应声虫啊？年纪轻轻的。思想就这么不开窍！你没看到，昨天晚报还写上海现在有三万打工妹嫁给了上海人呢，这三万个人，不都是没有户口的吗？你那夏厂长要有本事，将来想办法给自己的媳妇报个蓝印户口嘛，再生个孩子，过个三年，不是统统都转为正式户口了吗？我告诉你，你那过房儿子夏大大，都已经请我们，就是五妹，还有我们两口子，喝过二十八元一杯的咖啡了。我们俩是媒人，你知道吗……"

顾怜怜恨恨地说："哎，你不要老是'你那你那'的行不行？"

她拿起了几根油条，转身就走。

顾怜怜的这种自我遮掩，其实完全多余。她与夏厂长之间的暧昧关系，整个小花园楼几乎是无人不知、无人不晓。五妹刚去做钟点工的时候，有点糊涂，曾经向饮食店老板娘说过：

"隔壁的顾姐，总让我帮她干活，夏妈也不敢拦，我这钟点工，有一半像是她的。"

饮食店老板娘闻言笑道："不错，你这一个钟点，是该摊给顾怜怜一半。"

五妹没听懂，就说："也怪，这家有啥，那家也有啥，什么都是一样的，两家像一家子。"

老板娘哈哈大笑了说："本来嘛，就是一家嘛，老公老婆都是公有的嘛！"

五妹这才明白过来。

五妹到夏厂长家里去做钟点工，是因为夏妈得了颈椎和腰椎两处的骨质增生的毛病，一天里面除了睡觉，还有半天时间必须躺在床上，站的时间一长，坐的时间一长，马上就手脚发麻，有时候就会昏倒在地。了解夏厂长家里事的人都说，夏妈的毛病是让夏厂长打出来的。

可怜的夏妈，从她二十多岁嫁给夏厂长，就成了夏厂长拳头底下的一样东西。夏厂长无论是高兴还是不高兴，往上升迁往下降职，夏妈都成为夏厂长宣泄他自己的喜怒哀乐的一种工具。说夏妈看到夏厂长就像耗子见了猫一样，这个比喻绝对不会夸张。更久远年月地了解夏家的小花园村的老住户，还能说出夏妈为什么这么怕夏厂长。据说夏厂长娶夏妈的当天洞房之夜，就仔仔细细地检查了一番夏妈，经过他这一番不亚于妇科检查的检查之后，夏厂长就从骨子里面瞧不起夏妈。还有的人说，当天晚上，夏妈就挨了夏厂长的一顿痛揍。依照夏厂长后来酒后所出真言，夏妈在新婚第一夜，就被夏厂长查出了不是一个姑娘。夏厂长的理由有那么三条：第一，夏妈没有见红；第二，夏妈的肚子上有花纹；第三，夏妈居然一声不吭。夏厂长作为一个刚过二十岁的小青年，一个新婚童子，居然能在新婚第一夜就作出如此三项判断，那说明夏厂长自己的经验够丰富的，体会够老到的。可是没人去查夏厂长。只有夏厂长查了夏妈，而且就因为这一查，夏妈从此就成了挨揍的工具。几十年如一日，一直到最后颈椎和腰椎都积下老伤。

打归打，夏厂长倒还是坚持到八十年代末升成厂长后。才情窦初开地喜新厌旧，喜欢上了厂里那小巧玲珑的惹人怜爱的顾怜怜，然后移居入了这小花园楼内紧邻相好的1301室。说起来这顾怜怜也可怜，她最初跟夏厂长好上没有别的原因，仅仅只是为了能保住她在厂里的位置，不要被归入到下岗女工的群落当中。五六年前全厂第一批的下岗女工名单里本来有顾怜怜，顾怜怜在痛哭流涕一场以后，想起了夏厂长平时的那双不太老实的手，每遇到她总免不了在手背上、脸颊上、脖子上、大腿上磨蹭几下，然后她终于在痛苦地思想斗争了一个晚上之后，第二天一早，溜进夏厂长的办公室。夏厂长那时候，也不是现在的岁数，说起来也不过五十出头点。两人不用多说什么，把办公室的门从里面插上，那空调热气弥漫的温暖如春的办公室就成了夏厂长第一次与顾怜怜偷欢的场所。

　　夏厂长是一个很讲义气很讲情分的男人，自那以后，非但下岗女工的名单上勾去了顾怜怜，而且在工厂调配住房的名单里头又多了顾怜怜。也正遇上大迁移的顾怜怜的本来的住房应该是在远离市区的近郊靠近莘庄的七莘公路上，可是夏厂长稍许使了一下劲，就把顾怜怜的七莘公路上的住房换到了紧临着地铁口的梅陇地区的高层里面。然后再使一把劲，让自己就住进了隔壁的130l室。顾怜怜真的是背靠大树好乘凉了。

　　更令顾怜怜感激不尽的是，去年春上，夏厂长力排众议，把顾怜怜的丈夫送到了驾驶员培训班，花了几千块钱让他学会了开车，让他从一个在车间之间搬运冷饮格子的苦力，升格成了开运输卡车的一个技术司机。升格之后的丈夫从此之后经常喜获出差任务，一夜乃至数日不归，除了拿基本工资之外，还可以拿到加班费、出差费、各种额外奖金，一个人等于就拿了几乎两个人的工资。是夏厂长，让顾怜怜家，在众多工人面临下岗威胁的今天，衣暖食饱，稳中求升。夏厂长对顾怜怜实在是恩重如山！

　　如此，顾怜怜在知道了夏大大不遵父训，擅自请五妹喝咖啡以示定情的消息之后，还能不立即去向夏厂长汇报？

　　饮食店老板娘等的就是这一步棋。依她的谋划，通过顾怜怜这个特殊的通道，把大大已下决心娶五妹的消息传递给夏厂长，只要那老头子拎得清点，认识到大局已定，无可逆转。改变态度，不作阻挠，这生米，就算是做成熟饭了，那十八只蹄髈——改成十八次咖啡亦可，也是可以吃定的了。

九、生米如何做成熟饭

　　所有的人都希望能够把生米做成熟饭，但是做饭的方式却有所不同。我们的饮食店老板娘是通过特殊的通道把消息传递过去，希望能够借顾怜怜之力让夏厂长明白他儿子的决心，审时度势后顺应历史潮流。以后发生的事实证明，她过低地估计了夏厂长。她那条路并不能走通。而真正把生米做成熟饭的，倒还是大大的母亲，那位说话抖抖索索的颈椎和腰椎都长了骨刺的夏妈。

夏妈自从看出了自己的儿子与五妹有那么一点意思之后，就几乎天天晚上只能睡上半宿了。

夏妈自从在咖啡座里切实感受到了儿子的决心之后，干脆整晚整晚地失了眠了。

夏妈看到了自己的灿烂的前景。她看到了自己后半生的一线光明。她心里充满了希望。

希望立即化为行动。

就在那次喝二十八块钱的咖啡的第二天，她中午就急急忙忙地把家里所有的活提前干完，把所有的窗帘拉严实——此举自然是为了防备那位无孔不入的包打听——在服下了加剂量的颈椎宁之后，她端坐在自己的床边，等候着五妹的到来。

五妹来了。

五妹想去擦地板，发现地板非常干净；

五妹要洗菜，发现青菜、菠菜、芹菜都已经洗得干干净净，分别放在三个淘箩里了；

五妹要想洗衣服，发现洗衣机正在转动，而且眼看都快要烘干了。

五妹诧异地到了里面的卧室，问夏妈说："夏妈，您怎么了，怎么把活都干完了？你累不累？要不要我给你捶捶腰？"

夏妈一脸的慈祥，拍拍自己的床沿说："来，坐到我的面前来。"

夏妈从自己的怀里内衣的贴身口袋里掏出了一张存单，塞到了五妹的手里：

"拿去，这里是五万块钱。"

五妹吃了一惊，好像烫了手一样，把手缩了回来说："夏妈，你这是干什么？"

夏妈说："我这不是给你，我是让你陪着大大去买一间房子。要带个阳台的，这是首付。"

五妹说："买房子？你们这里住房还不够吗？"

夏妈说："不是给他买，是给你们买，你和大大的。"

五妹不说话了。

夏妈说："把阳台封起来，我睡。我跟你们了。"

五妹低下了头去。

夏妈说："这五万块钱，是我几十年一点一点攒起来的，是大大和我两个人一起攒起来的，他是不知道的……"

五妹流下了眼泪道："我知道，我知道，你这不容易啊……夏妈……"

五妹这么说，是因为五妹已经在这三个月里，深深地了解了这个家庭的结构。五妹知道夏大大自从调到了夏厂长的饮料厂以后，他的所有的工资都由夏厂长打到了他自己的"浦江卡"里。夏厂长在厂里是能够说了算的。夏厂长在厂里说，自己这个儿子有点傻，经济上不能自控，所以他让会计把夏大大每个月的工资统统做到了自己的一张卡内。然后，他每个月就给夏大大一百块钱的零花钱。五六年下来，夏大大的工资统统都流入到了夏厂长的口袋，而夏厂长呢，又用这个钱支撑着隔壁的顾怜怜家。这就是为什么夏家有什么，顾家也有什么的道理。夏厂长不但是个很讲情义的人，同时又是个很会追赶潮流的人，他有着强烈的占有欲，市面上有什么，他就想占有什么。比如说市面上流行健美器，他就会买两架健美骑士，夏家放一架，他自己每天晚上回来骑它一阵子，顾家放一架，让顾怜怜每天也骑在上头，猛踩一阵。比如说市面上流行不喝自来水，要喝净水了，夏厂长马上就去买两台绿色的安吉尔饮水器，自己家放一台，顾家放一台。隔三差五地让人将净水送上门来，两家各两桶。夏厂长好喝一口好茶，每年春天托人专门从杭州的龙井买上等的名贵龙井，每次买总是成双份，一份给自己，一份就给已经被他培养成一个茶客的顾怜怜。夏厂长是一个人养着两个家呢！

夏厂长自己的一份工资，哪里能够用？夏厂长不是一个贪官，这点是有目共睹的。大家都知道夏厂长虽然养着顾怜怜，似是夏厂长有一点比较好，他不搞贪污，不搞受贿。不贪污不受贿却要养第二房，那么他的经济来源又在哪里呢？不在别人，就在自己的儿子身上。儿子有点傻，对钱从来不看重，一个月的工资连奖金在内，两千多，逢上大热天，饮料厂生意好，工厂的产品多，一个月可以再拿好几百的加班费，大大的收入，不少呢！夏厂长有自己的几千，有儿子的几千，更何况家里的老婆别的本事没有，持家倒是个能手，一个月交给她的钱，总还能存在一点来。如此，夏厂长还用担心养不好一个顾怜怜？

如此，夏厂长怎能让儿子夏大大娶个聪明懂事的五妹进来结了婚后独立门户？

可是，我们这篇小说里，杀出一匹黑马来了。黑马就是夏妈，一下子就拿出了一张五万元的存折，要将生米做成热饭的夏妈。

夏厂长千算万算，不如夏妈一算。这个每天见了他就像耗子见了猫一样的夏妈，虽然骂不还口，打不还手，而且每月都交给家里的当家人夏厂长不小一笔余款，可是夏厂长他不知道，就像他一个人拿着双份工资一样，夏妈是存着双份的钱的。几十年来，夏妈的存款总是有两笔，一份钱是专门给他看的，还有一份钱则是天知，地知，人不知，只有自己知地存在她自己的手中的。集腋成裘，夏妈居然手中连本带利、利滚利地有了那么几万块钱的存款。夏妈养兵千日，用兵一时，终于等到了她认为该动用的时候。她要用这笔钱，为儿子，也为自己，求解放了！

她一个劲地把存单往五妹的手里塞。

"五妹啊，五万块钱，是可以付下买房子的首付款的了，报上登着的……"她说。

五妹说："这事还没有最后定下来呢。"

夏妈说："怎么没有定啊，你们不是咖啡都吃过了吗？"

五妹有点哭笑不得，呆了一会，说："夏妈，夏厂长还是不答应吧？"

夏妈很坚强地说："婚姻自主，不管他！"

五妹却还是坚持道："这总是不太好……是不是让大大再跟他商量商量？"

挨过几十年拳头的夏妈不接五妹的话头，只是忙着将那张五万块钱的存折塞进五妹的口袋，还帮她掖好。

"跟他说不说，怎么说，我和大大会商量的，你这钱，收好！"她深思熟虑地说，"房子马上去看起来，到远一点的地方，七宝后面啊，莘庄后面啊，或是黄浦江南边的西渡啊，只要中意了就住过去，先住你们俩，我过了这个年，顶多挨到元宵，也过来……"

五妹再一次哭笑不得了："这……这怎么可以呢……"

夏妈一字一句地说："怎么不可以？快，把生米做成熟饭！"

十、摊牌就是决裂

夏厂长关于五妹不是姑娘的判断，经过包打听的明察暗访，终于被证实。因为五妹的确是一个已经离过婚的女人，离过婚的女人当然就不是姑娘了，这是没人会提出异议的。

关于五妹的历史调查和关于二十八元咖啡的所谓大大订婚消息，通过电梯房的传播和顾怜怜的转达，汇总到了夏厂长那里。

夏厂长具有遇变不惊的人将之才。他才不会受你一个煮豆浆煎油条的下岗女工之调遣呢。大年三十晚上，他在用毕年夜饭后，一面剔着牙，一面笑呵呵地说：

"怎么样，让我说中了吧？这个五妹，根本就不是个姑娘，嘿嘿，都在乡下离过婚了！"

没人接这个话头。夏妈住收拾碗筷。大大闷头坐着。

"听说，你还跟她去喝过咖啡？"夏厂长口气平和地问道。

大大抬起眼，直视自己的父亲。

"啊啊，不必紧张，不必紧张，"厂长说："喝杯咖啡有什么？小事一桩，也算是我们东家慰劳慰劳保姆吧……只不过贵了点，是不是？你要是爱喝，以后家里可以买点来，三合一的，速溶的，方便得很……"

大大突然开了口："过了年，我娶五妹。"

夏厂长愣了一愣，把手往桌子上一拍，说："你给我死了这条心！任谁都可以，就是不能要五妹！"

这就是夏厂长的老奸巨猾之处了。他不再反对儿子结婚，而只是不同意娶这个五妹，他是为儿子考虑，他在理上。儿子不是谈情说爱的老手。断了五妹，他再去找谁？

至少也可缓兵。

大大发了憨劲，重复道："我娶五妹。"

夏厂长一下子没了耐心，吼道："再这么犟头倔脑，你给我滚！"

大大一听此言，竟如蒙大赦。两眼冒出了光，而且口齿比刚才更加清晰地说："过了年，就滚，现在，你把我的工资，还我。"

夏厂长张开的嘴一下子定格，半天闭不起来。这是自己的那个傻儿子吗？这是那个从来也不知道自己到底有多少钱收入，连饭票都常常要弄丢了的憨大大吗？他简直不相信自己的耳朵，也不相信自己的眼睛了！可是，大大的一双亮亮的大眼，一眨也不眨地逼住了他，他在等着回答哩！夏厂长结巴了半人，才挤出几句话来：

"你的工资，你的工资，你不是在家坐吃饭吗？你有什么工资？"

听了父亲如此无赖的话，夏大大使劲地咽了一人口气。他呆了一会，像是突然想起了似的，伸出他的手，努力地从自己的内衣口袋里掏出了一张纸来，然后就像太监宣读圣旨一样，把这张纸在自己的面前一放，眼睛看着纸，宣读道："夏大大的工资每月清单如下，一九九〇年一月四百二十三元，二月，四百七十一元……"

夏厂长浑身颤抖着，一把夺过了那纸，撕了粉碎，扔到了地下，一面用脚去踩，一面口里嘶嘶作声地吼着：

"反了！反了！这是谁的主意？啊？是谁给你出的主意？啊？你从哪里抄来的？啊？你！是不是五妹？啊？你给我说，是不是她？一定是她！这个臭乡下婆娘！她让你求跟我摊牌？她想造我的反？她想进我的家？休想！休想！"

摊牌事件因为发生于年三十晚上，鞭炮声响，电视机里又在播着春节晚会，所以即使是包打听，也没有能亲闻亲见。但是夏家的一家三口，却是明白，决裂的时刻，终于到来了。

十一、五妹被捕

夏大大拿出自己从一九九〇年一月开始的工资清单，这主意的确是五妹出的。

自从怀里揣上夏妈的五万元钱，五妹觉得肩上一下子就压上了一副沉甸甸的担子。老太太交出的，哪里是钱，而是她的后半世啊！五妹若是嫁了夏大大，实际上就是搭上了一个老娘，一个没有工资的病病歪歪的老娘！这样的前景，五妹怎么能不好好地谋划一番，盘算一下！

饮食店的老板娘也为她着急："五妹啊，你现在就像曹操打仗一样，破釜沉舟啦。你要是真的看得上大大的话，你们俩快点去登记吧。"

五妹说："登记那还不容易的？可是登记以后，大大和我到底到哪里去啊？"

饮食店老板娘说："到哪里去？你嫁到他们夏家，生就是他们夏家的人，死就是他们夏家的鬼，他们家有三房一厅，你住进去啊。"

五妹苦笑，心里想，且不说我住得住不进去，便真的进了那1301室，让我天天看着公爹打婆母，还为他跟隔壁女人站岗放哨？

五妹已经在大上海锻炼成一个很有心计的大女人了。她手中虽然拿着夏妈的五万块存折，但是她已经下定决心，决不动用这笔钱来为自己结婚。夏妈含辛茹苦积存下来的这五万元，她要用来为她养老送终。只有这么做，她才安心。也只有这么安排，有这么一点基础，她才可以无所顾忌地对这个老婆母说，妈，你过来，跟我们一起住！

那么她跟大大结婚的钱，从哪里来？结婚之后，何处容身？

向夏厂长要去！

他该给。

他该还出大大的那一份工资来！

他本来就不该吞没了他儿子的劳动所得！

他应该拿得出来，夏妈每个月都为他存钱。

不用太多，能够安下个窝便可。

往后，大大，还有自己，凭两个人的两双手，还能不把日子过得好好的？

她约出了大大，让大大到自己的厂里找了财务会计，抄下从九〇年一月起的工资清单。

大大抄来了。

五妹在自己的饮食店为大大细算了一笔账。

不算不知道，一算吓一跳，大大的这几年的工资，总数竟有十万元之巨！

五妹跟大大说："问你爸爸去要点来吧，不用太多，要一半来，就够我们过的了。"

大大说："要不来的。"

五妹说："少点也行，就算是他帮一帮我们。"

大大说："不是帮，是还。"

五妹叹口气说："先好好说，别吵，真要翻脸，你也只好摊牌了！"

大大没预料错，夏厂长果真不肯；

五妹没估计错，夏厂长果真翻了脸了；

夏厂长也没推断错，主意，的确是五妹出的。

大大向他的盘剥了他数年之久的父亲提出了讨还旧债的要求，令夏厂长在痛感逆子不孝之余，生成了对教唆者五妹的深仇大恨。

夏厂长决定报复，斩草除根地报复。

他行之有效。

突破口倒是偶然发现的——他查出了夏妈的那笔私房。

他本来只是为了清点一下自己的家产，以对付那逆子的财产要求。精明的他发现了家政中的若干蛛丝马迹。他很快就到邻近的银行去查核。他拿了夏妈的身份证，拿了全家的户口簿，又在自己的单位开了一份介绍信，要求从电脑中查核一下夏妈名下的存款数字，理由是家中的存单已经被窃了。先进的与电脑联网的银行，看到齐全的手续，立即清查，不费吹灰之力，夏妈另外藏下的五万元存折的这个秘密，很快被夏厂长侦破了。

接下来的审查在1301室内关起门来进行。夏妈经不起他的文武两手，交代了她这笔巨款的去向。

又过了三天，一辆警车呜呜地开来，在五妹下面条的饮食店的门口停住，两名全副武装的警察提着手铐，将正在包馄饨的五妹铐了起来。

来的警察同时还带来了搜查证。

都用不着怎么找，从五妹的小小的包里，果真寻出了夏厂长报失的那张夏妈名下的五万块的存折。

审判的时候五妹交代得非常老实，问答如下：

"你叫什么姓名？"

"我叫五妹。"

"全名？"

"张五妹。"

"你是不是在夏家做钟点工？"

"是的。"

"你每天去多长时间？"

"每天去一小时。"

"最近是不是常去？"

"天天都去，可是最近一个星期不去了。"

"为什么不去？"

五妹沉默了一下说："我现在不去。以后要去的。"公安人员说："我们不问你以后要不要去，我们就问你为什么突然之间不去了？"

五妹依然沉默不作回答。

公安人员说："这五万块钱的存折是你拿的吗？"

五妹说："不是我拿的，是夏妈给我的。"

公安人员说："她给你的？她为什么要给你？"

五妹说："她交给我让我去买房子的。"

公安人员说："有什么证据？"

五妹说："你们可以去问问夏妈嘛。"

公安人员说："我们已经问过她了，她说，她从来没有把五万块钱给过你，是你自己拿的。"

五妹吃惊地呆住了，呆呆地看着公安人员。

公安人员说："坦白从宽，抗拒从严，我们党的政策你是知道的吧。"

五妹点着头说："我知道。"

公安人员说："你是什么时候拿的？"

"夏妈真的说她没有给我？"

公安人员说："你老实回答我们的问题。"

五妹呆呆地想了半天，突然开口说："那好，那就是我拿的。"

五妹文化不高，五妹也没有经过法律知识的考试，五妹是不懂法的。五妹以为她这么一承认，就可以帮助夏妈解脱了。她的想法是：夏妈害怕夏厂长害怕了一辈子了，夏妈说这五万块钱是五妹拿的，夏妈一定有她的苦衷，夏妈一定是怕夏厂长打断她的肋骨，夏妈一定在夏厂长的威逼之下说了违心的话，为了帮夏妈，五妹受点委屈也不怕，反正五万块钱一分也没花，统统还给他们就是了嘛。她万万没有想到，如果她真的偷了这五万块钱的存折，即使她一分钱也没有花，她也已经是一个严重的盗窃犯了。

十二、谁 是 祸 根

形势急转直下。

五妹被捕并作了坦白的当天晚上，夏家竟就发生了后来被传播人称之为"凶杀案"的事件。

其实也不过是一桩事件而已。

家短里长，父子争执，夫妻反目，斗殴失手，后果不十分严重，跟凶杀是一点也不沾边的。

我们可以再回复到那个现场。

正月十五。农历。

鞭炮是已经开始响起来了，只是还没连成片，凶为刚好是吃晚饭的时候。夏家根本就没有吃饭。

五妹被捕了，大大跑到派出所去了，夏妈的颈椎病和腰椎病同时发作，在床上动弹不得了。没人做饭。

夏妈的颈椎病和腰椎病是在夏厂长的一顿闷闷的老拳之下，同时并发的。夏厂长打起夏妈来，从来不用家伙，也很少用巴掌，一般总是使用拳头。拳头打人跟用家伙打人不同之处，主要在于拳头打下去的皮肉，一般不太留明显的痕迹，不破皮肉，却够你疼好几天的。夏厂长打老婆打了几十年，已经打出经验来了。他在向派出所报案之前，用这一对饱饱的老拳打得夏妈不得不首先坦白了自己私藏五万巨额私房钱的罪恶，接下来又不得不向自己的一家之主作出了保证，这个保证就是当公安局人员前来调查的时候，她要一口咬定自己从来没有把这笔钱送给过五妹。夏厂长是这样苦口婆心地教导自己的老婆的：

"你要是说你把这钱送给了五妹，那么你就是把我送到了死地，因为我是向公安局报了失的。我要是落了个诬告罪，那就是你害的，是你把我送进了监狱。反正是蹲大牢，我去监狱之前，一定先打死了你。"

当然他也涕泪交流地说了许多软话：

"你要知道，我们两个老的，都已经快六十了，无所谓。可你这个儿子，我们的独养儿子大大，他在厂里还不是全靠着我？你想想，像这样的傻瓜，不列为下岗工人，不就是靠了你老头子的这点力道吗？我要是在这件事情上出什么毛病，那么，墙倒众人推，这世界上有多少势利小人，最后遭殃的还是你儿子！你说，你是要一个已经离过婚的打工妹呢？还是要你自己的儿子大大？"

经了这一番系统家庭教育的夏妈，躺在床上半死不活地接受了公安人员的调查。她像背书一般地说：

"我又老又病，糊里糊涂，存折什么时候丢的，不清楚。"

夏妈对法律一无所知。以她那的确已经有点糊涂了的脑袋想来，五妹反正没有花去那存折上的一个子儿，关上几天，还是会放出来的。她不知道就她这么"丢失存折"的一句话，就足够把五妹打进劳动改造的监狱起码三年，她当然更不会想到那个乡下来的五妹，居然也会凭着一颗善解人意的心，体谅到她的处境，为了帮她解脱而顺着她的思路认下了这个盗窃罪！

糊涂的夏妈却生下了一个其实并不糊涂的儿子。夏大大一听说五妹被捕，马上就赶到了拘捕五妹的派出所。他在门口哇哇乱叫，大吵大闹，说的就是一句重复的话，那就是：钱是我给的，钱是我给的。公安人员让他做了陈述笔录，他就同时补充道，我是夏家儿子，钱是我挣的，我是可以拿的，我是可以送人的，是我送给了五妹的，我是要用这钱，来跟五妹结婚的，说了许多，引得派出所的人都忍不住笑。末了，公安人员让他在他的笔录上签了字，还告诉他说，公安局是会认真调查的，你的五妹，并不一定会判罪，他才急急忙忙地往家里赶。

他进门照旧没关门，直扑内室。他看见了他的父亲在顾自抽着烟。他对了父亲大吼大叫说："是你害的五妹，是你害的。"这时候外面的鞭炮声突然响起，此起彼伏地连成了片，他还叫些什么，谁也没听见了。

鞭炮忽然又有了间隙，床上的夏妈像是要抓紧了这个空当似的，颤巍巍地从床上爬了起来。

一定是没有完全清醒，她竟然径直地走到了她平时避之不迭的夏厂长面前，说：

"我想通了，我不能不要儿子，我不能不要五妹，我现在就去找派出所，我去说……"

她的话还没有说完，脸上就挨了夏厂长一记重拳。

夏厂长这一重拳与其是击向她，还不如说是出于对刚才儿子那顿大吼大叫的愤恨。他这一拳打得不太符合他的规律，正中夏妈的鼻梁，夏妈口鼻冒血，一声不吭地跌了下去。

几乎是在夏妈倒下去的同时，夏大大如一头猛虎般扑向他的老子。

同样的道理，大大扑向他老子，与其说是因为见到了母亲被打，还不如说是出于刚从公安局里出来的那份愤恨和窝火。他更多的勇气和力量来自五妹。

父子俩扭成了一团。

夏厂长完全占了上风。夏厂长的双手像一把钢钳一样死死掐住了自己儿子的脖子。在邪一瞬间，他脑子里面闪过了儿子手上拿着一张写着从九〇年一月开始的账单，如同念圣旨般向他念着的那个场景。他嘴里嘶嘶地低吼着："逆子！逆子！"手下不由自主地加重力量。夏大大没有父亲那样熟练的格斗技巧。他被掐得双手乱抓，无力的巴掌劈里啪啦地打在他父亲结实的身躯上，一双脚硬撑着左右乱踢，整个身子都发了软。

就在这个时候，夏妈突然从地下爬了起来。她的手上拿着一个小板凳。她用那板凳向自己的丈夫狠狠地砸了下去。而就在夏厂长头上进出鲜血、双手一松的瞬间，夏大大抬腿一踢，硬邦邦的皮鞋头便踢中了他父亲的裤裆。

我们的小说又回到整篇小说的开头了：隔壁1302室内的顾怜怜突然感觉到自己的头皮一麻，她虽然在看着电视，但是却感觉到了1301室的异常。她鬼使神差地走出自己家，推开夏家那没关之门，看到了《水浒传》里面的被杀的官兵一样的夏厂长，满头满脸鲜血，双手捂着自己的裤裆，躺倒在他自己家的地板上，他的左边和右边，对称地均衡地站着僵立着的夏妈和夏大大。

小说不需我再写下去了。每一个聪明的读者，都可以创作出一个完满的结尾来的。

田教授家的28个亲戚

引　言

　　田教授家有28个亲戚？许多人都不相信。特别是看过我前面两部小说的，掰着指头算算，更是觉得我是在吹大牛了。喂喂，王晓玉啊，他们说，你总不见得要像那种炒作朦胧题材做虚账的上市公司那样，把田教授家的28个保姆和28个房客都算作他家的亲戚吧？

　　我回答他们的话是，朋友，你自己算算你家有多少个亲戚便是了。

　　老爸门面上的，老妈门面上的，祖辈你奶奶家的，祖辈你姥姥家的，你家嫁了出去泼出了的水的，你家娶了进来上门入赘来的，嫡系的，旁系的，正出的，庶出的，公开的，秘密的，你自己家那个系列的，你老公或是老婆家那个系统的，常往你家走动着共进晚餐的，从未谋面过但是档案上记着一笔的，曾经是但后来因为反目离异就不是了的，曾经不是但后来有了个二度青春甚或黄昏恋后杀人了的，远的，近的，中国的，外国的，经得起核实的真的，经不起审查的假的，呵呵，28个，已经差不多有了吧？

　　因此，寻常百姓田教授家坐拥28名亲戚，真是再普通不过的事了。

　　田教授从来也没有正式统计过自己家到底有多少个亲戚。这也是人之常情。除非是专门从事档案工作的，或者有志于修撰家谱，不大有人会如同盘算抽屉里的存款那样，去统计这方面的数字。更何况，有句老古话说，贫在闹市无近邻，富在深山有远亲，亲戚的数目，是有弹性的，我们现在这篇专说田家亲戚的小说，就足以佐证。

一

田教授已经六十三周岁了。

六十三岁的他看起来却比五年前、也就是五十八岁时的他还要年轻。

五十八岁那年，他让28个保姆闹得晕头转向，加上那时候不知从哪个领导部门里出了一个"七上八下"的政策，明明他身强力壮满腹经纶，却因为正好踩上一个"八"字的地雷，生生地从系主任的位置上给拉了下来，连招收研究生也划入了"计划外"，这就很有点"待下岗"的意味了。他于心不甘，头发猛地花白了，连背都有点驼了起来。好在他那28个保姆中有一个叫丁丽的，后来嫁给了他的儿子田平，成了他的儿媳妇，又漂亮又乖巧又能干，家里多了这么一个活泼泼的可人儿，让田教授深感亲情的重要和滋补，像是上天专门设计出了堤内损失堤外补的程序，田教授这才顺利而健康地过渡到了六十岁正式退休的新时期。

好亲戚进入家门，像是我党注入新鲜血液，自会令整个组织活力倍增。

岂料天有不测风云，人有旦夕祸福，好端端的一个田师母，突然遭了车祸，去了，害得我们的田教授一下子就老了十岁。这就是我在《田教授家的28个房客里》所描述了的，田教授说起来才六十出头一点，可是到我们的小区菜场里去买菜，菜贩大叔们都管他叫上了"大爷"。

幸运的是，"大爷"不久就在他的28个房客中觅得了女作家金晶女士而且娶之为妻，焕发了第二次青春。金晶虽说也已年近五十，但思维敏捷、性格开朗，又挺会装扮自己，粉妆玉琢却又不露痕迹，冬日里紧身棉袄配上牛仔裤，夏天一身丝质连衣长裙，腰束得细细的，忽而时尚忽而典雅，真正的一个风韵尚存。娶了这样的妻，田教授还能迁到邋里邋遢窝窝囊囊不修边幅吗？他得与时俱进。于是他每隔一个半月去理发店染发，并且上点正宗进口的护发素"日本肥料"，头上顶着的再不是乱蓬蓬的花白华发，而是有款有型的一个背头了。他被金晶监督执行着每天用洗面奶洗脸，完了再涂上"蛇胆润肤露"，七七四十九天后就见了效，虽然沟壑无以填平，但掉落着皮屑的老脸毕竟变得油亮起来。他的衣着则更是由金晶安排着，来了一次全面彻底的吐故纳新：所有的"的确良""毛腈""毛涤"统统封存，改着全棉布料休闲装，其中包括两套托人从美国捎来的"Levi's"牛仔。金晶是个有名牌意识的女人，于是田教授的内衣清一色"三枪"；外层衬衣两种：华伦天奴或鳄鱼；羊绒衫为"鄂尔多斯"；夹克外套上赫然书有"POLO"。经过这样包装的田教授，还能不以假乱真地冒充"今年二十，明年十八"？

　　所以，现在的田教授偶尔去我们小区的菜场走上一圈，那里的菜贩们再也不叫他"大爷"，而是改称"大哥"了。

　　"田大哥，挑几个大闸蟹回去？正宗的阳澄湖的！"

　　"大哥，我这橘子可是地地道道的黄岩蜜橘，不信你尝尝！"

　　田教授尝了一片，酸得倒牙。但是碍于都是老相识了，又"大哥大哥"地叫得亲，还是买下了一马夹袋。家里有了体贴的能干的金晶，什么样的烂菜孬水果买回去，都有办法化腐朽为神奇。比如这样的酸橘子，金晶会把它做成果酱，和进去许多的蜂蜜，早上用来涂面包，田平和丁丽是一定会吃得啧啧有声的：

　　"哎呀，比超市里买来的好吃多了！"丁丽会这么说。

　　田平则会很科学地说道："主要是维生素C丰富，而且卫生，是'放心果酱'。"

　　田平的广告公司有一次专为一家食品公司做广告，让他的妻和后妈出任演员，两人一个扮妈，一个扮女儿，在厨房里忙碌着，自然逼真，效果奇好。那广告词朴实而易记，就是这句话"主要是维生素C丰富，而且卫生！"产品则是"放心××"，填空式的——"××"可以是水果、蔬菜、饮料，甚至酒，无穷大，只要吃的东西均可填入——这句话已成为时下大学"广告文案写作课"上的经典范例。知道吗，这一经典广告语之创意人，就是我们的田教授。

跟好女人联姻成亲，会使一个男人的能力和智慧扩展到无穷大。

二

金晶的智商很高，所以她就非常准确地解读了突然降临的那份伊妹儿。

她正在电脑上全身心地投入她的小说写作呢，机顶上的小喇叭"啪"地响了一下。这是田教授的学生不久前刚为她装上的高科技产品，只要有伊妹儿打来，喇叭就会这么告诉你一下。平时她很喜欢那声"啪"，说是"像鞭炮一样"。可是今天她正写在兴头上，思路突然被中止，于是就不高兴了。

"放屁一样的声音，老田，什么时候换了它！"

在一旁看报的田教授忙说："是是，我明天就叫小王来撤了。"

金晶笑了："我又没说撤了，我说是换了，换另一种音响，比如，比如……啊，算了，还是这个声音好听，鞭炮一样。"

他们俩夫妻总是这么互相调剂着情绪。田教授性子好，金晶脾气躁，可是田教授总是以退为进，以柔克刚，到头来金晶总还是听田教授的。

金晶打开了伊妹儿，没料到看见的竟是一份"唁电"。

"阿根我儿，你母章若雪日前不幸病故，葬礼定于四月三日举行，望我儿来雪梨参加，切切。"

金晶默读一遍，没看懂。

"阿根？"她说，"谁是阿根？"

田教授笑起来："怎么叫我小名？你从哪里知道的？"

金晶又说："章若雪，这是你母亲？"

田教授呆住了，没说话。

金晶接着道："你母亲不是叫田荷花吗？怎么来了一个章若雪了？还让你到'雪梨'去参加葬礼！噢，'雪梨'，就是澳大利亚的悉尼，那里的老华裔都管悉尼叫雪梨。"

田教授猛地站了起来，凑到金晶的电脑前，说："这信是给我的！我看看。"

金晶站起身，让田教授坐上电脑椅，然后一面给自己的茶杯续水，一面笑着说："从没听你说起过，居然在澳洲还有这么些亲戚，而且，还是'我儿'啊，'你母'啊，正宗的血亲呢，一定是有许多故事可听的了！"

她没听到田教授的回答，回头一看，只见田教授呆若木鸡地端坐在椅子上，脸色惨白，牙关咬得紧紧地，样子非常吓人。

"哎哎，你怎么啦！"金晶忙着过去，放下茶杯就想去掐田教授的人中。

田教授挡开她的手，对她龇牙一笑，笑得却比哭还难看。

"我没事，"他说，"只是想起了令我终身难忘的一幕。"

金晶温柔地抚抚他的脸，撖揪他的耳朵，把自己那杯茶送到他的嘴边："喝一口，啊，热乎乎地喝一口，就可以从那一幕里回过来了。"

田教授一口热茶下肚，真的就还了魂。他将那封咛电下载打印了出来，然后就向金晶讲了如今一个还活在"雪梨"一个刚死在"雪梨"的两位亲戚的故事。

那是我的生身父亲。

他姓张。你看这封伊妹儿的地址，以字母"Z"打头，不就是"张"的意思吗？他的名字是张儒。

在"Z"的后面，这个地址用了"4423"这么一个数字，别人看不懂，可是我看懂了。你想一想我的生日吧，金晶。对了，我生于四四年二月三日。"4423"，实际上是我的代码。

我的父亲以我的代码作为他自己的地址，这意味着什么？

你说这意味着他时时想念着我？错了，金晶。

我告诉你，那只是他时时想着，他对不起我，尤其是对不起我的生身母亲——他的结发妻子。我们俩，是他心中永远的愧疚。

对了，你猜对了：他有了那位章若雪，就背弃了我的母亲，他们俩双双远走他乡，后来就到了国外，最后在澳火利亚的悉尼落脚，直至今天。

我永远不能忘记的是他临走的那一天。

我那时已经八岁。我已经懂得跟我的母亲一起，死死地拉住他的衣角，求他别抛下我们。

我母亲甚至说："你可以扔掉我，可别扔掉自己的儿子啊！你真要走，就带上阿根，他是你们张家的根啊！"

可是我父亲瞧都没瞧我一眼，只是狠狠地掰开了我拉住了他衣角的手，提着他的皮箱，走了。

他临走时把门关得很响。那扇关上了的门我记得是白色的，惨白惨白，就像我的母亲的脸色。

我母亲第二天就跳了黄浦江。她被捞上来后躺在殡仪馆里，我被夫人们带着去看过一次。我什么都看不见，只见到了一长捆白布，他们说那就是我的母亲。我什么都记不住，也就只记住了那种白色。

我从来也没见到过令我们张家家破人亡的章若雪，只是记住了这个名字。

这就是我们家的两个亲戚，说起来是近亲，甚至是血亲。

三

金晶听田教授的故事听得眼泪汪汪。她是个好动感情的人，写作的时候都会被自己编的故事感动得又哭又笑，何况田教授痛说家史完全是真人真事。

"你们父子俩，后来就从来也没有过联系？"她问田教授。

"十来年前吧，悉尼来过一封信，还是转了许多机构才到了我手中的。"

"那是肯定的。你成了孤儿之后，辗转南北地，要找到你，倒是不容易。"金晶说，"你给他回信了？"

"没有。"

"为什么？"

"没什么为什么。就是不想回。"田教授犟着脖子道。

"历史的阴影挥之不去。"金晶像是在作总结，继而却又问，"可是他今天怎么就知道了这里的伊妹儿地址了呢，而且，这个地址还是我的！"

田教授苦笑道："嘿嘿，你知道吗，我这个生身父亲，年轻时是国民党中统机构的技术人员，搞情报是他的特长。"

"呵，中统特务啊！"

"只能说他干过这个。跟姓章的女人走到一起之后，他就改为经商了。"

"有意思，章若雪是个商人？"

"听说是巨商之后。"

"是吗？那你爸一定是很有钱的了？"

田教授板着脸望住金晶："你说这个是什么意思？"

金晶笑道："敬佩你的意思啊！十年之前，天上突然就掉下了一个家财万贯的老爹，而且还是个嫡亲的生父，多少人做梦都做不到你这个福气啊，可是你居然连个信都不回。如今的世界上，像你这样的清白君子已经是不多的了。"

"你讥笑我？"

"我像是讥笑吗？"

"不像。"田教授这才露出了一点笑容，说，"其实我也不完全是清白清高。很大程度上我是忘不了那天的皮箱，那天的门，还有停尸房里被白布裹着的妈。还有，十年前写那封信给我的不是他，是他们俩的儿子。"

"他们俩，喔，就是你父亲和章若雪？"

"是的，他叫张德高。"

"有趣。这么说来，你还有一个同父异母的兄弟。"

田教授苦笑了："可以这么说吧。他给我的那封信，态度极为傲慢，像是要恩赐我什么似的，而其实呢，只是因为老头子那一年跟姓章的一起遭了车祸，双双躺着不能动，他想从大陆找一个不必花钱的护工去，这才想到了我。"

金晶大笑起来："啊啊，护工！找你田教授去做护工！你是会洗哪还是会烧？"

田教授笑道："或许在他们想来，大陆的同胞们都是天生的护工。"

金晶说："那就怨不得你会置之不理了。知道你那兄弟是干什么的吗？"

田教授说："不知道，大概不是当着州长甚或总理吧？"

金晶笑得嘴里的茶也喷了出来。想了想，她又问道："哎，要是当年发信给你的是你父亲，你会不会跟他相认？"

田教授毫不犹豫地说："不会。"

"如果你父亲明确告诉你，希望你去接管点什么产业，甚至是想让你去分享点遗产，你会不会去？"

田教授将桌子一拍，从电脑椅上站了起来，说："给我金山银山我也不会去！我从来就没想到过还会再去认他这么个爹！"

他说完就走回到了他自己的书桌前，打开了自己的电脑。

他一面启动了因特网，一面说："到今天我也不会。"

他接上了伊妹儿。

就在他移动鼠标，准备将那封"唁电"删除时，他的手被按住了。

田教授回头一看，是他的儿子田平。

四

田平说："别别，这一删掉，回信的地址都没了。"

田教授说："你从哪里冒出来的？深圳的会展结束了？"

田平笑道："我刚进门，刚好把你们俩的私房话全听见了。"

田教授严肃地说："别没大没小的！我们有什么私房话。"

金晶却笑着说："也算是私房话吧，田氏家族的秘密隐私嘛！"

田平说："嘿，原来我们家在海外还有这么多的亲戚啊，爷爷啊，叔叔啊，什么人都有，还有那位章，啊，章老太吧，也算得上是奶奶的，金老师你说是不是？"

他和丁丽比金晶只小上十来岁，那声"妈"总是叫不出口，还是依着金晶当着那"28个房客"之一时的称呼，叫"金老师"。

金老师笑着说："啊，要摒弃了历史恩怨和世俗成见，还是很难的。"

田平说："现代人的观念，该与时俱进才对，老太太跟我们家的爷爷都生了一个叔叔了，总可以算是我们家的人了吧！"

可是房门口却传来了一声冷冷的"哼！"

发出"哼"声的是丁丽。她站在从大厅进入书房的门口，手里端着两碗莲子羹。碗里冒出淡而又淡的热气，轻烟似的，显然，她已经站在门口许久了，也把她的俩公婆的私房话全都听了去了。

她发出这声带点情绪的"哼"，完全是冲着田平的。因为她一面袅袅婷婷地走人，将两碗汤羹放下，一面眼睛却看着她的老公说："这种破坏人家家庭的第三者，是世界上最坏最坏的坏人，怎么还可以把她算到自己家的亲戚里面？"

田平有点尴尬地说："啊，我回来了。"

丁丽却故意向大门的方向张望一下："怎么，你那位表妹送你到门口就走了？"

田平于是就明白，自己这位聪明伶俐的妻只隔窗望一下，就认出了自己公司里的车，而且已经透视到了驾驶座里坐着的是谁了。他有点口吃地说："这个这个，公司既然有车可以来接，那就何必打、打那个'的'呢，从浦东机场到这里，起码得一百五六十元呢！"

丁丽却说："你有这么节约？那天我撞见你们在海鲜城，吃的是鲍翅羹。那东西，爸，金老师，一碗好像就得一百八九十吧？"

被咨询的田教授讷讷地说："好像，好像差不多，不过并不好吃，糨糊一样。"

金晶遇到这样的场面总是很"糨糊"，她端起莲子羹，说："好香！丁丽你放了桂花了吧？"

丁丽被打断话头，又只好应答，就从嗓子眼里"嗯"了一声。

金晶却紧接着就笑道："田平，你辛辛苦苦地都出去一个星期了，让丁丽犒劳犒劳你。丁丽，再盛两碗，回你们自己屋去吃去。"

田平如蒙大赦地拎起了自己的皮箱就走。

他走到门口，却又回头道："爸，别删了那个邮件，我有业务要跟澳大利亚联系，你给我留着那个网址。"

田教授的手无奈地从鼠标上放了下来。

那小两口一走出，田教授就有点气咻咻地说："不像话，闹矛盾闹到我们这里来了！"

金晶笑道："谁叫你让你的儿子莫名其妙认下了张娜这个表妹来啊？"

田教授有点急了："怎么是我让他认下的？他他他……"

金晶慢悠悠地品着莲子羹，说："他要不是你说过一句话，也不会跟张娜兄妹相称啊。"

"我我我，我说过什么了？"

"那天你去田平的公司参加派对，喝了点酒，说过我们田家，跟张娜家，沾着点姑表亲。"

田教授的表情有点哭笑不得。他用手里的调羹指指电脑上的那封"唁电"道："唉，旁人不知是什么道理，我心里其实是清楚的。那小姑娘的祖上，正是我们这个张家的人。只不过是过了三代五服而已。"

金晶说："这么说来，你的内心深处，始终还没忘记过你的张氏祖先。"

田教授张口结舌了一会儿，然后望着金晶说："金晶啊金晶，娶你们这种当作家的女人做老婆，实在是很可怕的事，因为你们的眼光太凌厉，鞭辟入里，直逼心底，什么都瞒不过你们。"

金晶说："鞭辟入里哪里只是女作家的功能啊！家里的丁丽，也够鞭辟入里的了！"

田教授把不住笑了起来，可又立即蹙紧了眉头说："你倒是说说看，是丁丽的无端猜疑呢，还是田平这小子，真的跟那位张娜，有了什么事？"

金晶说："你问我，我问谁去？不过丁丽有防患于未然的意识，应该说是对的。田平跟张娜，走得的确有点太近了些。"

田教授忧心忡忡了："依我的家教，田平还不至于吧？"

金晶却又笑道："难说，人类的许多基因，是隔代遗传的。"

田教授于是很义愤填膺地说："我的儿子，决不容许再做那种伤天害理的事！"

五

对于要不要去悉尼参加章若雪的葬礼，田家四位核心成员分成了两派。

田教授一如既往地说："我不想再勾起痛苦的回忆。"

丁丽呼应道："对了，这样的害人精，怎么还能认作亲戚。"

田平却说："大家冷静点面对现实好不好？多个朋友多条路，少个冤家少堵墙，何况又是嫡系的亲人！"

田教授道："我很难面对他们。"

田平说："可以派我作代表嘛。我们公司还可以考察一下那里的市场。"

丁丽说："是啊是啊，刚刚从深圳回来，又想乘机跑到大洋洲去了，是不是还想带个你们公司的什么人一起去？"

田平说："我什么时候说过要带，带谁去了？"

丁丽说："那你现在可以说，带我一起去。"

田平说："行啊行啊，让爸表个态，带你去就带你去。"

田教授说："开什么玩笑！来回要花多少钱？"

田平说："老爸你有没有想过，比起你可能得到的遗产，这点车费只是毛毛雨！"

田教授瞪起了眼："你少给我见利忘义！我看你这两年眼珠子里只看到钱了！"

丁丽说："是啊，有没有遗产又是说不定的，保不住是竹篮打水一场空呢，没把握的事，还是别去的好，白白地浪费了机票钱。"

田教授哭笑不得地横了儿媳妇一眼："不去也不是因为这个……"

他说到半路就住了口。丁丽这几年里终日在家，做完家务就看那种无聊透顶的电视连续剧，有时候竟也会不可理喻。

关键时刻，金晶平平和和地表了态："这样吧，我倒是正好接到了新西兰华文写作中心的邀请，要去那里八个月呢，所有的费用都由他们解决。新西兰跟澳大利亚的护照可以两通，干脆由我顺道去一下，也算是尽了礼，如何？"

大家都觉得可以赞同。田教授感情上有点勉强，理智上不能不同意。这封"晴电"是生父"张儒"发来的，伊妹儿地址还用上了"4423"。田教授泯灭已久的血亲意识被唤醒。章若雪已经亡故，死亡带走了全部恩怨，金晶说得对，历史的阴影，不能永远都挥之不去。况且田教授知道金晶之所以得到华文写作中心的邀请和赞助，让她去那里潜心创作，就是因为她目前正在写作一部涉及婚外恋的长篇小说，一男两女三个主人公的纠葛跨时五十年，田家的秘密家史跟她的当下写作兴奋点正巧两相吻合，所

以她才这么主动请缨参与。田教授终于点了头，让金晶立即准备行装，择
日启程。

六

金晶抵达悉尼机场。前来迎接她的是张德高的妻子莫妮娅。

莫妮娅举着一张纸站在出口处，上面的华文歪歪斜斜：

接张阿根之妻金晶

著名评论家、中文系主任田教授在这块土地上的名字是"张阿根"。
金晶第一眼看见这行字时的第一个冲动就是想大笑。

然后她看见了自己的姁娌莫妮娅，居然是一个极为娇小的中国妇人。

她一眼就可以断定莫妮娅是广东人。

她在后来写成的一篇《访澳随记》中这么描写莫妮娅道：

"她的两眼乌黑，而且深凹。她的颧骨很高，额头却很低。她的肤色
黝黑，可是皮肤十分细洁。她的鼻子很塌，几乎没有鼻梁，好在末端没有
太过于朝天，因此倒反而使她显出了一种平和及善良。她长着一头乌油油
的黑发，用一个银色的丝网在脑后很随意地束了起来。她年近三十，发育
成熟，但是身材小巧得像是一个十三四岁的女孩子。"

"莫妮娅的名字很西洋，但却是一个纯种华人。她的祖籍在广东，上
八辈祖先拖着小辫子挑着箩筐来到澳洲，经过了八代传承，莫家竟从未与
非华人联过姻！读过高等商专的莫妮娅也只不过是取了个有点像欧罗巴人
的名字，开口说出来的还是地地道道的广东客家语。在这块南十字星照耀
的土地上，我见到了这样一个华人女子，哪里会想得到，他们的祖先，竟
然是与大不列颠人几乎是同时到达的第一代移民！"

从莫妮娅的嘴里知道，她手上举着的纸牌，是她的公爹，应该说也是
金晶的公爹、干过国民党中统的张儒先生，亲手用毛笔写就的。

金晶于是再仔细看看，发现字虽然写得抖颤，但却是十分地道的隶

书，功力犹在。

她在发给田教授的伊妹儿中这样描写她所见到的张儒先生：

"你父亲长得很帅。你们俩非常相像。你们俩的身材、头型、脸庞、五官，完全是同一种模式。你们虽然相隔两地，互不来往，但居然留着同样的发式——短发板刷头，这实在是太令人不可思议了！"

"但是你父亲老了。他或许患有帕金森氏症。他的背驼了，骨质疏松是显而易见的。他的手常常控制不住地发抖。我几次看到他将筷子上夹着的菜送向他自己的左脸颊。他的眼睛看着我的时候过于温顺，甚至带着某种乞怜，这只能是病人的眼神。我很难将你向我描述过的场景与我现在面对着的老人联系起来。他已经几次跟我说，一定要回中国见见你。我也跟他说，如果可能，不妨早一点回去看一看。我始终相信，活生生展示的现实，是会把历史的陈迹覆盖了的。"

金晶在发往中国的邮件中，一字不提那位"章若雪"。她觉得那一页已经翻了过去了。

她只用一句话叙述田教授的同父异母弟弟："我听说他是个赌鬼。"

七

田教授读金晶发来的伊妹儿，就像读她的小说一样，立场只是个旁观者。他实在难以抹去童年时代刻骨铭心的记忆。金晶去悉尼一走，在他看来只不过是顺道履行个礼仪，仅此而已。金晶参加完葬礼就去了新西兰，一头钻进那里的写作中心，挤进了她自己笔下创造出来的男男女女中间，去跟他们同哭共笑去了，田教授也就把有关悉尼那帮子亲戚的这人那人这事那事当作随便翻翻的书，翻了过去了。

他近来正与一位老庄学说的研究者马正兴先生共同合作，写一本探讨中国古代家庭伦理道德观念的书。马正兴的妻子年前亡故，儿子在美国当着医生，专攻老年病防治。马先生也是那种跟田教授一样的书生，全身心地投入学术研究，跟田教授十分合得来。书稿分成两大部分，第一部分由马先生负责，专门介绍古代典籍中的有关论述，第二部分由他田教授写，随笔式的，要结合古今中外的一些实例，说明中国家庭伦理的核心思想是一个"孝"字。田教授写得很轻松。写这类被人称为"大文化"式的随笔，在他都几十年了，早在那位余秋雨之前，轻车熟路。

那天他正在电脑前得得得得地驰骋着呢，一侧的手机突然响了。

每次他进入写作状态，因为怕有人干扰，他总把电话给关了，只开着手机，供亲朋好友有急事联系。

电话是张娜打来的。

"田伯伯啊，猜猜我是谁呀？"

田教授最烦这种矫情，立即回答道："猜不出来，有什么事请快说。"

"我是张娜呀！"

"田平不在。"

电话那边传来他乡遇故知似的笑声。

"呀，田伯伯知道我打电话就一定是找田平哥哥呀？"

田教授有了一种进入圈套的感觉，不禁恼羞成怒："没事我挂电话了。"

"别呀，今天还正是找您呢！"

田教授不再吭声，也不挂电话。

"田伯伯，你在听着吗？"

田教授从嗓子眼里"哼"了一声。

"田伯伯，有家律师事务所在找你呢，电话打到这里公司来了，你说，要不要把你的手机号码告诉他们？"

田教授有点吃惊。虽然大家都知道诉讼是公民的合法权利，法律是广大人民群众保护自己的有力武器，可是老百姓还是怕打官司。田教授难以免俗。

"什么？什么律师？"

"嘿嘿，田伯伯你别紧张呀！"张娜洞察一切地笑着，"我看得出来，是好事情呢，人家是约你到'锦沧文华宾馆'去见面，还说是有一份澳大利亚来的文件要你签字呢！田伯伯，我估计是天上有只大元宝要掉下来了！"

田教授一肚子的不痛快。张娜对于田家的事太关心了点，太熟悉了点，也太聪明了点。这就是金晶那天说的，"她跟田平走得有点太近了点"。家里的丁丽对她保持着常备不懈的革命警惕，不是没道理的。

不痛快管不痛快，律师那边还是不能置之不理。田教授于是说：

"他们留下联系方式没有？"

"有啊。锦沧文华十八层，1828房间，王律师。我已经跟他约好了，晚上八点，您会去的。"

田教授放下电话时，心中想：田平啊田平，你千万别让这越俎代庖的女人、这企图鹊巢鸠占的女人，给迷住了啊！

八

"锦沧文华"的1828是一组大套房。田教授与王律师就坐在外间的会客室里谈话。同坐还有几个人，一个是陪田教授来的田平，另两个是王律师秘书。

王律师很认真地验看了田教授的身份证，然后又很认真地看田教授的脸。

田教授解释道：这上面的相片，是我十多年前拍的。身份证上相片，制作粗糙，看起来都有点像是，嘿嘿，通缉犯的，是不是看起来有点不像了？

王律师说："不不，很像很像，真的是太像了，像是一个模子里刻出来的。"

田教授诧异道："这本来就是我的身份证……"

王律师忙说："啊啊，我不是指这个，我只是有点感慨，你跟你父亲，怎么竟会这么相像。"

他说完就站起身，走向里面的房间。

然后，像是在戏台上亮相似的——甚至还有京剧的锣鼓声伴奏着，因为非常显然，里面的卧室正在放着电视，而且是戏曲频道——田教授的父亲张儒，还有一个小个子女人，在那个敞开了的门口，出现了。

在一刹那间，田教授有一种照了镜子看见自己的感觉。

他虽然显得很苍老，但是无论是身材、脸庞、五官都跟田教授一模一样。

这话应该这么说，田教授虽然没有他爹那么苍老，但是跟他的父亲还是活脱活像。

小说写到这里的时候，我想，如果有人打算再将这部小说改编成电视剧，那么，出演田教授的台湾演员李立群先生，就更是大有可为了，因为他一个人完全可以同时出演父子两个角色。

田教授见到阔别了五十多年的、五十多年来一直在心中保持着对他的刻骨仇恨的亲爹的第一个反应，就是站起身，迎向他，伸出双手——绝不是想挥出一拳或是捆出一掌，而是想去扶一把，搀一把，或者说，甚至都有了想喊出一声"爸"的冲动。

不过生活不是戏剧。理智常会战胜感情。潜意识大多不化为具体行动。田教授只走了两步就停住了，只是沉默地望住了那门边的两个人。清醒的他眼珠子转动了一下，马上就认出了，扶着张儒的那个女人，是擅长于人物肖像描写的作家金晶女士描绘过的莫妮娅，弟妹——张德高的老婆。

在田教授以沉默表现出了他的理智的时候，他的儿子田平则以热情的呼唤体现出了他的思考。他赶上几步，跑向两位海外来客，或者说是张氏血亲，先是深深地一鞠躬，然后上去执住老人的手，响响亮亮地喊道："爷爷！"

莫妮娅微笑着开了口，果真是地道的广东腔："你是田平，是不是啦？"

田平乖巧地喊："婶婶！我妈已经多次提到过你啦！"

在旁人面前，田平说出这个"妈"字，够爽利的。

老张儒对此没有任何反应。他只是呆呆地看了看面前这位年轻人，然后又转动自己的眼睛，向客厅里的诸多人们扫视一遍，沉默着。

田平摇动着他的手，说："爷爷，我是你的孙子呀！"

张儒终于开了口道："是你偷了我的钱了？"

九

王律师出示给田教授的法律文书如下：

张儒亲笔书示

鉴于我已被确诊患有不可逆转之老年痴呆症，三个月后，可能失去记忆，而身体的其他机能却无大碍，届时将成为一具行尸走肉，故在我目前意识清醒、具有行为自主能力的情况下，公证遗嘱如下：

1. 我在澳洲的两处房产，A处赠与我儿张德高，B赠与我媳莫妮娅。

2. 我的私蓄100万澳元赠与我儿张阿根（又名田清明）。

3. 如果我儿张阿根接受我的赠与，我的晚年生活由张阿根负责。

4. 如果张阿根不接受我的赠与，我的晚年生活由张德高之妻莫妮娅负责，100万澳元赠与莫妮娅。

立嘱人：张儒

公元2002年5月30日

这份遗嘱写得挺复杂，弄得有点像古代女子的回文诗一样，所以田教授闷着头读了一遍又一遍。田平伸长了脑袋，也跟着一起捉摸。

在田教授与田平埋头攻读这份法律文书时，张儒在房内走来走去，不时地走到坐着的人的面前，很严肃地询问道："是不是你偷了我的钱？啊？"

那小个子的莫妮娅紧紧地跟在他的身后，不时地伸出手去搀扶一下。

当他走到田教授的面前，也发出这一严厉的责问时，田教授的嘴唇不由自主地剧烈地颤抖了起来。他一把拉住了他的手，将他拉近自己，让他的眼睛对着自己的眼睛，说："你认得我吗？啊？你是不是还认得我？"

张儒直视着自己的儿子，目光一点也不昏花地说："你想抵赖？你休想瞒得过我！"

田教授说："我，我是阿根，你还想不想得起来？"

张说："我想起来了，就是你偷了我的钱！"

田教授的眼泪掉了下来，他说："爸，我是你的阿根啊！"

张儒却哼了一声道："我有真凭实据。你从实招来！"

田平实在忍不住笑，插话道："真的像电影里一样，让共产党员招供……"

田教授回头低喝一声："你给我闭嘴！"

然后他就放开了张儒，问了自己的弟媳："请问，他是不是已经完全痴呆了？"

莫妮娅用很不标准的广东腔普通话说："是的。大哥。"

"有多久了？"

"一个月。"

"他还有什么病？"

"没有。他的机体很健康，所以，照顾他就格外艰难。"

莫妮娅刚说完这句话，田平就拉了田教授一把："爸，想跟你单独谈谈。"

田平拉着田教授到门口。低声说："爸，别上那个女人的当！"

田教授说："谁？哪个女人？"

"还有谁？那个莫妮娅呗！"

"怎么了？"

"没听出来她在吓唬你吗？她最好吓得你不肯接受爷爷，那样，她就可以得到那个100万了！"

"那她不是就要承担起照顾……你爷爷（说出这三个字的时候，田教授还是有点艰难）的晚年生活了吗？"

"啊呀呀，爷爷这么硬朗，怕什么呀！老爸，100万哪，什么事不可以做呀！"

田教授恼火地说："你又来了！我接受他，不为这个钱。"

田平马上作出一脸的驯服状："对对，是为了孝顺，为了做好事，为了学雷锋，好好，我们可以进去了！"

田教授重新进入客堂，向王律师说："我同意接受我的父亲，他的晚年生活，我来照顾。"

王律师说："这就是说，你同意接受本遗嘱第2款中的100万澳元遗产？"

田教授说："老吾老，以及人之老，就是没那钱，我也一样同意养他的老。"

王律师笑了："田教授，我只是依法律程序办事。你父亲当初公证这一遗嘱时，考虑得是非常周到的。你看，他是先让你接受遗产，然后再让你承担义务，这就是说，如果你不接受遗产，那么这个赡养义务，也就不落在你身上了。"

田平忙说："当然当然，我父亲也是这个意思，全面接受，是全面地都接受的。"

十

莫妮娅像是个国际信使一样，专诚将张儒送到了田教授家中。

她还像是个考察大员一样，将田教授的三房两厅细细地看了一遍。

"没想到，你们这里的条件很好的。我可以放心了。"她说。

她拿出厚厚一叠打印文稿，递给田教授，说是张儒的一应生活习惯、特殊喜好、有关健康和治疗的应该注意的事项，她都写在上面了。

"最初三页是目录，查找起来不会麻烦。"她说。

她跟丁丽一起为张儒铺了床，安顿了房间，还下厨去煲了一个汤。

"父亲爱喝汤，但从来也不像我们广东人那样爱放点人参。他不服参，吃了就上火，请你们注意。"她这么叮咛丁丽。

临走她才告诉田教授，她已经跟张德高离婚了，回悉尼之后。她将与她的娘家兄弟合伙开一家公司，以后有可能投资国内。

田教授问她打算投资什么样的产业。

她说："我眼看着父亲从一个坚强聪明的人变为痴呆，太可怜了。我想投资老人福利方面的产业。"

说着这句话时，她的眼里汪上了泪水。

田教授说，想不通她为什么要离开张家。

"是父亲再三教育我，要我尽快离婚。"她平静地说，"因为张德高是个赌鬼，而赌鬼，是世上最靠不住的男人。"

送走她的那天晚上，田平在餐桌上说："嘿，我发现莫妮娅是个好人。本来我以为她想抢我们的钱呢，现在看来不是。说心里话，我还挺佩服我家这位婶婶的。"

丁丽说："该称她为前婶婶才对。"

田教授望着闷头吃饭的张儒，一声不吭。

在痴呆之前如此周密地安顿好了自己的晚年，真是不亚于美国前总统里根了！他想着，心里升起了对这个他痛恨和鄙视过五十年的生父的全新的感情——敬佩。

十   一

山歌好唱口难开，果子好吃树难栽。

张儒住进田教授家，田教授一家的生活程序，就此打乱。

他喜欢往外走，逛街。

他是从上海出走的，但是五十年后再回来，他不认得任何一条路了，于是每走必迷路。

丁丽从此再难以全心全意地操持家务，沦为随从、跟班、女保镖。

家里只好重新再雇保姆，那就是田教授家的第29个保姆了。

老爷子的消化功能极强，食量奇大。

他一早起身就想吃，丁丽给他热了一大杯牛奶，他烫得嘴咝咝地喝，喝完就把杯子往丁丽面前一伸，说："怎么只给我半杯？添上。"

丁丽说："不是半杯呀，满得都快溢出来了。"

张儒马上瞪眼道："还有半杯是不是你喝了？说！"

丁丽想起这位老爷子患有痴呆，也就不再计较，再给他热上一杯。

等她端了再一杯牛奶过来时，只见张儒已经大口大口地吃完了两根香蕉了。那香蕉是进口的，有尺把长，平时丁丽和田平须两人分食方能吃完一根。

然后他还必得吃下四片面包，烤过的，涂上黄油。

读者诸君，要计算张儒先生中饭晚饭的食量，请按早餐之比例推算。

多吃点饭有什么了不起的？可是，丁丽老家的乡间有一句很粗陋的俗语道："食多污多，稻草灰多。"

张儒先生白天忙着吃，晚间便忙着穿梭于卧房与厕所之间了。

没有护理经验的田教授一家人尊重老人家的隐秘，不晓其厉害，最初三天任由他自理起居，三天之后，田家卫生间就由白转黄，遍布恶臭，秽气弥漫，波及全套三房两厅，丁丽终日里左手执布，擦拭；右手抓着空气清新剂，喷洒，也还只是起一点稀释遮盖作用，正气是不敌邪气的。

终于，田教授只好再为他的爹请了一位护理工，男的，专职老人如厕业务。

因为犹如医院里的专家门诊，大街上的专卖店，专业性强，男护理又稀有，所以不得不付出了比那过去的28个保姆中最贵的丁丽还要高上一两倍的薪金。

"钱的问题嘛，现在我们家是无所谓的了。"田教授说。

但是他不去动用那100万澳元，将那钱全都存入了银行。

"将来用这钱干点大事。"他说，"对国家对社会有益的事，也一定是对我们田家有益的事。"

十　二

田教授认领并赡养了生父的新闻，让我们这个大学家属区激动了好长一段时间。

兴奋焦点在那个100万澳元上。

一时里，我们大家都熟知了澳元与人民币、澳元与美元，甚至澳元与欧元的兑换比价。从2002年年中开始，澳元强劲上扬，中澳两币之比，从1：4.7骤升至1：5.6，这竟然成了我们小区的常识。

即使是菜场里的菜贩大叔们，也都知道田教授认了个爹，捡了个100万澳元，这个100万，相当于500多万人民币。

简单乘法，都会做。

十　三

走马灯似的，我们这些小区居民，很快就见到了许多以前从来不曾见到过的田教授家的亲戚们。

远不止28个。

傍晚时来了一大家子人，两个老的，三个中的，又拖着两个小的。领队的老头中气十足，一面咣咣地敲他们家门，一面大叫："阿弟哎，开门呀，不能发了财就不认了自家人呀！"

田教授开门就认出了他们，只是脸部十分尴尬，先是在门口堵了一会儿，到底还是抗不住他们的大呼小叫，引了进去。然后便见丁丽急急忙忙地跑出来，去熟食店里买了大包小包的卤菜奔回。到了深夜，老少爷们方才扶着喝红了脸的老的、抱着睡熟了的小的，走出。田教授没有送客。

从丁丽的嘴里，邻居们打听到了，那真的是近亲。领队是已故田师母的胞兄。过去从不来往，是因为该胞兄在"文革"期间居然大搞家庭革命，将自己父母平日里说的一些话贴了大字报揭发出去，结果害得两位老人双双被斗，双双上吊，已故田师母当年是发过誓再不认这个弑父弑母之人的。

丁丽说，田教授虽然请他们吃了一顿饭，但还是很不客气地说，只此一回，下不为例，虽说田师母已经故去，但她的意愿，活着的人——就是他自己——不想违背。不过丁丽还说，田教授是摸出了一叠钱送给他们的。多少？不清楚，不过学校退休教师的工资正好是昨天发，田教授揣在身边的，总有两三千吧。

十　四

丁丽家也来了一大帮亲戚，五个人，其中一个是病号，丁丽喊他姑爹，才五十多岁，却得了肝癌，一望就是不久人世的了。

进了门那姑妈就说：都是陪你姑爹看病来的，住旅店贵，怎么好意思让乡亲们掏钱？好在你们家刚发了财，九牛一毛，拔一拔，就住你们家吧！

没别的办法安顿，田教授只好将客厅辟出，让老乡们男女混居一室。

幸喜天热，几领草席几条毛巾毯，还可以将就。

田教授当晚还叫丁丽从银行取出一万元，算是赞助那位得了重病的亲戚。

丁丽说："爸你真打算动用那笔钱了？"

田教授说："什么叫'那笔钱'？"

丁丽说："呀，就是那笔钱呀！"

田教授有点不高兴丁丽惦着"那笔钱"，板下了脸不吭声。

板脸的表情让丁丽她姑妈看见了，说给乡亲们听，乡亲们就说：

"唉，人就是不能富，一富就容易势利眼，瞧不起我们贫下中农了。"

男女混居一室后的第二天一早，田教授很有点过意不去地进房打招呼。

"让乡亲们委屈了，"他说，"家里房子就这么大，只能这么挤挤了。"

生着重病的姑爹说："唉，老哥你别像我这样地想不开啊，做死做活地一辈子，自己还没享受到呢，就眼看快去了。"

田教授一下子没明白这大放悲声是什么深刻的含义。

丁丽小声地说："他们昨晚就说着呢，说你想不开，藏着钱，住这么小的房子，不会去换一栋小楼住住！"

姑妈耳朵特灵，笑着接上话道："我可是明白田教授干吗掖着钱不花。"

田教授含笑问："为什么？"

"小丽她公爹挺为小丽他们小辈着想的呀，自己艰苦一点，把钱攒着，死了之后就留给他们了，是不是？"

十　　五

章若雪的娘家原来也有后裔。后裔们居然也闻风而动。

一对名叫章红心和章紫心的女人向法院递送了诉状，将张儒和田教授作为第一第二被告告上了法庭。

她们俩称，自己是章若雪的嫡亲侄女，姑妈的财产，她们也有继承权。张儒擅自将巨额存款赠送给田教授，是侵权。

法庭进行调查，发现这两位六十多岁的老太太都已孀居，现居金山乡间，两人都是文盲。但她们各自的女儿都很有出息，考得大学文凭后都在市区写字楼里当白领。其中一个，红心的女儿，跟张娜相识，从张娜处摸得情报，于是就与紫心的女儿——她的表妹，同仇敌忾，挺身而出，做自己母亲的代理人，要为自己的母亲们讨取公道了。

田教授拿到传票后哭笑不得。他给金晶打电话时说："你还以为章若雪死了，她这一页就翻了过去了？章氏家族，后继有人呢！"

红心紫心最后败诉。

章若雪无论有多少财产，第一继承人是张儒，这是常识。

她们的女儿白耗了三千元的诉讼费。宣判那天电视台的"社会方圆"节目来实场采访，她俩很高兴，说是三千元钱买个出镜，值。只是后来节目播出时，电视台自然是为了保护公民隐私权，把她俩的脸全用"马赛克"隐去了。这使她俩又很恼火，据说正在谋划着以"肖像权"控诉电视台，并且扬言说，如果电视台打算和解，也可以，精神损失费拿来，三千元。

<h2 style="text-align:center">十　　六</h2>

田教授自己也不明白怎么一下子冒出了那么多的表妹，而且还都是"嫡表"。

"我是你亲生母亲的嫡亲表妹的独养女儿呀！你母亲跳黄浦去世那年，我已经两周岁了，我妈带着我去哭丧的，都说我哭阿姨哭得最响，你不记得了？"

田教授最怕揭的伤疤被这嫡亲表妹无情揭开时，不由得回头看了看正在大厅里踱步的张儒。幸而张儒已经痴呆，否则，最难堪的倒还是他。

这个嫡表开口借五万元钱，说是儿子要结婚，一定要买连体别墅，首期付款，欲从自家亲戚处按揭。

田教授咬着牙"借"出了两万。肉包子打狗。有去无回，田教授明白。但不出这点血，这个对田家伤心史了如指掌的嫡表，会像当初两岁时哭丧一样，把已经沉睡到痴呆梦乡里去的张儒，都哭醒了过来的。

田教授如今已经不想再看到自己的负罪的生父苏醒过来。如同金晶所说，就让历史翻了过去吧！

更多的嫡亲表妹们很温柔。

已故田师母门面上来了几个。

一个在歌剧院里唱合唱的，带来了一束花，洁白的百合，坐不多久，或许是受不了张儒制作的秽气，总是耸鼻子皱眉，最后匆匆离去。临走抛着媚眼，用好听的嗓门留下了一句话：

"要不是那个男不男女不女的金晶缠上了你，我该是我表姐的接班人呢，阿哥你说是不是？"

田教授努力地回想，怎么也想不起在田师母与金晶之间的空档期，她何曾有过要做接班人的表示。

在厨房里偷听了的丁丽笑得要闭过气去，待客人飘然离去，跑出来向田教授揭示道：

"爸呀，要是我们爷爷早在金老师之前到我家，这位唱歌的表姨的百合花，也不会到今天才送来了！"

有几个自称"嫡表"的妹妹是寄了信来的。

信笺大多是软红色，吸水的棉纸，有香味，还印有隐性的心形图案。女人嘛，格外地懂得这种细节的设计。文字有火辣辣的，有温婉含蓄的，有清淡如水的，有典雅华丽的，一篇篇均可登上晚报《夜光杯》，红极一时的"小女人散文"也不过如此。可万变不离其宗，都是全然不顾金晶的存在，向已再婚的田教授示爱，包藏着与老一辈的章若雪、新一代的张娜别无二致的、为田教授所不屑和痛恨的"越俎代庖""鹊巢鸠占"的祸心。

田教授会受章若雪和张娜之流的蛊惑吗？

十　七

要不是丁丽的高度防范意识，田平倒真说不定会成为田家长堤的一个管涌，一个溃口。

张娜向他发起了更加猛烈的攻击。

她主动与他拥过、吻过，只剩下了最后一道关没让他突破。倒还不是田平不想，而是她认为还必须紧握着这一最后的武器。她很一本正经地说要让田平明媒正娶。问题是田平并没有真的下决心明媒正娶。田平只是像一只馋猫，想偷口食吃，未见得要改换门庭。张娜有点等不及了。

某日田平灰头土脸地来上班，张娜明知故问道："怎么了，你家老爷爷又大闹马桶间了？"

田平说："唉，别提了，走出去找不回来，迷了路了。我找了一晚上，还是在派出所里找到的。"

"我说，你干脆别回家算了。"

"不回家？住你的房子里去啊？"

"那有什么不可以，我把我的让给你租就是了。"张娜还是要保持点矜持。

"嘿，你租的那套房子倒是不错，离公司这么近。"

"我不是跟你开玩笑，我是认真的。"张娜一语双关地说。

当晚田平回家，一闻到家里正不压邪的气味，就想起了张娜的允诺了。

"家里脏臭乱，我休息不好，你看我是不是到外面去租间房子住？周六周日当然是回来的。"他对丁丽说。

丁丽说："你这个人怎么就这么自私呢，你这明摆着是逃离。"

田平说："你不在外面工作不知道，我要是家里休息不好，在外面就成了一只瘟鸡，世界上的竞争这么残酷，请问瘟鸡斗得过谁？"

"你瘟鸡？"丁丽笑起来，一语中的地说道，"你看见你那位表妹的时候瘟过？"

"你怎么又来念这个经了？要不，你跟我一起搬出去？"

"你明知道那不可能。能把爸一个人丢在家里陪爷爷吗？"

"那还是我一个人先住出去。"

"行啊，只是我把招呼打在前面，你就是搬到了那里去，我也还是常常会过来看看的！"

"查哨啊？"

"没错，反正我是不放心。"

田平于是就没能摆脱了田家的圆心吸力。

张娜不甘心。

她在办公室里让田平把自己脱成了比基尼，然后可怜兮兮地咬着他的嘴唇哼哼道："你到底想把我怎么样呀？你给我说清楚了，你想怎么样就怎么样。"

田平让她激得像发了烧，不但有了动作，也似乎有了决心。

张娜却还是非要他表态："你给我说呀，要不要我成为你们田家的人呀！"

此言一出，田平却像挨了一棒似的，一丈大水退下去了八尺。

丁丽几乎每天都把田教授时下遇到的表妹围攻叙述给他听，边说边笑还边评论，未见得是有意，效果却是犹如敲着木鱼作着提醒。因为有了这长期的细水长流式的思想工作基础，田平到底还是比较明白张娜之流的热情来自于何方，不敢太过于出了格。你美轮美奂的张娜若是不说出"要做田家人"的话来，田平的意识倒的确已经开始模糊，可你掐着这个动物本能驱动一切的关键时刻，却突然如此清醒理智地树立出一根导向明确的标杆来，这岂不是大煞了风景扎出了一大针清醒剂了吗？田平刹那间就熄了火，放开了怀中的尤物。

欲速则不达，张娜功亏一篑。

十　　八

金晶居然也凑热闹，从新西兰专发来一封电子邮件，说是娘家一位亲戚，论辈分还是该叫她阿姨呢，想向田教授请教一点有关地方戏曲方面的专业知识，田教授有空，就给他安排出一点辅导时间罢。

聪明盖世如金晶，有时候也会干出糊涂事，这几乎让她自家亲戚抄了后路。

陷入亲戚阵花姑娘包围圈的田教授草木皆兵，如今已是一听"亲戚"

就犯头晕，一说有女人来找就过敏。从伊妹儿上见到金晶家凑过来了一个"阿姨"，第一个感觉就是心惊肉跳，但转而一想，金晶都快到五十岁了，阿姨还不是花甲甚或年近古稀的老妪？人到老妪，各种欲念均退化矣，这是常理，况且找上门来的目的还如此之学术。好，来吧，相约星期六，人约黄昏后。

十三姨来了。

金晶出身于名门大家族。金家祖上做官，兼做盐商，解放后划的成分是官僚资本家。有钱的官商不但繁衍兴旺，而且还讲究个家谱，于是就数房子女统一排序，排到金晶上一辈，子二十，女十三，十三姨就是最小的一个阿姨。因为是最小的一个，虽然辈分比金晶大，岁数却比金晶整整小一折，今年芳龄刚过三十七岁——这是田教授所始料不及的。

所以当十三姨出现在田家客厅时，原本以为将遇见一位学术界老前辈的田教授，不能不惊为天人了。

十三姨是崇明某农场沪剧团头牌花旦，懂戏剧，田教授与她谈得来。

十三姨比金晶漂亮多了。这是谁都看得出来的。懂艺术的田教授懂鉴赏，看着十三姨的目光里免不了常常是充满了欣赏。

十三姨善解人意，见金晶走后再无人给田教授染发，以至于田教授一个脑袋赛似浦东三黄鸡，黑白黄三色相间，于是就特意去徐家汇的港汇广场买了法国"欧莱雅"品牌染发膏，代行了金晶之责，将田教授脑袋搓揉了个把小时，令它重新焕发了青春的光彩。

十三姨而且也会给田教授买"蛇胆润肤露"。

不久，一个很温馨的下午，丁丽陪着张儒去逛街了，第29号保姆去买菜了，专业男护工呼呼大睡着，十三姨就为田教授煮了香香浓浓的咖啡，与他对眠着，悄声细语地告诉田教授说，她虽然有过一个男友，可是那人不是个东西，居然脚踏两只船，去追求一个年近六十的富婆去了，因此，她的感情受到了很大很大的伤害。

她说着这个的时候，泪水盈盈于眶，却又控制着不下流，这就使她更加楚楚动人了，所以田教授就义愤填膺地说："这种东西，还要他做甚，断了！"

十三姨说："是。我听你的。"

田教授说："感情这个东西，掺杂不得一点虚假，更不能搅和上功利，否则，一钱不值。"

十三姨说："是的。只要有了真感情，什么都不会成为障碍，你说是不是？"

田教授说："对对，真爱的人会一往无前，中国的汤显祖，外国的莎士比亚，讴歌的都是这样的真爱。"

十三姨就火辣辣地望住了田教授说："我记住你的话了。什么障碍都是可以逾越的。"

幸而张儒走到半道上忽然喊饿，非要回来吃丁丽下的面条不可，一老一小早早地赶了回来，把我们的满面尴尬的田教授救了。

到了这个地步，田教授才发现自己有点像是踏进地雷阵里去了，而且自己的一只脚趾，已经触到了雷管。

田教授开始反省自己，认识到与儿子田平一样，跟这位十三姨也是"走得太近了点"，悔之不迭。

他连忙办妥了送张儒去海南岛的养老院做身体检查的手续，父子双双乘上飞机溜之乎也。

那地方他早就想去了。海南的养老院是与"老年痴呆"专科医院联办的，全国闻名。马正兴在美国的学医的儿子马上就要学成回国，田教授给马正兴出主意说，你儿子学的不正是老年病防治学吗？我们来筹建个老年康复医院，名字呢，我也想好了，叫"安然康复院"，专治老年痴呆，让你儿子做院长，如何？两个老朋友一拍即合，即将做"海龟（归）"派的马家儿子也乐意，田教授就给金晶去了电话，向她讨主意。金晶说，你呀，不要以为你那100万有多么了不起，别说钱不够，就是你这个人，也不是经营之才，我还是给你找一找莫妮娅吧。没多久，澳洲方面的莫妮娅来了电，明确表示愿出资，而且出力，让田教授关心关心这方面的市场。田教授如今正好趁此机会，一是逃避十三姨，二是真的一本正经地、向人家取经学道去了。

他一走就是两个星期。临走时跟守门的保姆说，对任何人，也就是对任何一门里的亲戚，都说自己是去了新西兰了，是去跟金晶小别重逢去了。

向图谋不轨者炫耀夫妻关系之牢不可破，是很有效的。况且还有距离造成的阻隔。十三姨不得不偃旗息鼓。

十　九

就是在海南岛的养老院里，田教授查出了自己的病。

他陪着自己的父亲去做超声波检查。

张儒的前列腺极度肥大，略有炎症便尿潴留。小肚子胀得好大好大。因为痴呆，他并不在意，有时候还饶有兴趣地低头观察自己的肚皮，很自鸣得意地对人说："我又胖了，瞧我这将军肚，你有吗？"

田教授到海南当天，便发现他似乎"又胖了"，就陪了他去做"B超"检查。

医生仔细看了看，说是有潴留，但不太多，先不必插导尿管，服点利尿药就可以了。

扶了张儒从检查床上下来后，田教授也是心血来潮，怯怯地向医生说，反正后面也没人来排队，可以为我看一看吗？

医生说行，让他上床，一面看着那个扇形的光环，一面问："你有什么地方不舒服？"

田教授说："常常腰酸。"

医生说："还有呢？"

田教授说："有过血尿，不过吃点抗生素就好了。"

医生眼睛紧盯着显屏问："有没有家族史？"

这话田教授就有点听不懂了。

"我父亲是老年痴呆。"他说。

医生说："这我知道。这里本来就是这个专科。我是问你，有没有家属肿瘤史。"

田教授明白大事不好了。

检查结果是肾脏囊肿，待查。

二 十

世上还有比"待查"更加恶毒的诊断结果吗？

田教授从此堕入万劫不复的"待查"过程中。

他一个医院一个医院地查。公立的，私立的。一级的，特需的，综合的，专科的……

他一个项目一个项目地查。尿蛋白，尿常规，血沉，血色素，分段尿，24小时尿……

他一个名医一个名医地查，中医的，西医的，在职的，退休返聘的，海龟（归国）派，土鳖（毕业）派……

他不断地查，查了又查，天天查，周周查，月月查，一个人去查，儿子田平陪了去查，带上儿媳妇丁丽去查……

结果总是两个字：待查，待查，待查。

二 十 一

田教授倒还乐观。他与马先生策划的"安然康复养老院"计划终于得到了政府部门的批准，莫妮娅和她的娘家兄弟的公司也不但决定投资，而且一半资金已经到位。莫妮娅又飞来了一次，到闵行区的江南空地作了最后一次考察，顺带着将施工和设计单位也都定了下来。这个小小个子的原弟媳原来是个非常杰出的经营人才，这倒是田教授没想到的。不过金晶在发来的伊妹儿里却很得意地说：告诉你，我从第一次在机场上见到她时就喜欢上了她，而且感觉到了她的潜质。你再想想，你的父亲将自己的晚年第一托付给你，第二位排着的就是她，这难道是偶然的吗？你家老父，即便是在即将痴呆之时，也是够精明厉害的了！在这点上，你都不如你爹！

金晶始终不知道田教授跌进了"待查"的阴影。她的小说即将杀青。她打算一完稿就回国，来跟家人一起完成建立"安然"的宏伟大业。

她完全同意田教授将那100万尽数投入。

电话里她开着玩笑：你们这些投资人应该订个规章出来，像我们这些开国元勋，以后要是也患上了老年痴呆，该有优先入住权。

听这句玩笑时田教授想，你金晶倒是不会住进去的，你家没这个遗传基因。我呢，倒是差不多，毕竟现在就有个住在海南岛的老爹！

现在终于到了可以动用那个100万澳元的时候了，田教授下决心了。

田平一听他要去动用那个钱就竭力阻止。

"别别，你正在'待查'着呢，保不住要用这钱来救命！"

"嘿，我不是有医保吗？"

"医保医保，自己还是要出点钱的！"

"那能有多少？不过百分之十而已。"

"还而已啊？你要是需要换肾呢？"

"谁说我要换肾？这不只是个待查吗？"

某日，田教授不由分说地独自到银行去询问如何提款，这才知道，这100万中的80万，竟然被田平早在半年前就挪用掉了。

这才是福无双至，祸不单行呢，田教授差点晕倒在银行的台阶上。

丁丽被委派揪田平至家中。

田平不得不坦白说，国家不是放开B股了吗？上半年形势有多好啊，就投了进去了，想赢点利，扩大自己广告公司业务的，谁能料到今年有这么熊啊！

"到底输了多少？说！"

田教授对儿子逼供信时的神态，酷似逢人便查问"谁偷了我的钱"的老子张儒。

"这不叫输，"田平坚贞不屈地说，"这叫套牢。我对我们国家的股市还是充满信心的，用不了多久，不但会解套，而且一定会……"

话音未落，田教授手起掌落，掴了他一个大嘴巴。

嘴巴掴在田平脸上，哭声却发出在丁丽身上。夫妻心连心，丁丽还是心痛自己的丈夫。

不过在发出哭声的一刹那间，丁丽心中明白，祸兮福所倚，福兮祸所伏，家里虽然屋漏偏遭连夜雨，但田平从此便要悔过自新、心无旁骛的了。面前这个挨揍的田平，还是自己的。

二　十　二

好事不出门，恶名传千里。

田教授得病、他的不孝子田平动用了祖上遗产却炒股失败的消息，传得比田教授当初得了遗产的新闻快得多。

还有一个规律是，好消息越传会越小愈清淡，坏消息却会越传越放大愈严重。

田教授肾脏发现囊肿待查这件事，传到后来便成了确诊田教授已经生癌，而且是晚期，而且无救，而且是两只腰子全坏，而且只有一条路尚可行，即换肾，两只都换。

田平炒股没有盈利、资金反而缩水的事，传到后来是田平已经当尽卖空，负债累累，广告公司面临破产，败家子眼看要锒铛入狱了也。

先前家里的电话铃声滴铃铃铃地响个不停。几天后，铃声锐减，上门的亲戚同比减少下去。田家开始复归平静。

田教授有一次提了篮子去买菜。熟识的菜贩子们用特别和蔼可亲的态度跟他说话。目光里充满了怜悯。卖萝卜的山东老汉用温柔得令人汗毛耸立的语调说："大哥啊，想开点，爱吃点啥，到我这里来说一声，我立马帮你进货，只收本钱，不赚你一分钱，啊？"

诸多表妹，包括唱歌的百合花，再不露面，邮箱里也没有了粉红色的信件。

张娜以火箭速度与一外资代理人恋爱并结婚，耗时仅两周。

但是丁丽的乡亲们却结伴又来了一次，还是那五个人，能干爽利的姑妈领头，明显好转的姑爹亦在其中，他们背来了一大捆中草药，说是可以包治百病的，还说姑爹的病，硬就是这药给治好了的。

田教授留他们再男女混居一室，他们说不了，家乡那边搞起了旅游开发，手头有余钱了，想住家宾馆过过瘾去。

十三姨闻讯来找田教授核实。

届时田教授正捧着一本厚厚的《肾病诊治手册》读着呢，一脸的临时抱佛脚的样子。

十三姨看了心酸，忙为田教授捶背，一面捶，一面却就居高临下地明察秋毫地发现了田教授原来是白发多于青丝，头顶的发根，像是当年她在乡下插队时自做豆腐乳一样，花花地长出了密密的白毛来了，由不得她一阵反胃。她忘了田教授这一次的染发正是她干的好事，染的那天，她是个黑白不分的色盲，手上只有敏锐的质感，边往那白发上涂黑油，边还一迭声地称赞道田教授你这头发呀，真好真好，硬硬的粗粗的，真够有劲道。

古人有诗句感慨"物是人非"，今天的十三姨，却真正地体会到了"人是物非"。

"田教授实在是太老了，"她想，"我怎么会这么十三点，想到了要嫁给这样的老头子！"

　　她把随身带来的、的的确确是出自于对田教授的真挚关心的、特意到中药房里买来的两瓶"金匮补肾大膏"放到田教授面前，含着泪水与他告了别。

　　出得田教授家的大门，她挖出自己的小巧玲珑的手机，拨通了前男友的电话，约他到衡山路红蕃酒吧小坐。

　　"我买单，"她娇滴滴地说，"想死你了，坏蛋！"

　　前男友却说："我可是知道你们家亲戚田教授快死了，你没指望了。"

　　十三姨一点不恼地说："跟你说句心里话吧，他就是不死，不犯那恶病，我也没指望。跟他接近了这些日子啊，我倒是明白了一个道理，这个人啊，实在是太正人君子了。"

　　她的前任男友说："你才明白这个道理啊，只有我们俩，才是王八看绿豆，对眼。"

<h2 style="text-align:center">二　十　三</h2>

　　金晶回国之前，特意到悉尼去，再走一次亲戚。

　　她是受莫妮娅的娘家大家族的邀请，去那里过年的。

　　正逢春节，悉尼的唐人街热闹非凡。华人们耍龙灯、舞狮子、踏高跷，过年过得比中国人还要中国化。莫妮娅新当选为一个华人团体的负责人，还组织了一次写春联的即兴对对子活动，报名来参加的不光是一些老华人，竟还有不少是生于澳长于澳、只是从中文学校里学得中文的青少年。金晶跟莫妮娅他们整个家族的亲友们混在一起，竟一点也没有在异邦外乡的感觉，没几天工夫，还学会了不少乡气十足的广东客家语。

　　临别那一天，莫妮娅说：阿嫂啊，其实呢，我已经不是你们家的亲戚了，带你去一家医院，看望一下你们家真正的亲戚吧！

　　金晶明白她指的是谁。

　　田教授的同父异母兄弟张德高。

不到半年，他已经将父亲张儒留给他的A处老宅输了个精光。

他沦落街头不久，精神失常，被收进了精神病院。

医生诊断说，此人倒并不是精神分裂，其症状仅只是老年痴呆。只是他年仅五十，呆得有点太早了些，加强治疗，有望延缓进程。

莫妮娅将自己从张儒那里得到的B处房屋出租了出去，所得租金，用以承担着他的医疗费用，每周都去看望他一次。

但是他已经快认不出莫妮娅了。

当然他更认不出金晶是谁。本来嘛，他只见过这个中国来的亲戚一面，那是在半年多前，他母亲章若雪的葬礼上。

莫妮娅给他带去了一大块巧克力，说是他喜欢吃。不料他将那巧克力掰成了一小块一小块，放在地板上，然后将它们当成纸牌，玩起了21点。他玩得兴味盎然，再也没看两个探望人一眼。

金晶这回可以细细地观察他了。可是无论她怎么细看，也找不出与张儒和田教授有类似的地方。

"他与他们俩，一点也不像。"她对莫妮娅说。

莫妮娅幽幽地说："是的。"

"他比他们俩，要漂亮得多。"金晶补充道。

莫妮娅只是苦笑。

二　十　四

金晶回到了田教授的身边，发现他像是苍老了五岁。

她再看看住在家里狂吃猛撒的公爹张儒，发现他比半年前初次见到时，像是年轻了五岁。

她心疼地对田教授说："你太辛苦了，往后，我保证再也不会离开你这么长时间了！"

她马上调动起她身为作家的阔大无比的关系网，为田教授诊病。

结果还是"待查"。

最后是马正兴的儿子回来了，方才停止了那个"待查"。

马家儿子、未来的"安然康复养老院"院长看了那一厚叠的"待查"报告，笑着说："不就是老年性的肾囊肿吗？常见的老年病之一。国外的调查比例是，六十岁以上的男性，有百分之六患者。"

"你的意思是，这个肾囊肿，不是肿瘤？"自学过《肾病手册》的田教授疑惑地问。

"肿瘤有什么了不起的？田教授你看看丁丽嫂嫂脸上那颗痣，就是肿瘤。"

丁丽抗议道："什么呀，我这颗痣，人家叫是美人痣的。"

马院长却说："美人痣就是肿瘤，良性肿瘤。"

田教授说："那么，我这肯定就只是像美人痣一样的良性肿瘤了？"

出国归来的马院长说："肯定是。你看看你这些检查结果吧，所有恶性指标全是阴性，还不说明问题？"

田平问："既然如此，为什么总要'待查待查'呢？"

马院长说："怀疑总是没有错的！"

田教授忍无可忍地骂娘了："这他妈的就是非要查出我一只癌细胞来才罢休呀！"

二　十　五

全家无比轻松地共进晚餐。

大家都说"海龟"毕竟是"海龟"，见多识广，解除了田家的一块大心病。挑他做将来的"安然"院长，没错。

只有田平还是苦着一张脸，哆哆地用筷子头挑了饭吃。

金晶用自己的汤匙敲了敲他的碗："喂喂，一人向隅，举座不欢，别弄出这个小样儿来好不好呀？"

田平说："养老院一动工，钱就得哗哗地用进去，这我明白。唉，我是戴罪之身哪。"

金晶说："有金老师在，你怕什么？"

田教授笑了起来："金晶啊金晶，你以为你是救世主啊？"

金晶说："你以为我不是？"

她变戏法似的甩出了一张支票。

支票上写着五十万美金的数额。

田教授笑问："金晶你是不是也从哪里蹦出了一个爹，或者妈，或者什么亲戚，落得了一笔遗产？"

金晶说："我哪有这样的福气啊，我是劳苦大众啊！"

然后她告诉全家人，小说写完后，被国外一家出版机构看好，决定不但出书，而且改编成电视和电影作品。经过商洽，对方一次性买断了五十年英文版权，这笔钱。是第一次支付的稿酬。

田平向他的后妈直作揖。

"我的救苦救难的妈呀！"他毫不困难地将"妈"喊出口来，"我下回再也不犯那种低级错误了，等股票解套了，我会连本带利还出那笔钱来的！"

丁丽则冷言冷语地说："像他这种人，还是过过穷日子的好，消停。"

田教授认真地看着那张"版权合同"，然后说："买断五十年？嘿，太长了。"

"五十年后我们在哪里？"金晶笑问。

"在我们的'安然养老院'里。"田教授笑答，"投资者有居住优先权，我们已经订立了制度了。"

金晶说："我们俩一起去。"

田教授说："是的，一起去。"

两人的手握在了一起。

妖戏

一

　　规范的作文法教导我们说，小说要引人入胜，必得先有伏笔，后再呼应；半吞半吐，欲擒故纵；众多的纠葛，大量的巧合；关键的关键是万万不可把故事的尾巴早早地抖搂出来，要藏而不露，夹得紧紧的，待吊足了读者的胃口，方猛地一下甩将过去，然后戛然而止，留下别人细细回味，自己便可得胜回朝了。此法我屡试不爽。然而久而久之，作为一个操作者，我也终于生成了厌倦之心。我决定换一条路走走。在下此决心之后，我写了一篇题名为《后新闻阐释》的小说，朦胧了人物，淡化了情节，自以为是很具先锋改革精神了。不料不久便收到了许多读者来信，关切地询问我的精神是否健康，问道："王晓玉，您的这个阐释怎么看不懂啦，我们这些王晓玉作品崇拜者，指望着您康复后迷途知返哪！"我读了这些信好不感动和心酸，既不想拂了我的上帝们的一片好心，又希望坚持改革之路，所以决定写一篇内容上明白晓畅些，但表现手段上不再遵循传统程序，搞条条大路通罗马之把戏的新作出来，以示我终于寻找到了某种最佳结合点。鉴于此，本小说在一开头就向读者诸君坦白故事的结尾，交代各位主人公的结局，并且一一列明人物与人物之间的关系。如下：

花伯其，老教授，著名翻译家。

方洁，花伯其之研究生，后为花之续弦。

花树人，花伯其之子。花伯其死后，与方洁相恋。

瞿芬，花树人之妻，先为花伯其之遗产与方洁对簿公堂，后在得知其夫与方之恋情后，以硫酸毁方之容，并泄放煤气以图杀害其夫。

花林，花树人之子，为瞿芬所泄放之煤气毒害，成为植物人。

读者诸君，虽然你们已经知道了故事的终结，但我相信你们还是很想了解事件的整个过程。文学这个东西，注重的并不是结果，而是过程，我明白。

二

在嫁给花伯其之前，方洁曾嫁过一次。

丈夫是大学里的同班同学，比方洁小二十七天。小二十七天便总以小弟自居，从二年级就将一应内政大权上交：饭票由方洁总管，饭碗自然也由总管总洗，平时的衣裤鞋袜，概归总管大臣负责洗涤。临近毕业时，小弟与同系不同届的一位少数民族同学在卡拉OK厅里痛打一架，对方骨折，他头皮开裂缝了十针。方洁未曾作妻先当了娘，白天跑学校跑法院为小弟之免予处分、起诉而奋斗，晚间在医院里端屎端尿陪伴守夜好似一匹忠心的狗。小弟出院之日，便是他俩登记结婚之时。然后是很一般化也很正规化地操办婚事。主办人并非当事人，而是小弟的爹妈——方洁是孤儿，小弟是三代单传的宠儿。然后是新婚蜜月。蜜月未过半，方洁就向法院起诉要求离婚。理由够充足的：那位当丈夫的，竟然去参与一个三男二女的淫乱活动，方洁发现后予以规劝，反让那小丈夫口称老东西左右开弓活扇了两个大耳光。

于是方洁就又独身了足足八年。

　　过了三十足岁生日的方洁报考了花伯其的研究生，并且一矢中的，击败众多竞争者，成为年近古稀的老翻译家的关门弟子。

　　花伯其在批阅那十几名考生的试卷时，毫不犹豫地选中了方洁那张标了"0088"号码的卷子。自然并不是因为那号码正属时下拍卖价最高的吉祥码。花伯其虽不是共产党员，却是很坚定的唯物主义者，从不相信那一套。他是非常称心如意地看中了这份字迹工整漂亮的试卷上充分表现出来的才气和功底。全部试卷改毕之后，他又把这份"0088"抽出来，细细欣赏了一番。看得正有滋味时，他儿子花树人找来了。花伯其在十多年前从楼上跌下，命不该殆只断了一条腿，以后便处处行动不便了，外出活动常需儿子接送。花树人刚一进门，花伯其就兴冲冲赛似觅得了宝般喊儿子过来看这份"0088"：

　　"瞧瞧这几笔字，像不像那个彭中华写出来的？"

　　家里的孙子花林刚升三年级，天天在临《彭中华钢笔字帖》，花伯其已经看熟了那种规整而不失漂亮的字体了。

　　花树人很认真地端详了一番，摇了摇头。

　　"怎么不像？"花伯其摘下老花镜，向儿子瞪大眼，"你倒说说，这用笔，这布局，哪一点及不上那本帖子？"

　　儿子紧闭了嘴巴，只是出神地看着那张试卷。

　　性格刚烈的老翻译家就是厌憎儿子这种闷葫芦脾气。儿子愈是咬紧牙关，老子愈是要逼他开口。

　　"说起来还是专事书法研究的呢，连这点鉴赏能力都没有！"他用手中的司的克（英语手杖的音译）捣着地板，"还教人呢，还教花林呢！"

　　熟知老爹脾气的花树人不羞不恼不上火，一边将手中的"0088"归入父亲案头的文件篓，一边说："神韵非凡，比彭帖更多了份洒脱。"

　　花伯其笑了起来，很慈爱地望着儿子那酷似自己的方头大脸。儿子的性格纵有多少不尽如人意的地方，儿子的学识和才气，却还是很秉承了花家的传统呢，他三分遗憾七分得意地想。

"这考生，是男的，还是女的？"花树人边扶了老爹下楼，边问。

"当然是男的，"花伯其毫不犹豫地答，"我出的试题，女性思维应付不了——至少答不了这么圆满。"

花树人不吭声。老爹虽然是留洋博士生，专事研究西方文化近半个世纪，大脑底层却堆满了中国式的传统观念积淀，时不时地会冒点什么出来，那男尊女卑思想只是其中的一种罢了。且不论他与儿媳瞿芬之间的矛盾，至少有一半起因于他对她的固执的鄙视，就说眼前这张试卷吧，那横竖撇捺构架布局间，明明是浓浓地透出一股股女气阴气，他老先生是很懂书法的，偏就视而不见！更何况还弄出个什么"女性思维"理论来，实在真的如瞿芬所说的，是有点老背时而且愈老愈倔强了。

花树人腹诽甚多，嘴巴却牢牢闭住，对老爹的话无有一句反驳。既是因为性格，也是因为习惯，当然还有孝心。花伯其生性火暴，却又患心脏病，气不得。

三

"0088"是方洁，方洁是女的，女的凭了遥遥领先的考分无可争议地当了花伯其的研究生，而且还是年近七旬的即将退休的花老先生的关门弟子。花老先生尽管对收什么人当关门弟子极为重视——这是他从教近半个世纪的一个句号——尽管一发现"0088"属于女性世界就很是光火，但上有研究生院的"招生办"坚持原则，下有考生的高分不容篡改，老先生也只好认了命了。

方洁按通常程序前来复试，面觐导师。

她一进门没给花伯其留下好印象。那天正刮着大风，走进走出的人都很小心地把握住自己身前身后的门，这方洁却全无那顾前瞻后的细心，直别别地推了门入内，直奔办公桌后的考官花伯其，结果没跨出几步，身后的橡木门就重重地嘭的一声弹向了门框，震得门框上的陈年老灰簌簌地往下掉，震得心脏机能早已不太坚挺的花老先生先是一阵心悸，继而就在心里暗骂了："粗手笨脚的闯祸坯，没一点教养！"于是他就在事先准备好的多项试题中选了一个最难的考她。那是一个关于阿根廷的魔幻现实主义作家博尔赫斯的论题。花伯其的主攻方向是法国文学，考核的题目却出到南美洲去，明摆着是居心叵测、故意刁难的了。

方洁后来成为花家太太后，曾与丈夫谈起这次初识。"我看见你目露凶光，于是就觉得你青春未逝、活力依旧，心里的距离感顿时消淡。"

"怪不得你两眼直视着我，没有一点怯意。"老教授抚着少妻的手，注视着她那大大的、眸子黑亮没一点杂色的眼睛，幸福地回忆道，"你那天答题答得真出色！"

老教授即使在夫妻讲悄悄话时也没失了身份感。其实那天他根本就没听明白或者说是没听完整方洁的回答。方洁坐在他面前之后镇定自若的态度；她那双清澈的眼睛先是毫不躲闪地迎接了他厌烦的挑剔的目光，继而在滔滔不绝地答题时如入无人境界的那种目空一切；她在剖析作家作品中显露出来的对文事人事世事的深度洞察；她那与她的年龄很不相配的极为老练成熟的语言操作和相当缜密的逻辑思维。在不到十分钟的时间里就紧紧地攥住了他，改变了他，感动了他，吸引了他，并且糊涂了他。六十多岁的老头子在一刹那间无论是情感还是理智都退回到了知天命甚至是不惑之前。方洁的声音在渐渐远去，他的灵魂也随了她飘离了此时此地。他只觉得她那双漆黑的眸子如同无底深渊，在吸着他坠下去、坠下去，而那种飘坠之中的轻松、愉悦、无物无我的感觉，既熟悉又陌生，让他的心好似蜕去了一层硬壳，注入一股活血，更换了所有的肌腱一般，活泼泼地颤抖了起来。他巍巍然端坐于写字桌后，神态严肃面无表情，外人看来是在细听着挑剔着考核着面前那位女学生，谁能知这老先生实在已魂不守舍，天知地知他自知：一个丧妻多年本已心如枯井的老学究，竟莫名其妙地跌进了情网。

面试结束后，其他几位参与考试的教师一致认为方洁完全够格，花伯其却久久沉默着作无可无不可状。许多人当时又误以为这老先生发作了重男轻女的老毛病。一位助考的年轻副教授还斗胆面谏道：

"这名考生的最大特点是有自己的独立见解，她对《交叉小径的花园》的分析，特别是对其中关于中国古代宗教文化的分析，实在是太精辟了！……"

"不要言过其实！"花伯其不耐烦地打断他。这位副教授年轻漂亮、白脸、单身，而且出名地善于与女性周旋。花伯其平时对此有疾寡人尚能容忍，此刻一听这白脸单身没口称赞"0088"，无名之火突地就蹿将上来，那火焰里明显地煎熬着汾河酸醋。此中隐情，旁人何从知晓，所以，一时里目睹老先生火冲冲的人，都认为这偏老头子是不打算充当识马伯乐了，却不料老头子登地站起身，抓起拐杖，边出门边就扔下了几句最高指示："只收这一个，关门，再不收了！"

四

三年中花方两人始终是很地道很正宗很理智很冷静的师生关系，无一言过杠，无一行越轨，地火只在岩下奔突。三年后方洁毕业，留在学校的外国文学研究所工作，花伯其办妥退休离职手续，两个年龄相差三十有余的白发人红颜女双双去民政局登记了婚。从师生关系跨入夫妻之门，中间只越过一道门槛：在外是一道手续、一纸证书；在内是一次谈话、一段挑破两人中间一层薄纸的对白：

"学位证书拿到了？"

"是的，先生，您的退休手续办得怎样了？"

"从明日起正式赋闲，就此退出历史舞台。"

"先生手头有许多研究项目呢，还有好几部需要修订的译著。先生的新生活正要开始。"

"不用再先生先生的了！我们的师生关系结束了，你可以弃若敝屣了。"

"先生从来也不是这么教导我的。"

"嘿，时过境迁，你的翅膀已经硬到足够载了你飞离我的教导了！"（后面这句绝对欧化的长句，是以法文说出来的。）

"如蒙先生不弃，我愿终生留在温暖安宁的母巢里。"（方洁明白，如此富有诗意的表白，也以法语表达为宜。）

花伯其打了一个格愣，好像话剧演员忘了台词一样。他没想到方洁这么快就直奔主题。"我离不开先生的指点了。"花伯其又打了一个格愣。原来如此，他想，只不过是要我"指点指点"而已！好一个自作多情的老不死！他这么想着，恨不能扇自己两大耳光。

"欢迎常来舍间，教学互长嘛，我也从你那里学到了不少。"

"先生别这么冷冰冰好吗？先生别跟方洁打官腔好吗？先生真的要把方洁拒之门外吗？先生真的看不出方洁早把这里当成自己的家了吗？方洁不想当客人，方洁想当这里的女主人了。方洁不愿再等待，哪怕是一天。方洁今天就要先生回答，先生您肯吗？"

如同挨了一梭子连发子弹，花伯其顿时喘不过气来了。哪部世界名著都未曾出现过进展如此神速的情节。这可爱的方洁！这可怕的方洁！这可人心意的方洁啊！

似这一般的谈话，本已到了高潮，但那素以治学严谨闻名的老先生却偏要画蛇添足："外面的世界够精彩的，何必守着一匹伏枥老骥？"

"先生您知道我，我本来就是从外面那无奈的世界里逃遁到先生这里来的。"真是给足了面子。

"我哪有能力给你庇荫？"

"我们会相濡以沫。"好一个"我们"！

"估算过世俗偏见的威力吗？"

"先生您怕吗？"

花伯其中此激将之计，失却了身为教授学者专家导师的全部自我意识，一把就揽过了倚坐在他身边的方洁，那动作之漂亮洒脱，充分显示出了他留法八年专事现代派研究的西化资历。

他们的结婚证，是谈话当天的下午就去领了来的。

五

沸沸扬扬了一年有余。

本国习俗：类似这样的新闻，不必见诸文字，不必由什么人什么传媒什么专事包装的公司之类耗时耗财耗力地"炒"，便可以有口皆碑以一当十天长地久妇孺皆知地传诵开去，流传下去。六十多岁的知名教授花伯其娶了三十多岁（传说中多为二十多岁）的研究生（传说中多为大学生），一时里成为本市学术界、翻译界、教育界、文学界，乃至妇女界、医学界（包括男子性功能研究中心和计划生育指导部门）的很重要的一项热点新闻。

婚后年余，有一位供职于市内新开设的男性康复院的某主任大夫，专程找到花家，出示了很正规的介绍信，很谦恭地来向花老先生请教房中术。谈话是在花家那座私宅底层的大客厅内进行的，客厅隔壁是吃饭间。吃饭间里方洁在刷碗，比方洁大三岁的儿媳妇瞿芬在有滋有味地很耐心地剥着吮着一堆蟹脚；客厅内一角会客，一角的长条几上铺了一大张宣纸，花树人正在为十岁的儿子花林作大字示范。那康复主任寒暄之后说明了来意，花伯其一时里还没领悟过来呢，隔壁咬着蟹脚的瞿芬却已哈哈一声笑得露出了一口白牙，捏了一只大蟹钳倚到客厅门边，笑吟吟地盯着老公爹看，看他这现代派的老头是如何答题的。几乎是与此同时，或许是童言无忌，或许是母子天生了的心灵感应，那小花林忽而大声地发了问："爷爷，什么叫房中术呀？"

花老头应付的办法倒也简单。他猛地举起拐杖，朝来客吼道："滚！

滚回你自己的房中去！"

　　不久，又有一自称是街道干部的女人敲开了花家的大门，说是来向年过四十六但不足四十九周岁的花夫人即方洁女士宣传我国当时之基本国策计划生育政策。也巧，那天家里就方洁一人。花伯其去参加政协会议了；花树人还没下班；瞿芬的化工厂虽然就在附近，但她一回家就忙忙地描眉涂唇一番，匆匆赶到花林的学校去了。这位女化验员在这家里跟谁都合不来，包括跟自己的丈夫，但她绝对是个好母亲，从花林上幼儿园起，她就天天送去接来，风雨不误，而且因为深谙当今社会之势利眼，去接儿子前必得将身上那被硫酸硝酸腐蚀得斑斑点点的工作服换下，穿戴得整整齐齐的，免得害儿子受人轻侮。方洁一人在家，刚搁下笔打算拾掇一家人的晚饭，那位"基本国策"到了。因为是一人在家吧，无须照应谁不必顾虑谁，方洁轻松自如地面无表情地很有礼貌地听那位曾生过两个千金一对双胞胎儿子的大妈上了一堂国策课。等她终于闭了嘴了，方洁开了口："阿姨烦劳您代我登记一个明年的指标，我计划明年上半年生一个。"

　　那大妈目瞪口呆时，方洁很诚恳地补充说明道："符合国家政策的，阿姨您放心。我们家先生只有花树人一个，我没有生育过，按规定我可以再生。男的女的，我倒不在乎。"

　　将大妈礼仪周到地送出门时，方洁才发现，那花树人竟不知什么时候已经回了家。他平时走路就轻捷，今天因为方洁专心应对"基本国策"，更是没有感觉到他的进入。方洁关了大门返身走回，猝不及防见到他，而且还看见了他忍俊不禁的笑容，再镇定自若的她，也不能不一下了红了脸，一低头便闪进了厨房里。

六

　　方洁能与比自己大三十岁的丈夫相处得真切自如，却总是很难找准在丈夫的儿子花树人面前的自我感觉。把他当下辈？他比自己年长足足六岁。把他当兄长？岂不颠倒了上下名分！那么，像朋友般相处。就像许多当代先锋作品进口电影所展示的那样？更不行！且不说这个分寸实在难以与花伯其在家中的至高无上的家长地位相吻合，便是在理论上该称为儿媳妇的瞿芬那里也通不过。

瞿芬那双漂亮的丹凤眼如鹰般闪着加倍于常人的光亮，如X光如探照灯如迪斯科舞厅里的五彩流动激光，更如那万吨水压机的两个大冲击锤，在家里除了她儿子花林之外的成员中间横冲直撞，与其说是其有一种非凡的穿透力、洞察力，不如说是带了某种不由分说的染着力、挤压力、变形力和杀伤力！从改变了研究生的身份进入花家的第一天起，方洁就无可逃遁地被压入了瞿芬的这双异常美丽凌厉的目光之下，方洁实在受不了瞿芬的目光。方洁的感觉是，瞿芬的目光有一种魔力：那目光若是把你看成是贼，你就会对自己明明不是贼这个事实发生怀疑；那目光若是认定了你是强盗，你就会真有被缉匪人员逮住了的感觉；而若那目光用看婊子的方式睨视着你，你还会觉得自己真的是个卖淫的娼妇了！

在正式成为花氏家族成员之前，方洁还未能识得瞿芬此功，那主要是因为花方两人十分正宗地尊师爱生，任谁都未曾料到那关系会发生如此之快的质变，瞿芬亦未在方洁面前显示出她的特异功能。那三年里，瞿芬虽常在花宅见到方洁，但见她毕恭毕敬地听花老先生授课帮花老先生写作，后来熟惯了又帮着做饭洗衣收拾房间，省了她许多家务时间，所以对这相貌平平稳重沉静的女研究生倒也不厌不烦，目光里最多有点鄙薄，好似方洁的带教老师不是别人而是她瞿芬似的。方洁突然在一夜之间成了花家的家主婆，亦即她丈夫的后妈，她的晚婆母，这在她实在是始料不及。她费尽了心思揣摸这个比自己小了三足岁的女子。为什么方洁要嫁一个半截子入土的老头子？为什么方洁这么老谋深算地把自己装扮得那么老实厚道？为什么方洁会长达三年之久地骗过了她瞿芬这双人人都说是够厉害的眼睛？她愈揣摸也便愈怒火万丈。她先是认定了方洁是奔着花家的私宅、花老头子的存款而来的强盗，后又怀疑这毕竟年轻而且不曾生育过所以身材毕竟窈窕的女子是冲了花家的公子花树人而来的窃贼，最后把这个不由分说尤其是未经她瞿芬同意就闯进了她志在必得的领地的入侵者确认为世上最狡猾的狐狸、最阴险的豺狼、最下贱的娼妓。她把她的结论明明白白地写入了她的眼睛，并且目光灼灼地把她的思想、观点、感情化为一种生物电，用以日夜击打她所切齿痛恨的仇敌。她很快就发现她的战术相当有效。她看出那位有着硕士头衔的大学讲师，一在她的目光笼罩之下，便失去了全部的身份，既不能像个真正的后妈，也没有了当初做研究生时的自如，更难以一个平等于她和她丈夫的朋友或同事的姿态置身于这个家庭。她享受着她对这个入侵者实施报复的胜利，并且好像一个嗜血者，决心不懈地品尝心头滴血者的痛苦。可怜的方洁，于是便无可挣脱地成了难以觅得自身感觉的尴尬人。

这尴尬，还不能对别人说。尤其是不能让花伯其知道。年过七旬的花伯其沉浸在幸福之中。在方洁那里，他从一个咄咄逼人的严师，一下子变成了一个顺从乖觉的小儿童。无论是学术研究还是生活起居，他都已离不开方洁。方洁成了他的另一支拐棍。年迈者少眠，半夜里他常常会久久地醒着，注视着枕旁的方洁，喃喃地自言自语："是真的吗？……我的小洁……不是做梦？……小洁小洁……"

惊醒了的方洁决不睁开眼睛。她明白一旦睁开了眼睛，自己就会控制不住，把满腹的委屈拌和了泪水倾泻出来，而淹没其中无生还可能的，不是她方洁，只会是本来就与儿媳不和、生性暴烈，却又老迈衰弱的老人花伯其。

这尴尬，唯有那位终日里闭紧了嘴巴的花树人能体味，方洁知道。

还只是这个家庭里的客人时，方洁就知道花树人在家里是个专受夹板气的角色。花树人既是家长观念极重的老爷子的独养儿子，又身为霸道尖刻的瞿芬之结发丈夫，既要在表面上处处事事顾及老父的面子，作孝子状，又要在私下里抚平撸顺刁妻那一身的刺儿毛，淡化矛盾以时时阻止世界大战的爆发，同时还必须在老子和妻子都视若命根的单传独苗——花林面前，一方面充当谆谆教导的严父，一方面又任劳任怨，甘做听候使唤的仆从。难哪，这位在中学里教历史的高级教师。所以他一回家就成了长颈鹿般的无声动物，而其实他极有口才，方洁有次去他学校找他，站在他的教室门口听了他半节课，方明白他那高级教师的职称是货真价实的；所以他一进入瞿芬的目光射程之内就现出一副畏葸相来，好似一下子就缩短了半尺，而其实他身高足有一米八，完全继承了花伯其的匀称挺拔，而且因为正当壮年，显得格外丰满结实；所以他在方洁进入了花家并且立即与他一起成为有苦难言的尴尬人之后，最能识得其中滋味，虽难以明言，却能以他的偶尔的一瞥，向方洁表示出他的理解、同情，还有一种无端的负疚。方洁发现，自她成为花家成员而瞿芬立即将所有的家务活都一推了之后，这花树人，渐渐地提前了下班回家的时间，不久，又改变了中午在学校里吃食堂的多年习惯，骑了助动车赶回家来用餐和午睡了。方洁心里清楚，这是为了帮她分担一点家务的劳苦，让她能多腾出点时间坐到他父亲的身边去，坐到她自己的书案前去！

然而这一切，又实在难以明言。瞿芬的尖利而又暧昧的目光总在他俩之间扫来扫去，那目光里的内容如同高强度的染色剂，胶着在他俩的身上，由不得你愿意不愿意承认不承认存在不存在，反正是认定了你俩的某种关系某种色彩某种罪恶了。这种毋庸置辩的判定，方洁木知木觉（吴语词汇，指感官不灵敏、失去知觉）地隔了好一段时间才从瞿芬言语和表情中体会到和领悟到，而花树人，则是在方洁婚后进入花宅的头一天晚上，就在自己的房内，听瞿芬咬牙切齿地宣告出来了：

"你们花家进了个妖精了。瞧着吧，先迷死个老的，再就是找你来。或者是老少一块儿吃。哎，你不觉得她跟你其实更般配吗？"

花树人闷头抽烟，好似聋了一般。这是多少年来他对付瞿芬的老办法了。

"瞧她那种厚皮厚脸的样子吧！进人家就好像进自己家似的！好个'落落大方'！好个'如鱼得水'！"瞿芬引用了几个花伯其的老朋友前来做客时的贺词，"这现成果子吃得可真轻巧！轻轻巧巧地就来当个教授夫人了，轻轻巧巧地就来准备继承遗产了，轻轻巧巧就成了花家门的当家人了！什么研究生！狗屁！是个强盗！贼！婊子！！"

花树人掐灭烟头，站起来铺床。

"别动我的东西！"瞿芬发出蛇一般的嘶嘶声，"睡你那书房去！免得我降低了你们花家的'知识层次'！"这里引用的是花伯其的语录。还在花树人跟瞿芬谈恋爱时，花伯其曾用"知识层次低了些"评议过即将过门的儿媳。花树人当时还不晓瞿芬之厉害，新婚蜜月为表忠心嘴巴不牢说与新娘听了，以后就此常尝苦果。"喏，知识层次高的在上面哪。"瞿芬歪着嘴角冷笑。花伯其的卧室书房都在楼上。"你们一家子的书香门第了，干脆，你把你那床铺也搬了进去得，她能着呢！……"

"何必呢，"花树人开了口道，"人家又没碍着你什么……"

"啊哈，这就心疼了？还轮不着你吃残羹冷饭呢！"

这一类作死作活的夫妻私房话，虽只由花树人一人吞了，但聪灵的方洁很快就凭着感觉体会到了。瞿芬没想到她刀一般利、蛇一般毒的目光不但在虐杀这两个"知识层次高"的人的敏感的心，同时却也沟通了他们，至少是让他们惺惺惜惜惺惺地感到在同一个屋顶下，他俩是一对同命运的尴尬人。

七

花家两个在辈分和年龄上倒置的女人，有过一次正面的交锋。那是方洁嫁后半年发生的事。方洁得了一笔稿费。因为出版的是一本专著，三十来万字，所以到手的总数近了万元。方洁在去银行领款前，跟花伯其说了自己的打算：

"我想用这笔钱，全面更新家里的厨房设备。"

花伯其想了想说："厨房，用得了这么多的钱吗？"

"全部换成电器。"

花伯其又想了想，问道："电费，是不是很贵？"

"略贵些，但煤气费也涨了，所以相差不太多。更换的目的是，一干净，二省力，三漂亮。请原谅我在消费上的追求超前的虚荣心。"

花伯其大笑道："坦白从宽。我就是喜欢你这种自省精神，而且还不吝袒露。哪像楼下那两位，一个是从来也没错的时候，一个是从来也不肯露一点点心迹，哪怕是对自己的亲娘老子。我跟你说，早两个月前，他就跟我提出过，把家里的煤气灶换成用电的了……"

"谁？"

"树人呗！闷头闷脑地往我面前一站，就说是要添什么厨房电器了，开出来的购物单，跟你差不多。"

方洁笑了："你捂紧了口袋，拒绝了？"

"不错。我还以为他又犯了妻管严了，他那位什么时髦想要什么的老婆又撺掇了他来搜刮他的爷老子了。让我一顿臭熊骂了出去。要像你这样说出个子午卯酉来，我也不会不舍得这几个子儿呀！"

方洁获准后，马上就去悉数买了一大堆电饭煲、电炒锅、电水壶、微波炉之类。耗钱较多的是一架洗碗机，进口货，是去徐家汇那边的"东方商厦"运了来的。与此同时，还以旧换新，贴了三千块钱，将家里一台小立升的冰箱换成了个大的。方洁办事果断利索，从上午去银行支取稿费到跑几家商场付了款订了送货车，半天就把事全办妥了。下午三四点钟时，送货的陆陆续续到了，花家客厅厨房里好一阵热闹。花伯其下楼来看过一看，既是无甚兴趣，也是插不上手，让方洁一劝就劝上楼，继续埋头于他的校勘文稿去了。四点钟过后，那架硕大的洗碗机运到，方洁正愁忙不过来，花树人的助动车在门口噗噗噗地响了起来。方洁喜出望外，冲那止了噗噗噗声的方向喊道："哎！正好！快来搭一手呀！"

花树人急急从门口冲进来"搭一手"时，脸上很有点红一块白一块的，方洁因为低了头进着劲，所以并没有发现。她没料到那天瞿芬弄了两张舞票，先是赶到学校叫出了花树人，后就坐在丈夫的车后，打算回家来换了衣服打扮打扮再双双出门去的。瞿芬清清楚楚地听见了后妈的这一声"哎"。反应极快的瞿芬在从助动车后座跳下的同时，就冷笑着向丈夫的耳朵眼里钉进了一句话：

"喊你'哎'的人在喊你呢，快去！"

花树人真的视发妻之指令为至高无上的圣旨，熄了那车的火都来不及拔出车钥匙，就往屋里冲了进去了。花家的私宅是一幢二层小楼，面积虽不大，结构却十分精巧，花氏上代的创业人是清朝最早一批公派留学生中的一个，回国后参与洋务运动的同时，依了对国外花园洋房的回忆，自行设计建造了这幢中西合璧的二层楼。因为地界过贵，此楼紧挨着马路，没有私家花园。自然是为了弥补这一缺憾，花宅的楼门口建了一个门斗，用以缓冲内宅与街面之间过于接近的距离。这样，花树人从停车的大门口，经过那门斗，跨入内宅大厅，中间必得走过三级台阶和五六步路。就在这么几步之中，花树人突然领悟到了瞿芬的反讽手法。岂但反讽，还有引用，还有反复，还有双关，真几乎是集了修辞手段之大全了。花树人因了这份醒悟，脚下虽然还是出于惯性往屋里走着，心里却深为又中了妻子的圈套而跌足羞恼不已。

两个"东方商厦"前来送货的年轻人，本来倒是在帮着忙的。看见进来了一个大男人，乐得偷懒，马上就让到一边，拿起方洁放在桌上的烟和饮料，抽起来喝起来了。方洁和花树人合力移动着那架洗碗机，进了厨房。在厨房里还没把那大家伙安顿妥呢，却听见外面客厅里传来了瞿芬跟两个年轻人的对话：

"后妈就是后妈呗，还能骗你们？真是！呸！"瞿芬在嗑着瓜子。

"啊哈，要不是您大嫂跟着进来了，我们还以为……"

"还以为他俩是两口子了，是不是？呸！"

"嘿嘿……"

"你们的眼光还真不错。呸！社会主义有初级阶段、高级阶段，这后妈也有近期目标和远期目标呢！你们看这一屋子电器，能是为半截子入土的老爷子准备的吗？呸！用老爷子的钱备着嫁妆呢！"

"再嫁可要嫁你的老公啦！这样你不太亏了吗？"

"天要下雨，娘要嫁人，我有什么办法？呸！"

厨房里的花树人和方洁一句句听得真真切切。如果说，瞿芬以往的无端猜忌和蛮横诬赖，在花树人那里只是关起门来的私房话，在方洁面前尚有所顾忌，只是以某种能意会而不必言传的形式出现的话，那么，这一回则是在进行肆无忌惮的公开挑衅大举进攻了。有意思的是，那直接受到攻击的方洁竟如聋了一般，面无表情地顾自摆弄着那架洗碗机，在一只未能着地的机脚下垫着一块小木板，而一边本来在旋着几枚螺丝的花树人，先是如同进了速冻箱般一下子僵住了，只剩两边脸颊上的两条肌肉在活活地抽动着，一会儿竟就好像发了高烧一样，浑身都簌簌地发起抖来。方洁感觉到了他那颤抖着的电波，抬起头冷冷地看了他一眼。那目光里包含的内容可以说是很多，也可以说是什么也没有，如同一泓无色无臭的透明的水。花树人如同遭了火烙一般，慌不迭地闪开了自己的目光。还没等他回过神来，决定该如何制止客厅里愈来愈出格的污言秽语，那方洁竟一侧身闪开他，出厨房进了大厅。

"这架洗碗机，"她语气平和地对那两个工人说着话，同时像刚发现瞿芬似的向她很随意地点了一下头，"我不能收货，请你们把它拉回去。"

客厅里正进行着的话题被如此突兀地打断，以至于三个人的思路一下子都很难转过轨来，表情和动作如定了格一般。

"什么？"最先醒悟的倒是两个运货人中的一个，"要退货？凭什么？"

"底轮不平整。"

"哧，这算什么！垫点东西不就行了？"

"几千元一台的东西，怎么可以将就？"方洁脸上带着温和的笑，口气却十分坚决，"你们东方商厦实行优质优价，商品零售价比其他同类商店高过百分之十，对大件物品强调售后服务，发现质量问题是包退包换的。"她回头向瞿芬征求意见说："与其以后兴师动众地再运回去，不如趁两位师傅正在，原封装退调，是不是？"

"我管不着那么多，呸！"瞿芬说，继续嗑她手中的瓜子。但话一出口，她就好不懊恨，因为这么个回答法，就好像她瞿芬不是这家里的成员，而不过是个外来的客人似的了。

"我们只管送货，不管退调，你要退你自己退去！"较年长的一个工人一脸的不高兴。

"师傅，"方洁说，"我要是不在送货单上签字，你们今天的工作就算没完成，对不？"

"不签就不签，照样下班回家！"年轻的有点火了，但脚下却不移动。东方商厦的工资待遇很高，对职工的要求极严，炒鱿鱼是常有的事。

方洁的语气依然很温和："通融一下吧，我不退，就只要求调，如何？烦劳两位明天再来一次，反正你们也是上班，不送我们这家，也要送别家，是不是？再说，两位师傅大概不知道，这么一架机器，差不多用去了我一本书的稿费呢，辛苦两三年，好不容易挣来的一笔小钱，换回来一架摆不平的跷脚机器，谁也想不通呀！给，"她像变戏法似的突然在身后的桌子上拿起了两本书，递给面前的运货人。"刚到的样书，给两位看看玩吧，一本是跟我先生合作编选的，《福尔摩斯侦探精选》，一本是我自己翻译的，法国的科学幻想大师凡尔纳的代表作，凡尔纳，两位一定是知道的吧？"

"当然知道！"年轻的一个呼应道，翻着手中的书，"我念书的时候最喜欢他的《环球旅行八十天》了！"

方洁答："那好，我的书真还找到知音读者了，虽然稿费不过是换了这么一台机器，也算值得！"

"我不识几个大字，"年长的一个抽着烟，看看书，又看看方洁，脸上很快就褪尽了先前的轻藐。"这么厚的书，你写的？"

"是我翻译的。"方洁一边说着，一边手脚利索地将地上那只本已踩扁了的纸板箱重新拉开，把用来作衬垫的大块泡沫塑料塞进去，一面对厨房高声喊道："树人，帮两位师傅一把吧！"

那口气，绝对是一个老娘在吩咐自己的儿子！

在厨房里听完了方洁这出独角戏的花树人，早已调整好了自己的表情。他很深切地体会到了方洁显示自己在知识、身份、能力、素养方面的优势之目的何在。他很愉快地明白自己的尖酸刻薄的妻打了一个十分彻底的败仗。他知道方洁这一会可把自己定位定准了，在外人面前将所有诬陷不实之词不露声色地扫了个落花流水。待他很听话很孝顺很自然地走出厨房时，发现瞿芬早不知在什么时候离开客厅了。

八

出于不同目的的默契，花家这三个年龄相仿的成员，都尽量地保护着一老一小，即花伯其和花林两个，不让他俩卷入那种尴尬的矛盾。

方洁虽未曾真的如她对"基本国策"所宣布的那样去"生一个"，但她这人似乎是生就了一颗当娘的心，无论是对古稀之年的花伯其还是对刚满十岁的小花林，都是一腔柔情一片热心，扶老携幼地关怀备至，苦的累的气的怨的自个消化吸收拉倒。花树人呢，千辛万苦地充当三夹板，自然是出于亲情。老父气不得。心绞痛已经发过几次，一日三次服用麝香保心丸以保命，如同瞿芬为葆青春常驻每顿饭前必吞一颗维生素E一般。

花林才十岁，从小娇惯得只会念书和游戏两事而茫茫然不知人事，决不能去伤了这棵独苗的稚嫩的心。而在努力维持花伯其的阳寿和花林的清纯不污这两点上，瞿芬与他又是有共识的。花伯其工资高，又享有国家特殊津贴，即使不算那可观的稿费，他一个月的收入也顶得上他们两口子的总和，瞿芬懂得老头子在世的经济效益。不但如此，瞿芬还从不去阻拦花林与方洁的亲近。即便是恨死了这个入侵者，即便用世上最卑污的言辞为方洁下注，瞿芬还是不得不在心底里承认这名研究生的"高层次"的知识实力——自她进入这个家庭，而且相当自觉自愿地当起了花林的课外辅导教师之后，花家这位小传人的各门功课成绩全面而大幅度地上升，甚至还学会了以法语跟爷爷和"方老师"对上几句，这功劳当属方洁，瞿芬无法否认。对瞿芬来说，上苍生有方洁，于她仅有此一利，她又何不利用之？所以每每花林夹了作业本上楼去找"方老师"，她总是咬紧了牙关，绝不让那已涌出喉咙口的诅咒从齿缝间漏出一个字来。只是一待儿子出了门，听那蹦蹦跳跳的脚步声上了楼，她那些含在齿间的毒汁才一下子喷发出来：

"十十足足的狐狸精！一家老少全给迷倒！什么个鬼老师！着实的一个小老婆，管她喊个小姨奶奶才对呢……"

那几天里电视台正放《红楼梦》，她记住了大观园里对小老婆的规范称呼。

花树人听不下去，开口道："不是你自己让林林这么喊的吗？"

瞿芬决不认账，马上从薄薄的嘴唇间冒出嘶嘶的声音："说得你心疼了是不是？说到你的要害了是不是？说出了你们的光辉前景了是不是？……"

她突然住了口，因为她听见了咚咚咚的脚步声从楼上下来了。小花林像个兔子般又蹦回了屋里："方老师让我戴了帽子，她说天冷，我要着凉的！"

他拿了帽子就走，瞿芬对着儿子的背影喊："去哪儿去哪儿？小鬼你说一声啊……"

门口传来花林的回答，用的是法文。

花树人翻译道："去看罗丹画展，爸一起去。"

瞿芬呆滞的目光说明她不明白罗丹是什么东西。

"罗丹是法国著名雕塑家，他的代表作是《思想者》……"

瞿芬歇斯底里地吼了起来："思想你个屁！马上就要期中考试了，还带了他去玩儿哪！我是让她给复习功课的！看画展还用得着她陪着去呀！你，你马上给我去追回来！追回来！追回来！"

花树人抓了帽子就冲出门去，两个小时后才与老爹小儿还有方洁一起回家。他也去有滋有味地欣赏了罗丹的《思想者》，还有《吻》。十多年的夫妻，使他已经熟谙了瞿芬的脾气。瞿芬要去上中班，五分钟内便要动身。她那个化工厂，是中外合资企业，劳动纪律极严，搞化验的，交接班尤不得马虎，瞿芬绝不敢迟到的。

夫妻俩在自己房内唱的这出戏，只有他们两口子知道。花老先生见儿子追了来一起去看画展，很高兴又很慈爱地说一句："你是该看看。"小花林却大为不屑地问爸爸："你也懂雕塑？罗丹是谁你知道吗？我方老师可都说给我听啦！"唯有那扶着花伯其的方洁瞥了花树人一眼，嘴角浮上了一丝不清的微笑，而且还举起手腕看了看表。这一笑一抬手腕，花树人便明白她可是什么都清清楚楚的了。

她实在是太聪明了！花树人不由得万分感慨地想，像她这样一个女子，真不该……

当儿子的望了望老态龙钟的父亲，立即截断了自己的思路。

九

花家进了一个方洁，赛似设置了一个后勤组：花伯其得了业务秘书兼保健医生；小花林有了家庭教员兼品行导师；瞿芬不花钱雇了个带工资的保姆，就此千手不动；花树人卸下了接送老爹进出门之重任，同时又大大减轻了教辅花林的负担，虽然因为想暗暗地帮帮方洁而多干了些家务杂活，但总劳动量还是呈下降趋势。

一个方洁，当了花家三名成员的仆役。

方洁还挺能创收。她笔头极快。除了与花伯其合作着搞翻译编著作之外，还特别擅长于写那种千把字的小短文。她的性格虽然内向，但对事物的感受能力却很强，风花雪月人事世事历史现实在她那儿都能激起大大小小的悟觉和感慨，她常常是在一日的劳作和纷扰结束之后，乘着夜深人静，伏案个把钟头，就能做成一则小品随笔，因为构思和见解都与众不同，篇幅上又正对尺寸，所以投寄出去，百发百中。兼之她的文笔又极有个性，表面读来十分委婉清丽，内中蕴含的意味却很辛辣尖锐，有时则带了不像是她这样的年纪该有的识尘缘洞察世事、知天命看破红尘之类的"禅味"，因而很快就被大报小报正刊副刊周末版星期版的编辑们看中而且"铆住"，南南北北的约稿信约稿电话让她简直应接不暇，而少则上百多则逾千的稿酬汇单也便是常有的了。她的这一项收入，看似零碎，却因其细水长流，隔三差五地总来一笔，总量是相当可观的。方洁为人处事又极轻钱财，来一笔就随手花一笔，来多少花多少从来不计也不记，只知道全家的日常开支靠了这涓涓细流也就可以打发过去了。换句话说，自从方洁进了花家之后，花氏家族的其他三名成员，不知不觉地都只有了收入而无有了支出，而每日餐桌上香的辣的荤的素的水准较前却反有了提高。方洁一支笔，竟成了花氏家用的主要来源。

这么说着，花氏家族有了方洁，岂不非但得了个出色的公务员、小保姆、后勤部长，而且还财星高照，来了个专事"三产"的创收总经理？如此能挣能干的人进得门来，还不是一个家庭的上上大幸呀？

可是不。方洁给这个家庭带来了全面的、深刻的、难以消解的、无从挣脱的纷扰和烦恼。

最烦恼的自然莫过于瞿芬。对于方洁的任劳任怨慷慨大方，她一点儿也不领情。"吃小亏占大便宜。"她向丈夫宣示道，"我才不会被她这点小恩小惠迷惑住呢！老头子一死，她就成了第一继承人——她不就是奔这来的吗？比起这房子、这家当、这花家门里的存款，她那几个小钱算个屁！"

"唉，别以己之心量人吧……"花树人苦了脸子说。

"啊哈，我还把她量得太浅了些了呢！再量得深一些，她还得把你也给继承了去呢……要说起来，你俩可实在是够般配的，多来多去的，还就是多了个我，还有花林，当然啰，其实连老头子也是多余的呢！……"

花树人从此便在瞿芬喷出的枪林弹雨中忍气吞声地讨生活。瞿芬自己也在时刻意识着警惕着一个同一屋顶下的敌人而时刻紧张着愤怒着战斗着，日子过得痛苦而疲累。连那十岁刚出头的花林，虽然家里的每个大人都绝对不把那种烦乱施加到他身上，可这小人儿却也很快就明白了家中四名成员之间的复杂关系，有一次竟在一篇命题为《我的家》的作文中写道：

"我的家，像是一个战场，天天气氛都很严肃，很紧张，不知道哪一天会打起来。要是打起来，我就遭了殃了，因为我不知道我算哪一方……"

花伯其也并不是傻瓜。他年事虽高，衰老的却只是躯干。他布满了皱纹的额头里藏着生机勃勃的敏捷而严密的思维，他枯若鸡肋的胸腔里跳动着一颗敏感的多情的心。从娶进方洁的第一天起，他就在他早已深刻了解的瞿芬的鹰隼般的眼睛中，看出了这个女人对花家新成员的刻骨铭心的敌意；从方洁正式以花家成员立足于这个家庭的第一天起，他就感觉到了她只有依偎在他的怀里时才略略有了点安全感才稍稍喘了口气才觅得了自身的位置的尴尬处境。他对瞿芬不胜痛恨，但即便是拥有博士生导师的资格和头脑，他对这个是他儿子的老婆的女人还是无计可施；他对方洁不胜怜惜，但因为深知她的自尊和自强，他又不得不听由这个年轻的大学讲师扮演着愉快的、得意的、自如的、称职的花氏女主人的角色，装作真的是受了那全家和睦相安无事的假象的蒙蔽，在无比幸福地颐养着天年。他七十多年的阅历，早已练就了他遇事不惊、喜怒不露、得糊涂时且糊涂的本领。在以后的日子里，尽管众人尽力掩饰，他还是洞察了一切，感受到了弥漫在整个家庭中的你死我活你爱我恨缠绕不清斩截不断的争斗、烦恼和纠葛。他无可奈何。他没有挑开那矛盾摆开那战场结束那战事的勇气和决心。他毕竟老了。他只能听由他那苍老的心从此总在水的温柔和火的煎烤、真的憎和假的委蛇、沉重的无休止的思谋和无所作为得过且过的苟且中一日日地走向最终的休止。

最终的休止来得很突然。

大清早他被一连串异样的声响惊醒。先是什么东西碎裂了，是瓶子从高处掉落了。然后一声花林的号啕和紧接下来的瞿芬的尖叫，像有人用刀子捅了他们母子俩一样。方洁从房里扑了出去，身后的门重重地嘭的一声，一如她平时忘了花伯其的叮咛时的那种重手重脚。接着便是哗哗哗的冲水声，听起来似乎是方洁一下子便打开了卫生间里的全部水龙头。夹杂在哗哗水声中的，是瞿芬的大声嚷嚷和花林的哭叫，还有方洁的声音，因为水声的掩盖，也因为卫生间在一楼二楼中间的楼道拐角处，离卧室有一段距离，所以根本就听不清到底发生了什么。然后便是从一楼卧室奔向卫生间的脚步声了，急匆匆的，显然是花树人在闻风而动了。这种集团军式的混乱和无所顾忌的喧嚣前所未有，花伯其感到自己的脑袋"嗡"的一下涨了开来。他的胸口猛地一阵钝痛，那颗连自己都觉得出脆弱不堪难以为继的心，突然剧烈地颤抖了起来，一句早已埋在心底的话像是电脑显示屏上的大号黑体字般，无比清晰地跳到了他的眼前：

"一幕戏演完了，而另一幕开场了。"

剜肉剔骨般的痛苦并不很久。他很快就觉得一身轻松，好似挣脱了一身的硬壳，消除了自降生以来就必须承受的自身的负荷，排空了拥塞在大脑里的积累了几十年乱如麻团的所有的思想、意念、情感，还有欲望。他的心一如一泓清泉般清澈宁静。他的身体一如一片羽毛般飘然怡然。他没有移动他的肢体，但是竟就全然知晓了一切。适才发生了的已经冲向时光之河的下游去了的事，他重又追寻了回来，而且还夹带了他的思维和评判：

瞿芬跟了花林去卫生间。

是的，花林虽然已经十二周岁了，每次大便还要他的娘为他擦屁股。瞿芬乐此不疲地坚持着。

花林一脚踢开了那卫生间的门。

是的，宠坏了他，他的许多行为不规范。

一个小瓶子从门后的壁橱里倒了下来。

是的，这是瞿芬从她那化验室里拿了出来的硫酸，专用来去除马桶里的污垢的。

碎了，那瓶子。

有几点硫酸溅到了花林的脚上。

那自然是极痛极痛的。

号啕。尖叫。

蠢东西！亏你还是久与化学品打交道的化验员！竟会手忙脚乱到用卫生纸去擦那伤口！

方洁，是方洁，冲了进来。

她开了水龙头。

这个措施是正确的。用水来冲洗。

水哗哗哗。

瞿芬却如同疯了般暴跳如雷。

"是你！"她扯直了喉咙喊着，"是你把这瓶子放上去的！你是存心谋财害命！你是存心想弄死我的儿子！你害人害得还不够啊？你是要这花家断子绝孙才甘心是不是呀你！你这妖精！妖精！臭妖精！……"

妖精？

是的，她说她是妖精。

她终于痛痛快快地喷发了！

喷发开始了。

方洁在流泪。

方洁在声辩。

方洁常用这小瓶子里的东西刷马桶。

方洁包揽了一切家务。

方洁因此常常粗心。

小瓶子定是她随手搁上壁橱的。

于是小瓶子的碎裂拉开了一场新戏的大幕。

大幕拉开了，树人上了台。是树人进来了。我的戏终于剧终。

剧终。

"爸! 爸! 你，你怎么了? 爸——方洁! 方洁! 方洁啊——爸不行了!"

花树人是上楼来取药棉的。他一进门就感到床上的老父有点不对劲。药棉在老父床头边的小柜里，花树人走近时，看见了父亲微睁着的眼睛里那种带了一丝嘲笑的眼神。父子的目光在碰撞的一刹那里，花树人就明白老父已不再是这个世界的一分子了。他被一种猝然而来的恐惧紧紧攫住，第一个反应竟是呼喊方洁。在他把方洁的名字对着老父的尚存听觉的耳朵喊出口的同时，他清清楚楚看见，他父亲的已经停滞了的眼睑，慢慢地合了起来。

十

花伯其留下了一份遗嘱，我在我前不久发表的那篇伪现代派之作《后新闻阐释》里曾朦朦胧胧云里雾里地摘录过若干。如今我这部小说是以明白晓畅为特点的，而这纸遗嘱又是小说情节往前推进的重要一环，因此我只得不吝篇幅地将老先生的这一美文全文抄写如下：

遗　嘱

我在神志完全清醒的情况下，立如下遗嘱：

一、此遗嘱作为我死后之追悼会的最后一项程序当众宣读。

二、此遗嘱指定方洁为执行人。

三、属于本人的财产主要如下：

1. 天堂路十一号私宅一座。

2. 宅内一应文物。

3. 宅内一应书画。

4. 宅内一应书籍。

5. 宅内一应家具。

6. 本人名下一应存款。

四、以上财产作如下支配：

1. 私宅折价出售，所得之款，三分之一归方洁，三分之二归花树人（附私宅出售合同及有关公证各一份）。

2. 一应文物——捐赠本市博物馆。

3. 一应书画——凡本人所作，归方洁所有；其余悉数捐赠本市美术馆。

4. 一应书籍——除方洁及花树人的必需用书之外，其余悉数捐赠本人生前任职之学校图书馆。

5. 一应家具——由方洁与花树人协议分割。

6. 本人名下之存款——三分之一归方洁，三分之一归花树人，三分之一归花林作日后教育费用。

花伯其

公元一九九九年三月二十一日

这份遗嘱在花伯其生前便已经过了公证，而且收藏在花伯其一名早年的学生——即那位在方洁考研究生时为方洁的录取仗义执言过的单身副教授——手里。那副教授一直对方洁情有独钟，虽从未有过表示，但那一束束脑电波却非但能为方洁所读解，而且也为头脑至死也没有老化的花伯其所感受，老先生在自己的卧房内偶有与少妻开开玩笑的时候，还曾发过很真诚的感叹：

"要说起来，你跟他倒也般配。"

方洁听到这样的话，面无表情，恰似聋了一般。她不急不恼不辩不驳，大大的黑眼睛如同一潭深水，静止而又难以测估，无一丝杂质而又不知蕴有何物。花伯其看看少妻的入定般的脸面，像顽童一样忍俊不禁、畅怀大笑了："我知道你不喜欢他这样的男子。太甜太黏了些，是不是？不过，做一个朋友，他还是很不错的，为人也正派……"

究竟是什么时候，以什么样的方式，以及这花老儿究竟是出于怎样的一种谋划，把这份对花氏后人来说性命攸关的文件交给了那副教授，谁也不知道。人们只知道那很沉痛很隆重的追悼会眼看快开完了，百来号与会者绕着遗体已鱼贯而过一圈了，一脸不耐烦的火化工已经从那一大幅赛似舞台布景般的海蓝色隔离布帘后面站出来了，花氏家人也都已团团地围住了安然卧于铁板床上的先人，泪花花地准备作最后的号啕了，大会的执行主席，即那副教授，却突然手持话筒宣布道："下面，遵从花伯其先生遗愿，宣读遗嘱，请各位保持安静！"

副教授口齿清晰，普通话绝对标准，而听读者也是个个全神贯注，场内绝对自觉安静，花伯其的公告一遍读罢，场内大多数人员也便记住了文内的主要条款，百把人统统成了见证人。

宣读结束，没人吭声。偌大一个大厅几百平方米内竟肃静到好似一下子走空了所有的人。

执行主席并没让大家再次默哀大家却又主动默哀了不止三分钟。

除了那位早知此文底细的副教授主席之外，所有在场的活人都被面前这位邦硬躺着的死老头子一生中作出的最后一份业绩镇住了。百来号总体文化水准大大高于我国国民平均文化水准线的与会者在听读了花老头子的临终嘱托之后的最初时刻，第一个反应清一色地都是努力理解之，急速分析之，一颗颗心如同一台台联网的电脑，忙忙地排出了一道道横式竖式，飞快地计算着公文涉及人的所得所失，并且决定出了各自的感情投向。一切活动都以无声的思维方式进行，无需付诸形体，追悼大厅自然成了一大块静默的板块。

最先作出反应的是瞿芬。她尖利的嗓音如同一把长剑，刷地一下就划破了那凝结了的静默：

"假的！是假的！这遗嘱是假的——"

副教授主席似乎是早有所料，乘着瞿芬换气的间隙，用他那带了金属音质的男高音字正腔圆地宣布道："遗嘱执行事宜，通过法律解决！今天的追悼会结束！散会！"

来宾们拔腿便走，好似瞿芬的嚎叫是足可致命的霰弹一般。花树人忙着拉住几乎要发疯的妻子，因为那瞿芬两眼如晚间的波斯猫一样发了红，而且左冲右撞地大有要冲向那方洁去拼命的意思。方洁两眼发着直，呆立在花伯其的遗体前，只有靠近了她站着的副教授看见，她的两颊，如上了油般，早已糊满了泪水。火化工过来了。花伯其被推走了。方洁由副教授扶着，默默地跟随在后头。但也不过是跟了三五步吧，一道铁门毫不留情地阻止了他俩。那位副教授，后来在接受我的采访时告诉我说，他最后看一眼自己的老师时，竟十分恐怖地看见，花伯其的脸上，显现出了一种极为动人的笑容，带了讥讽，带了戏谑，一如一个闹了一场恶作剧的顽童。

十　一

花伯其这一招过于出人意外了。

追悼会的前一天晚上，花家四名成员中的三位成人，本已在客厅的饭桌上，达成了有关家产分劈的协议。

　　说是协议，其实完全是瞿芬一人说了算。瞿芬的算盘外表绢光水滑，实际上分分厘厘都精明到家占尽了便宜。她破天荒地对方洁微笑，还微笑着说，为着全家的安定团结，人人都能心情愉快地干好革命工作，待老爷子后事办了，方洁还是搬出去住的好。当然啰，她不待方洁和花树人作出反应，马上又接着说，绝不是把您给撵出去，哪能撵您呢，于情于理于法都不能呀，总要给我们老爷子的遗孀有地方呆的呀！这样吧，我娘家兄弟有一套一室户的公房，我可以让兄弟同意将这套公房借给您住，并且一直住到您自己买了房，或者是您又嫁了人为止。作为进一步的照顾，您还可以搬走您与老爷子的卧室内的全部家具，外加您用您稿费买下的所有厨房用具。怎么样？她笑盈盈地转过了脑袋去看呆若木鸡的花树人。又说，我可够仁义道德的了罢？人心嘛，都是肉长的，到底在一个屋顶下共同生活了这么些年，我们总得也为我们的后妈考虑日后的生活呀，树人你说是不是？

　　方洁无有二话，立即同意，不但向瞿芬表示了感谢，而且还主动提出，待追悼会开过，马上就着手分家事宜，一周之内，一定搬出花宅。

　　方洁不是傻瓜。方洁焉能不清楚瞿芬绢光水滑的言辞下掩藏得并不很深的自私而贪婪的居心？但方洁就是方洁。她原本就不很在意经济，花伯其的猝死更是带走了她最后一点对世间俗事的兴趣。她在同意瞿芬的决策时只有局外人式的判断和分析，升上心头的也就只有了理智的是非评断，而无有了感情上的喜怒憎爱。"我只觉得无聊，"她在后来接受我采访时说，"我当时还不知道有这遗嘱。我不知道花先生把这执行遗嘱的任务交给了我。没有任务感也便没有责任感，我以为我从此已了断了花家的尘缘。我深知瞿芬的为人。花先生一走，我就作好了离开花宅的思想准备。进花家时我就只是一个人一只手提箱，离开时瞿芬能想到安排我一个一室户的栖身之处，在她，已是够勉为其难的了，在我，还能于心不足吗？"

　　我相信她说的是真话。我干了这么多年的记者，写了那么多的小说，见识过分析过解剖过多少人面人心？我与方洁第一次见面只谈了三分钟的话，便明白我遇到了一个当今世上已极为珍稀的女子。我当然不是按通常对女子作评估的标准来赞美她的外貌。客观地说，她并不漂亮。她的脸比较扁平，而五官的比例却又似乎偏小些，这就使她的面容显得很传统，缺少了时下挺走红的现代派性感色彩。但是她的皮肤极为光洁，显然没有化过妆的脸上没有一丝皱纹、一点瑕疵，而且闪着一种动人的自然的光泽，因此她看上去比她的实际年龄要年轻得多。我不能想象所谓她干事重手重脚的说法。她与我交谈时，沉静得如同一滴水，不，应该说是清淡而稳重得如同一方寒天的冰。即使谈到了最情感化的问题，她的面容也十分平静。没有夸张的手势，没有多变的表情，没有造作的身姿，一句话，没有一丁点儿为当今时髦理论所推崇备至并已成为跨世纪新女性之新时尚的自我设计意识。而尤其令我的心感到一阵阵颤悚的，是她的那双并不很大却黑如深渊的眼睛。那是一双我从来也没见到过的眸子：透明与深不可测同在，专注与散淡共存，既像是包罗了世间万象，又似乎是排空了人世万物。她在与我交谈时，一直将她那漆黑晶莹的眸子对准了我。但是我发现，她根本就没有在看我。她的目光穿透了我，穿透了她面前的一切，射向了不知何处。偶有她在谛听着我说话的时候，那双黑眼珠又好似清晨荷叶上的露珠般，活灵灵地凝聚起了眼神，那一股精气，如X光射线一样直透人的心腑。这是一种完全参透了人事世事的眼神，是一种只有过了知天命的人生门槛才会修炼出来的眼神，哪里像出自一个才三十几岁的女子！

　　她死后，我又去过一次她的寓所。在她的三尺小床头前，我读到了一幅条幅。我认得是她自己写的颜体隶书，上书十六个大字："得失随缘，心无增减，盛衰兴替，顺其自然。"浓浓的墨迹——如她那黑沉沉的双眸。我深信，这十六个大字，正是她为人处世的原则。

　　可是瞿芬与我并不能达成共识。

　　我是在她向法院递了诉状控告方洁伪造遗嘱，侵吞花家财产之后，闻风而动，专程前往天堂路十一号采访三位当事人（花树人和瞿芬为原告，方洁为被告）时见到她的。那天，我本想事半功倍地跑一趟见两方人，没料到偌大一个二层楼里竟只有瞿芬一个人枯坐于那个三十来平方米的客厅内。她为我开门前一定在抽烟。因为我不但一进门就闻到了一股浓烈的烟味，而且还瞥见茶几上的烟缸里堆满了烟蒂，有一枚寸把长的没有摁灭的烟屁股，正在冒着缕缕青烟。我的视力告诉我，瞿芬抽的是"万宝路"，那种连许多男士都不敢问津的美利坚西部牛仔烟。

"鬼话连篇！"她冷笑着说，一双大大的棕色的瞳孔闪着如金属般的寒光的眼睛望定了我，"鸟为食死，人为财亡，在如今的商品社会里，她还装模作样地把自己说得这么清高，也就是——记者你别怪我把话说直了——也就是骗骗你们这些书呆子吧！"

她从皮包里取出一叠复印材料递给我："你可以拿回去，仔细看看。法律是尊重事实的，记者你说是不是？"

我粗粗一翻，基本上是花伯其生前的病历，而记载日期，正在花老先生立遗嘱的前后。

　　　1998. 2. 28
　　　自诉：记忆力严重衰退，耳鸣，时有幻听……
　　　检：手足震颤（＋），右颊肌轻度痉挛……老年性痴呆（？）
　　　处：脑益灵100CC、VE100一瓶……

　　　1998. 3. 10
　　　自诉：近期单独外出，曾迷路两次。耳鸣及幻听较前严重，对外界事物反应日渐冷淡。心悸。纳差。夜尿频，且有失禁现象……
　　　检：……早期老年性痴呆

"明摆着的事，"瞿芬说着，从烟灰缸里拈出了那半支"万宝路"，划了根火柴点上，狠吸了一口，白白的烟灰顿时长出了一大截，"老爷子当时已经痴呆，对自己的行为已经不能负责。你瞧，"她指了指那不带"？"号的医生诊断，继续说："这不已经是定论了吗？记者同志，你再往下看看，比较比较那三份东西……"

我看到了花伯其遗嘱的复印件，用电脑打印的。另两份，一是花伯其猝死前一天写了一半的书信，虽然笔力不稳墨迹歪斜但功架犹在，一是某小说的翻译文稿，则是用电脑打印出来的。我把这三份文件拿在手里，一时间有点莫名其妙，抬头望了望瞿芬。好个灵敏的瞿芬，只在嘴角闪了闪一丝把我也定评为痴呆患者的讥笑，立即就开导起我来：

"你一定也已经看出来了吧。这份遗嘱，并非出自花伯其的亲笔。喏，花伯其的笔迹是这样的。花伯其素来喜欢用毛笔写字，他不会操作电脑。会用电脑的不是别人，正是那位方洁！你看，这两份用电脑打出来的东西，用的纸张，选的字体，排版的方法，甚至把页码标在每页下方中间，都完全一模一样！所谓'遗嘱'，实际上是企图侵吞花家财产的方洁，利用自己终日守在花伯其身边的特殊地位，以及花伯其得了老年痴呆后的特殊情况，强迫和违背了老爷子的意志一手制作出来的，这，还不是清清楚楚的吗？"

她的雄辩，她对有效证据的重视和把握，包括她在谈话时所操作的语词、语调、语句，太出乎我的意料之外了。我不能不对她刮目相看。按我原先的猜测和想象，一个工厂里的化验员，为了争夺已故老人留下的家产，竟不惜全家人的脸面出演一场窝里斗的闹剧，逼迫着自己的丈夫（我已经从别人那儿知道了花树人是个"妻管严"）与后母即老人的遗孀对簿于公堂，那一定是一个庸俗不堪、无知无识，而且还可能是丑陋得可以的女人。我没想到面前的瞿芬竟不但出口成章，言必有据，极其机巧地懂得如何争取、诱导并进而俘虏面前的听众，而且还拥有一个女人最有效的武器——美貌。她长得真叫漂亮！她比我这一米六五的人还要高出半个头，而且身材挺拔，袅娜多姿。她的脸型是典型的瓜子脸，虽然颧骨过于突出了些，额头和眼角部已遮不住地显出了三十多年岁月的刻痕，皮肤也粗糙，但眉浓眼大鼻直唇肥，猛一望会让人眼睛一亮，细品品，还会感到有着一股洋派西化的特殊味道！而最令人过目难忘的，则是她那双可以称之为标准化了的丹凤眼。这是一双眼梢高高地翘起的大眼睛，线条分明的双层眼皮均匀地对称排列在高高的鼻梁两侧，内中镶嵌着一对深棕色赛似9.99成色黄金的眼珠。这哪像是人体的某种器官！这简直就是由高超的艺人精心加工而成的精致的艺术品！怪不得认识花树人的人都说，他见了她，就像耗子见了猫一样，我不禁想，有着这样一双眼睛的女人，还能不把自己的老公管束得服服帖帖的？不过这个念头很快又被另一个想法冲击了一下：拥有如此勾人心魄的眼睛的女人，又何须这么不放心，耗时耗神地盯住了自己的男人呢？

现在我已得出了结论：女人的魅力，并不与漂亮成正比。

那场花氏遗产案的最终结果，是瞿芬（包括花树人）败诉。法庭对此案的审理极为简单：瞿芬煞费心机地提供出来的一切所谓证据都不足为凭。其一，花伯其的所谓老年性痴呆，仅是初萌，并未发展到不能对自己的行为负责的地步；其二，花伯其的遗嘱虽是以电脑形式打印而成，但由于有他的亲笔签名，依然具有法律效力；其三，原告提供了方洁的电脑打印文稿并以此证实遗嘱系方洁伪造的说法，不能成立。经法庭调查，方洁使用的386型电脑以及EPSON型打印机，仅上海地区就有近十万用户，其排版方式及使用纸张更为普及，因此不能作为花伯其遗嘱出自方洁之手的依据；其四，花伯其的学生，即那位在追悼会上宣读遗嘱的副教授，已向法庭作证，那份遗嘱，是由花伯其口授，由他用他自己拥有的家用电脑打印而成的。据此，法庭作出如下判决：驳回原告对被告"伪造遗嘱、侵吞财产"的控告；诉讼费由原告承担；遗嘱生效；方洁为遗嘱之合法执行人。

十 二

直至今日，在整个花氏家族已几近毁灭了后，那一天参加法庭判决旁听的人们，都还记得当时的场景。

法官的宣判声刚落，瞿芬的尖利的喊叫便突兀而起了：

"骗局！大骗局！这是方洁跟她的娣夫合谋的大骗局！……"

全场哑然。谁也没有预想到瞿芬又拎出了一个"娣夫"来！好一个惹是生非的瞿芬，挑起了一个财产纠纷之后，又要端出一项桃色新闻来！我和另一些小报记者好不兴奋，急忙把已经塞进包里的笔记本重新掏出来。始终低着头好似个杀人犯准备上法场去引颈就戮的花树人，猛地抬起了头，大瞪了两眼，望定了自己的妻子。连那一直在被告席上木然而坐、像是一名普通旁听者的方洁，也露出了愕然的表情。只有那位见多识广的法官一点也没为这一突发事件所动，一边照旧收拾着法案上的一应文件，一边用很威严的低音警告道："女公民，说话要负责任！法庭之中，不得咆哮！"

瞿芬发出了一阵很夸张的狂笑："好一个大法官！你怎么不问一问，方洁的娣夫是谁？"

法官皱着眉头说："这与本案无关。你可以重新起诉。"

"大法官！"瞿芬像是在演戏似的拉着长声，"你不能因为他是你未来的妹夫而徇私枉法呀！"

年近五十的法官大概没料到遭此棒喝，虽有丰富经验，也不免愣了一愣。"瞿芬同志！"他的声音变得尖锐了起来，"我再重复一遍：这里是法庭，每个公民都要对自己的话负责！信口雌黄者，法律上可以追究其诽谤诬陷罪！"

"你吓唬个谁呀？你不有个妹子还是个嫁不出去的老姑娘吗？你家那老姑娘不是正在跟他谈朋友吗？"瞿芬的涂了蔻丹的长指甲直指站在证人席上的那位副教授，"他就是方洁的娣夫！他跟方洁早就勾搭上了，谁不知道？让他来作证，算什么名堂？他俩是狼狈为奸，合伙伪造遗嘱！”长指甲又指向法官席。“你身为法官，帮了他俩侵吞花家财产，还不是为了你家老姑娘以后嫁了过去，也可以共享荣华富贵，这天底下还有没有公道的了？……”

真有这事？真有这么错综复杂的人际关系？这话听起来有根有攀的，恐怕不是无风起浪吧？如今这世上，拉关系、走后门无所不在，徇私枉法，以权代法并不少见，保不住这一桩遗产案里，也真像面前这声嘶力竭的女人所说的那样，夹上了多多的抑或是少少的污泥浊水？……旁听席上的我们，一时里忘却了几分钟前还很一致的对这个女人的厌恶，对另一个女人的同情，对本案判决之主持公道的欢欣鼓舞，交头接耳地议论了起来。很严肃的副教授证人一张白脸涨成了猪肝色，嘴唇哆嗦着，因为法庭内的嘈杂，谁也听不见他在说些什么，他完全陷入了有口难辩的窘境。

法官敲起了小槌，但表情已不再是执法的神圣和庄严，莫名地转成了一种无奈和尴尬。人，即便是法官，一旦落入了需要为自身辩诬解说的被动境地，他就失却了进攻的能力，甚至是最起码的尊严。

许多日子后，因了我对此案的特殊兴趣（当然是因为我不但当专业记者，而且还兼营业余作家，从一开始接触此案，我就发现这是一个极丰富的素材库，足以供养我许多时日的挖掘了），还因了我天生具备着刨根究底、实事求是、拨乱反正、弄个明白的良好素质，方才知道，这个在法庭上以正义的声讨者愤怒的受害者的面目大声疾呼的女人，竟是一个天才的、极富想像力的、可以将芝麻夸大为西瓜的、勇敢的、在公众和法律面前无所畏惧的、敢于振振有辞地指鹿为马的大撒谎家！我的调查结果告诉我：那位五十来岁的法官虽曾有过种种不是，但在这件遗产案上，却实实在在地秉公执法；他的确有一个老妹子，已过不惑而尚未婚嫁，这个老妹还的确与那位作证的副教授相识，只不过两人仅是中学时代的同窗，偶有来往却谁也没想到过恋上一恋（偏让这瞿芬想到了！）；而副教授与方洁之间，一直到方洁死去，可怜的副教授，也未有个诉诉衷肠、表表爱心的机会，又哪里有什么当个"姘夫"的福分！

当我确认事实的真相足以证明这位法官和那位副教授的清白无辜之后，我终于深刻地领悟到了：这世间，有人只要敢于胡说八道，勇于诬陷造谣，不羞于信口雌黄，这个人就可以在一定的时间和空间内，对相当宽泛的人众产生思维方式上的导向作用。而这种导向，非但有相当的爆发力和吸引力，而且还有着深远的持久力，亦即非但在发生的当时难以抵挡、难以扭转，而且还在以后的日子里也极难肃清流毒，消除影响，还清白者以清白。由瞿芬主唱的法庭上的这一幕，尽管后来立即发生了逆转，一年之后，花氏家族又以瞿芬的人所共知的罪恶而全军覆没，但是，就在前几天，我正在写这篇小说的开头时，路遇一个同仁，那天也在法庭作采访的，居然还听他神秘兮兮地问我道："哎，方洁死了之后，那位副教授，到底有没有真的跟那法官的妹子，这个这个，好上了？"

咱们还是再回复到那天法庭上的情景中去吧——

瞿芬煞有介事地指控着；

副教授苍白无力地申辩着；

法官先生有点儿乱了阵脚地愤怒着；

我们这批公众与其信其无不如信其有地很亢奋地为瞿芬的胡言乱语操纵着；

方洁如泥塑木雕般呆坐着；

要不是这时候花树人猛地站起身来，抡圆了胳膊一个耳光向瞿芬捆了过去，如同关闸似的一下子便切断了她喷薄而出的语词的洪水，这个法庭，还真不知是如何个收场！

瞿芬想必是让这个她做梦也没想到的大耳光扇得完全阻断了思维。她的整张漂亮的脸蛋一下子从适才的通红变得刷白，几秒钟前还在滔滔不绝的大嘴好像被扔进了速冻箱，只有一边的嘴角在微微地抽动着。

还没等她醒悟过来，花树人便以一种极为沉稳的、没有一丁点儿情绪色彩的、简直像是在他的讲台上授课似的语调，面向法官说道："瞿芬有突发性歇斯底里症，在情绪失却自控的情况下，会不负责任地胡言乱语，请法官先生，"他略一停顿，目光转向旁听席，"还有在场各位，原谅。"

法官不失时机，立即大声宣布道："本案结束。退庭！"

在极为短暂的一阵沉默之后，旁听席上的哄笑声和瞿芬的尖叫声同时响起。哄笑声压过了尖叫声。哄笑的人都以看一个歇斯底里患者的目光看着那个又一次大发作的尖叫的人。还有谁会去理会她的胡说八道呢？是谁指认她患有那样一种以胡说八道为主要临床特征的毛病？是她的丈夫，她最亲密的人，她的与她一起向方洁提出起诉的原告之一。谁会对此产生疑问？谁都不会。谁都复苏了对面前这个女人的轻视、不信任，甚至厌恶。我身边一位刚才还极兴奋地对我说"看不出呀，这方洁还这么风流"的男士，此刻却大笑着向他另一侧的邻座议论道："我可是早就看出这姓瞿的女人神经很有点不正常了！"坐在我后排的一位女士则很冷静地在冷笑："这花树人太狡猾了！法庭本来应该追究瞿芬的诬陷罪和咆哮公堂罪，一个什么'歇斯底里'，就为她轻轻松松地开脱了！"这显然是一个聪明却又非常健忘的女性，她忘记了：若不是花树人的这一个耳光兼这一个声明，在场的人们，几乎就要坐实方洁、法官、副教授，以及那所谓"嫁不出去的大妹子"的集体作案以图侵吞花氏遗产之罪恶了！

了不起的力挽狂澜的花树人！

<h2 style="text-align:center">十　　三</h2>

法庭判决后三个月，我去方洁的新寓所看望她。

我们已经建立了相当的友谊。她的好几篇翻译稿过了我的手发表了，我的一篇以花家遗产案为素材的小说也已出了小样。我想让方洁看一看这小样。

方洁的新寓所在很偏远的城郊结合部。一室户的公房，用的是遵花伯其之嘱出售天堂路花宅所得之三分之一款。那三分之一款其实可以买下二房一厅的套间，但方洁省下了近一半的钱，用以自费出版花伯其的两部专业性很强的论文集。花伯其生前，为编选这两本集子殚精竭虑，编成后却每送出版社必被婉退，因为全国征订数从来也未过三百。花老先生为此愤恨不已，常对了家妻痛骂日下之世风、不识货之编辑，以及唯利是图之书店，却怎么也不肯接受方洁的自费出版的提议。倒也并非是因为吝啬，而是老头子至死也不能接受自己的高水平学术著作斗不过枕头拳头文学这个事实，也不肯转变那为他视作天经地义的写了文章得稿费的传统观念，不肯奉上自己的钱去买个出书的权利。方洁作为花老教授的关门弟子得意门生，后又为花妻数年，深知花老先生一辈子最看重的是什么，一辈子下来未遂心愿的又是什么，所以在一打赢了那场官司，得了她所该得的那一份之后，马上就抽调资金，只用了三个来月的时间，就让花伯其的两本共计一百余万字的著作立上了案头。她自己的立身安命之处，则从二房一厅，降格以求为偏远地段的一室户。

方洁为我开门时，重手重脚的，带起的一股风，简直就像火车掠过站台似的。

"怎么这么紧张？"我说，"如临大敌似的。"

方洁笑了："我还以为是瞿芬呢……快进，外面挺冷的。"

"她来过？"

"昨晚。那顿骚扰呵……不说也罢。"

"这不都分开过了吗？还打上门来干吗？"

"欲加之罪，何患无辞。"

"她从哪儿弄到这里的地址的？"

"瞿芬想干的事，没有干不成的。"

"这个妖精！"

方洁又笑了："有意思，她昨晚就是用这词儿骂我的。"

方洁笑起来极妩媚，雪白而整齐的牙齿在红艳艳的唇间闪着动人的光泽。只是她平时很少笑，大多的情况是面无表情。今天有点异常：见到她才一两分钟，竟就见她笑了两次！

趁她埋头读我的小说样稿，我打量了一下她的居室，并且上了一次厕所。我发现了一些变化。

"你总算接受我的意见了，这几个地方动一动，修一修，房间里马上就显得整齐得多了，那马桶，也好使了。请谁来帮的忙？"

"花树人。"她答，眼睛没离开文稿。

"他？他来过？他也知道你这……"

方洁抬起头，说："昨晚，瞿芬带了他，一起来的……"

"这家伙！又一次被挟持了……"

"瞿芬吵闹时，他没……没开一句口。"

"回去之后，谁知道要挨多少训呢，十足的窝囊废！"

方洁的脸莫名地红了起来，甩了甩手中的文稿："你在小说中可没这么写，没这么……刻薄。"

"小说可以美化呀！生活可要比小说丑恶得多！"

"他在法庭上……那也算是关键时刻了……"

"要不是那一次。我也不会在小说中把他设计成正面角色了！不过，"我忽然有了一种"皇帝不急却急死太监"的感觉，心中有了点疑惑，"是他来帮你收拾的房间？"

方洁重新捧起文稿，"今天一早，他就来了，带了工具……"

我禁不住大笑起来："我的妈呀，我可明白了！瞿芬带了他来，倒是让他摸熟了这里的路了！其结果是，他坐在这儿，趁着他老婆作死作活的工夫，细细地捉摸了一番该如何帮你整修一下这个房间，然后第二天，对了，就是今天，一大早，他对老婆撒谎说上班去了，实际上却是笔直地奔向了这儿，有条不紊地干完了所有预定计划中的力气活儿！他是用这个办法，来向你表示他的歉意呢！对不对？"

方洁再一次笑了："大致上没错。只是，我本来就没责怪他。这么多年了，他的处境我明白。"

"这可实在是一个人物啊。"我说，"一个具有组合性格的复杂人物！我都用不着胡编乱造，直接把他写进小说，就够生动的了！特别是把他对你的……他在你和瞿芬两个女人之间的……"

方洁打断了我的话："作家同志，生活不是小说，请别再阐释下去了好不好？"她把文稿递还给我，重新恢复了她平时的沉稳的语气。"你这篇小说，最大的优点是贴近生活，最大的缺点也是太靠近生活。发表之后，当心那瞿芬告你的状！"

"我又没用花家人的真名。"

"没用真名而定罪判刑的作家又不是没有过。"

"真要那样，"我无限向往地说，"我可就一下子被炒热了，成了全国知名作家了。"

方洁"扑哧"一下笑出声来："啊，你没尝到过瞿芬的味道！要让你在生活中遇上一个，看你还这么潇洒去！"

告别了她出门时，我对方洁终于明显好转了的情绪既欣慰，又有点诧异。

十　　四

现在自然是可以推算出来了：花树人与方洁后来的关系发展，正是从瞿芬胁迫了她丈夫寻到方洁住处去闹事的那一次开始的。

瞿芬拖了花树人同去方洁的新住处，当然并非是为了引路。她尽管总是信口雌黄地说道这两个一望而知相当般配的男女这个那个，但心内实是明白并无甚事。她一定要拉了花树人去方洁那儿，一是想人多势众些，免得好不容易打听到了地址却白走了一回——她是去向方洁索要几样她认为应该属于她的东西的；二来，她刻意要花树人陪同前往，还是带了一定的示威目的——向那方洁显示一下他们夫妻俩的安定团结和睦亲爱，出一出在法庭审决时的那口恶气。

那场官司的结局让她大大地丢了脸。从法院回家进门的第一件事，她就是抡圆了胳膊，扇了花树人一个大耳光。瞿芬纵然厉害，动手打花树人倒还是第一遭。她让花树人在庄严的法庭上公开宣称她有那个什么"歇斯底里"给气疯了。她认准了花树人这一着是吃里爬外之举，是公然站到了方洁一方。她咽不下这口气。她只是没想到这生性懦弱的花树人已在法庭上经受了一次洗礼，有了质的飞跃。完全是有了充分的思想准备，花树人挨个耳光好似正中了下怀，先是纹丝不动地站稳了脚跟，两眼冒着冷光，如同看个陌生人般盯了瞿芬一会儿，一言不发，然后便很有功架地、全心全意地、毫无情义地对准了她的脸，一拳把她打得倒到了地板上。没等她爬起身来，花树人就转身出了门。

他一走就是一个星期，住在学校的办公室里，把那小花林也带在身边，那副架势，完全像是要与她划清了阶级界限。

瞿芬傻了眼了。她到学校去哭呀闹呀好几次，劝的人虽有，但一听就明白都是站在花树人那边在敷衍她，言词间都是说她平时做人做得过于要强了些，这官司打得太勉强，都是她在无事生非，闹出了一场丑闻，害得花树人丢了脸，实在是得不偿失云云。

瞿芬成了孤家寡人。她一个人住在偌大的刚死过人的花宅里，又气又恨又怕，思前想后不能不决定屈服。花宅已经由花伯其在生前签了出售合同，一个月后，新房主就有权来撵她走。按照遗嘱，她和花树人所得并不很少，足够去买下三房一厅的新公房了。这种时候，她瞿芬若是与花树人发生了婚变，她可真要成为无主的游魂了！更何况，无论她如何折腾，她还是极爱极爱她的丈夫花树人的。她从来也没产生过离开这个要才有才、要貌有貌、要他往东从未往西过的男人。这回让他如此发作，她心中明白，也是欺人有点太甚了——一个大耳光，是她先动了手的。一个男人，若是挨个大耳光，还一点也不动气，那也实在太没骨气了些，瞿芬也明白这个道理，并由此反倒对自己的面团丈夫生出了多一层的敬意。她决定主动和解。

其时又正好有一个和事佬出了面，对瞿芬作了分析道，花树人在法庭上挺身而出，宣称你瞿芬情绪失控，实在还真是明智之举呢，不然的话，法庭追究你咆哮公堂的妨碍公务罪、毁人名誉的蓄意诽谤罪，数罪并罚，你这才是吃不了兜着走呢！一番话说得正在点子上关口上，瞿芬于是便乘机服软下台，央告那和事佬向花树人转告道，自己知道错了，看在那么多年的夫妻份上，看在儿子花林面上，快回家来吧，快回来处理卖房、买房和搬家的事吧。其时花树人本未下什么决心，于是便得胜回朝。

只是江山易移、本性难改，没几天，这瞿芬又骄横如初。而花树人，为了点面子，也像以前那样处处忍让起来。瞿芬提出同去方洁住处，他纵然是万般地尴尬，也不得不遵命了。

遵命尽管遵命，花树人抱定主意当个不开口的泥菩萨。他的估计没错，那方洁对付打上门来的瞿芬，就好像打发那种上门乞讨的叫花子似的，只是瞿芬开口，说要什么，她差不多就答应什么，唯求早点打发走了这个，不，应该说是他们两个瘟神。花树人心里充满了羞愧，还有莫名的痛惜。痛惜方洁。不是痛惜那位唾星子乱飞激动得也够疲累的妻子。妻子早已成了同床异梦的陌生人，一个与他只有法律维系的女人了。什么时候开始的？他对她再也激不起性的冲动了。无论她用什么方法，他都心如死水。偶尔梦醒时分会勃起，可只要一意识到身边的是她，是这个美艳的女人，他马上就会像被抽了筋剔了骨一样，立即泄气熄火。她在百般无奈之后，以为他有了病失了性，于是便愈加地轻侮他。而这在他，竟也已激不起愤怒。没有愤怒比没有激情更加冷漠。他已经把这个女人完完全全地逐出了自己的心。逐出得这么快，这么干干净净，如果说他在过去的日子里还不能十分明确地意识到究竟是什么原因，那么此刻，他在坐到了这个当了他几年后妈、共同生活了许多日子、又突然分离了几个月的方洁面前时，一下子便明明白白地悟到了，完全是因为自己的心里，早就已经完完全全地装进了这个方洁，用她替换了那个正在吐着恶言毒语的瞿芬！

是的，他此刻处于两个女人之间，再清楚不过地看到了自己的心的天平，看到了那天平其实早在父亲在世时就已侧向了方洁！虽然他没敢正视方洁，但方洁那无奈的咬牙挺着的如在瞿芬的恶言毒语中挨着零刀碎割的面容，一直就在他的视野之中。他感到他自己的心也如同在受着酷刑。他对瞿芬的厌恶已经到了痛恨的地步。他一点都没听见这混账的女人在说些什么，他只是全身心地感受着方洁。在痛惜的同时，他竟对因了这瞿芬的威逼而重逢方洁暗自庆幸，心中掠过一阵一阵的暖意。他非常非常清楚地明白了自己，在这两个多月里虽然没有见过方洁一面，但心底深处却把她当成了自己整颗心的一个部分，此生此世是永难割舍的了。他血管里与他父亲一脉相承的热血暗自奔腾着。他像他父亲一样，下了决心就立即准备行动，而且筹划周密。他把第二天该做些什么，该怎么到这儿来，该做些什么准备，在呆坐着陪着瞿芬一顿吵闹中，全都想妥帖了。

十　　五

花树人与方洁很快就成了情人。

既是水到渠成，也是预谋策划，质的飞跃发生在一个晚上。

花树人所在学校组织旅游。他报了名，但临走突然变卦，不去了。他提了旅行袋从家里出发，骗过了瞿芬，旅行袋里还装了瞿芬为他备下的两包"康师傅牛肉面"和半斤肉枣，供他路上吃的。到了火车站，他先在"小件物品寄存处"寄放了包，然后空了手赶到集合点，跟同事们说瞿芬得了急病，不能与各位同行了，实在是遗憾，说谎时面容真诚而无奈。同事们没一个怀疑的。挥别众人后，他取了包，直奔方洁的一室户，途中去建材商店买了些白水泥螺丝帽之类，都是预先早就计划好了的。抵达目的地时，刚过十一点，方洁已经在准备午餐了。

方洁并不知道花树人为了到这里来而精心安排的上述艰难曲折。她只知道花树人说好了今天给她安一个小橱。她的书太多，几乎占尽了所有的家具，许多杂物都没地方放置了。花树人为她设计了一个借天不借地的办法：做个小橱，安到大门上方的那块空间里去，既不显眼，又很实用，取放东西时只要用张方凳垫脚便可以了。小橱早已做好了，是花树人几次来时，依了门上那块空间的大小尺寸设计制作的——花树人中学毕业时赶上"文革"，花老先生当牛鬼，他去插队，练出了一手木工活。小橱做好已有多日，只是苦于没个完整的大块时间来干凿洞打桩之类耗时间的活，所以总不能让它到位——这自然是因为花树人每次到这间小屋来，总是不能过久地逗留，免得引起那位人精似的瞿芬的怀疑的缘故。这一回花树人有把握拥有不获全胜决不收兵的时间了，所以两天前就电话通知方洁，约定中午时分到达。至于他是如何地吹了牛撒了谎，有预谋有步骤地好不容易才挣脱了家里的学校里的千年铁锁链终于得自由得解放，他不会向方洁说，粗心的方洁又何从知晓！

看见方洁在洗菜淘米，花树人忙掏出"康师傅"和肉枣："简单些吧，干活要紧。"

方洁笑了："好东西！你倒想得挺周到，像是出门旅游似的！"

花树人的脸免不了有点红，说话也有点结巴了："打洞的事……最费时间了……早吃完早开工……"

方洁又笑："请了几个小时的假？"

花树人低头扯那"康师傅"的封口，不吭声。"方洁方洁，"他心里说着，"我什么时候是请了假到你这儿来的？谁会准我这个假？谁会批准我哪怕是一分钟的这个假……"他连忙截断了自己的思想。冥冥中他感到有双眼睛在凌厉地盯着他，他打了个寒噤。

　　小橱安放妥帖时，已近黄昏。方洁一直在帮着做下手，也弄了一头一脸灰。她是个爱整洁的人，忙着就进卫生间洗头洗澡。等她拾掇完了，花树人竟已攀在窗口，开始了第二项工程了——用那早已购置好了的百叶窗，换下原先的布帘子来。

　　"哎——小心点呀！"方洁喊着，胆战心惊地望着他，为他递着工具和钉子什么的。她有点恐高，如今住在六楼，连窗玻璃都不太敢擦。

　　花树人于是不由分说地在装好了百叶窗后，又将那几扇玻璃的里里外外都擦了一遍。

　　恐高的方洁在他旁边递水送布，不敢走开，嘴里总重复着"小心，小心"，一点也没有了平时说话讲究措辞句法语气语调的风度。

　　花树人偶尔偷觑一下她张皇和忧恐的表情，总也忍不住想笑。他的心里，涨满了温情，还有一种消亡了许久许久的自豪。

　　是的，他自豪地想，这些都应该是男人干的事。方洁她干不了。方洁缺少个帮她一把的男人。可怜的方洁，她尽管有过两次婚姻，但她总是给予，从来也没有得到过男人的支撑。包括自己的父亲，他给的是学识，是地位，是父辈的关怀，但是他毕竟垂垂老矣。他那几年全得依仗方洁的照料，方洁于他只有奉献。同在一个屋顶下的那几年，花树人对此太清楚了，父亲父亲，花树人在心里对着闪现到眼前来的那双凌厉的眼睛说，你亏待了方洁了！你亏待了一个同样有血有肉的水做的好女子了！那话刚从心底冒出，凌厉的眼睛竟就立即隐去了。

　　方洁站在窗台边，总也不敢走开，她自己只要一从高处往下看，两条腿就会发麻发冷发软，如今虽然不是她自己站在高处，但瞧着花树人巍巍然立于窗台，她还是脖子上一阵阵地汗毛肃立。只要那花树人的身体一动，她就情不自禁地一个哆嗦，口里喊出了千篇一律的"小心"来。只是她的这种紧张，不一会儿就有了缓解。她看了出来，面前这位虽然很有内秀但毕竟相当木讷的花树人，登高动作竟是非常协调和灵敏。他身材高大，手长脚长，半个身子探在窗外，毫不费劲，毫不僵硬。方洁站在他的下方，只见他那双足有四十二码的脚板牢牢地巴在窗台上，因为用力而紧张着的双臂，一只攀住窗框，另一只探往窗外，那上面的肌肉隐隐地鼓突着，活活地运动着，穿着一件紧身T恤的身体显了一个均匀的三角。"行了！快下来吧！"方洁说着，"已经够干净的了！"可是那花树人还是顾自擦着。"跟他爹一样的脾气。"方洁忍不住想笑，眼前出现了花伯其的目光锐利的眼睛。方洁一时走了神。她莫名地想起了花伯其的干瘦的胳膊，根根绽出的两排肋骨。她甚至还忆起了早已退隐到记忆深处去了的那个小弟，那个与他只有过一个月不到的共同生活的比她小二十七天的小丈夫。浮到她眼前来的，是他那细细的软软的白白的尖尖的十个指头，还有从脚上褪下了袜子扔向她的那个动作。方洁的嘴角起了一丝苦笑。

"同类归项方可比较。"她清醒地审视着自己，"方洁，你的思维进入了一个误区了。现在退出还来得及……"

方洁毕竟是俗人。她还是过高估计了自己的主观力量。她早已来不及退出。非但是她自己早已过深地陷入，而且那花树人早已积聚到了不能不喷发的地步。花树人从窗台往下跳时，她下意识地伸出了手想扶一把。既是出于男子汉的习惯，也是仅存的一点自制在起作用，花树人没去接那只手，很轻松地落了地。倒是方洁为了让开他，一个趔趄，被椅子绊了一下，臂肘重重地撞到了墙上。方洁痛得皱起了眉头。花树人一把拉过了她的手臂。他看到了一块泛出红色的地方，心里好一阵发紧，急忙用手心不轻不重地搓揉了起来。这一着棋，在他倒确实并非预谋。依他近日朝思暮想着的打算，他是要在晚餐之后，开诚布公地与方洁谈一谈，表露一下自己的心曲的。怎么个表露法，用些什么可进亦可退的措辞，方洁有可能取怎样的态度，自己在一败涂地后该如何落荒而逃，逃到哪一个同学同事家里去，编个什么样的谎言过这个夜，第二天再如何自圆其说地瞒过那火眼金睛的瞿芬，他全都细心地策划过了。他就是没料想到这样的突发情况。他也没料想到自己的手心一接触到了方洁的细滑温软的肌肤，居然像着了火般变得滚烫滚烫。他觉得一口气满满地堵在了心口，呼吸也顿时急促和粗重了起来。他作了最后一下挣扎。所有的道德伦理是非曲直义务责任身份面子廉耻仁义进退计划统统合并在一起，化为一种莫名其妙的无足轻重的自我克制，充其量也不过二三秒钟而已。泱泱的洪水霎时间就冲决了那道可怜的人为堤坝。他张开了他的双臂，把方洁紧紧地抱进了怀里。

　　方洁没有抽出身子，她顺从地依偎在那粗壮的双臂所围成的一小方空间里，不发一声，大大的眼睛微微地眯着，全身的重量都靠到了花树人的厚实的胸膛上。她在一刹那间感到自己的灵魂飞出了自己的躯壳，而无比沉重的肉体不堪负荷地跌进了一片温暖的海洋。她听其自然。她没有任何挣扎和反抗。所谓的"退出"烟消火灭。她干脆就没有了一丁点儿思想。当花树人浑身颤悚着把滚热的嘴唇贴上了她的额角、脸颊、嘴唇时，她合上了自己的眼睑。她把自己整个地交了出去。她感到了一种从来也没有过的轻松，卸下的不仅是肩上的重负，还有自己的生命的重量。她被花树人轻而易举地抱了起来。当她的足跟离开了那坚实的地面时，她觉得自己成了一片羽毛、一朵雪花、一滴水珠，羽毛在天上飞，雪花在掌心融化，水珠融入了大洋。她静静地卧在自己的小床上，任由花树人以亲吻抚遍了她的全身。她的眼睛始终闭着。正对了她的眼睛的，是她自己书写的那行条幅，她便是隔了眼帘，也清清楚楚地读到了它：

　　"得失随缘，心无增减，盛衰兴替，顺其自然。"

十　　六

　　他俩每天都通电话。不是一个两个，而是三个四个，甚至更多。

　　"你好吗？"

　　"好，好极了！你呢？"

"我也好，从来也没这么好过！"

没有约定过，可是两人都明白这隐语。再真实不过，再明了不过的了：那个"好"字，是从他俩心底喷薄而出的"爱"字的代称。

当他们在那个傍晚轻而易举地逾越了一道社会的人为的心设的障碍之后，他们同时还原成了一对自然的真实的互相间一无虚饰的男女。

花树人自己也没料到，怀中这个让他心仪已久、本以为只要允他爱慕爱抚便足可令他于心足矣的方洁，竟然如同一台强大的充电器一样，将他早已枯竭了能源能量的正在死去的身体，一下子救活了过来。他搓揉她的手臂时就起了拥抱她的欲望，拥住了她时就情不自禁地吻住了她，而一旦捕捉住了她的嘴唇，他就无论如何也克制不住自己的久已生疏的、不，应该说是从未有过的，从每一个毛孔里往外冒出来的冲动了。他要把这个女人占为己有。他要把她融入自己，让她成为自己的一部分。他要爱她痛惜她与她共有一个心跳共有一样的脉搏共有同步的喜怒哀乐。他毫不犹豫地毫无困难地这样做了。"方洁，方洁，我的方洁，我的，我的，我的方洁妹妹，妹妹……"他喃喃地喊出了声来，喊出了蕴蓄在心底许多许多日子的话，喊出了口才更清醒地意识到，他其实从来也没有把她看成是什么后妈，方洁在他，从来都只是一个妹妹而已。

方洁也一样没有料到，在经历过了两次婚姻之后，她居然还好似一个初涉爱河的少女一样，刚刚第一次真正地切实地懂得了男女情爱。

不错，她喜欢过那个小弟。可是如今她才发现，那段生活。实在只是孩提时代玩洋娃娃办个"小家家"的游戏的继续，她方洁对小弟的种种呵护和疼爱，与其说是男女之情，更不如说是一种潜在的串了点味儿的母爱！而在当了这么一次小母亲之后，她又阴差阳错地投入到了花伯其的怀里，过上了几年小女儿的生涯。也不错，年老力衰的花伯其与她有过几次性生活。花伯其并不想把她收作干女儿。花伯其再老，也是十十足足的男子汉。可是她方洁，尽管真心实意地倾慕他的学识，他的经验，他的坚强，他的坎坷，他的成就，喜欢他的目光凌厉的眼神，他的虽然骨节嶙峋但依然牛高马大的身躯，他的睿智中透着幽默的言谈，但一旦与他做爱，却总是有着一种亵渎了长者、硬逼了尊者做出不该做的事的不安和惭愧。她知道自己的心理定位有点儿与自己的实际身份不符，于是每当花老先生欲行房事，就努力地曲意奉承，结果是一个勉为其难，一个如行公务，愈来愈没了滋味。久而久之，一老一少感情虽笃，却愈来愈像了父女长幼忘年之交，谁也无有了男欢女爱的想头。

以为自己一定是那种"性冷淡者"的方洁，怎么也没想到一旦一位深深地爱了自己的、自己实际上早已与他息息相通了的男子伸出了有力的臂膀，断然决然地把她拥入怀里之后，她就会如此忘情、如此默契、如此灵敏、如此投入地迸发出从未有过的激情，绝非被动地义无反顾地驶入了一个完全陌生的、令她心醉神迷的爱欲之海。她从来也没有如此主动地热吻一个男子。她全身心地感受着他，享受着他，而不再只是一种给予，一种服务，一种安慰，一种效劳。她突飞猛进地无师自通地懂得了高质量的做爱。她就此明白了男人的力量，明白了男人不但可以向女人索取、还可以而且应该施予女人。

花树人的学校没有太严格的坐班制。他完全可以在瞿芬还老老实实地端坐于她那化验室兑着她这酸那酸的试剂时就早早地回了家来，给已经成了他的所爱的方洁打一个长长的电话。他俩有谈不完的话。什么都谈。大事小事国事家事自己的事别人的事，白天干过的晚上梦到的，已经有过的计划要做的，上一次在一起时的，以后向往着还要再见面时的，唠唠叨叨，噜哩噜苏，两个都全改了素来的内向而言语不多的性情，而且谁也不嫌谁烦。方洁偶尔也有主动打电话找花树人的时候。当然便有的正打到了瞿芬的手里。只要一听见瞿芬的脆生而尖利的嗓音，方洁立即就撂电话，让那瞿芬"喂"呀"喂"地空喊几声，恼火地骂一通的确常发生故障的电话局，而一旁的花树人虽不动声色，却明白了她的召唤，或早或晚地总会抽空到街上去用公用电话来给她一个回电。几次下来，这个程序便固定形成了一个新的联络方法。

瞿芬对突然暴涨的电话账单大惑不解，气势汹汹地问到电话局里去，被电话局美丽而年轻的小姐很有分寸地好一顿奚落。回得家来又气又恨又疑心，总在叨咕"这他妈的是怎么回事"。花树人发现了这个漏洞，便有意识地一改初衷，接受了一名早就想请他"开小灶"的应届高中毕业生，为他作电话复习辅导，然后跟瞿芬说谎道，今后家里的电话费用概由那学生支付了，让瞿芬如释重负地好不高兴了一番。

花树人每逢周日的外出，也以去给学生作个别辅导为借口。从事文科教学的花树人别无所长，只有一笔好字，过去也的确在一些业余的书法辅导班里上过课，所以重操旧业，并无异常。瞿芬生性贪财，见丈夫辛勤劳作，每逢月底，如数上交并不菲薄的一笔"讲课金"，自然欢喜。她哪里能够想到，这一月一次的"月规钱"，其实都是出于方洁的手，是方洁与她瞿芬的丈夫花树人先生达成了共识之后，用来买下一周一次一个单位时间的幽会的！精明的强悍的瞿芬，被整个儿地蒙进了鼓里。

<h2 style="text-align:center">十　七</h2>

我一贯很相信老古话。我认为前人留下的无以枚计的老古话是他们积数十年，不，应该说是数百年、数千年之经验，然后以本民族语言中最生动简要的词语和最合理严密的方法结构而成的，以老古话来指称我们身边发生的事，常常是一矢中的、精辟准确。比如这里的两位，方洁和花树人，他们在一个傍晚就从母子变成了情人，用老古话来说，就叫做"冰冻三尺，非一日之寒"。再比如从花树人这面而言，家里明摆着一个美艳照人的妻，此妻纵然凶悍，却也从一而终地深爱着他，连床帏之事也并不强求，他却偏要外出去甘冒天下之大不韪，找一个长相平平表情古板的前后妈来爱得死去活来，这就叫"家花不如野花香""情人眼里出西施"了。至于他俩隐情的败

露，则又是正合了"没有不透风的墙"那一句，他俩相爱不到一年，就有署名"人民群众"的检举信，寄到了方洁工作的研究所里。

我们的故事情节于是也被推动前进。

客观地说，那封检举信倒并不完全是揭发方洁与花树人的关系。信是这样写的——

　　领导：

　　　　我们向你们检举方洁的偷窃行为。她偷电。自从她装了空调和电话之后，我们的大火表上的度数就大大增加了，连累了我们另外三家，每月都要多付许多的电费。她平时从来不生炉子，用的都是电（电炒锅，电饭煲，电水壶等等），打起电话来，一打就是半个多钟头。她的经济收入与她的身份是不符合的，这是她经济上有问题的证据。一个知识分子，哪来这么多钱？她还有一个男人，不知道是什么关系，每个星期天的上午都来，一来就把门关死，房内一点声音也没有，很不正常。上述情况属实，请领导审查。

　　　　　　　　　　　　　　　　　　　　　　　　　　人民群众

研究所负责处理这类信件的是一个马上就要退休的人事干事。干事在"文革"以及"文革"以前的诸多运动中都干过"专案"，有经验也有教训，读这类无头信已是见多不怪很能去芜存精明辨是非了。她只把那信浏览了一遍，就明白此乃方洁的邻居的一次诬陷。方洁"偷电"？说出来给认识方洁的人听，都要让人笑掉大牙！大火表度数增加是因为方洁的电话打多了？这胡说八道的人连最基本的用电常识都不懂！至于方洁的"收入与她的身份不符"？真是小看了她了！且不说花伯其多少留了些遗产给她，便是她自己这几年的稿费收入，在研究所里也是屈指可数的！信上那句"知识分子哪来这么多钱"，更是让人哭笑不得！人事干事把信一团，顺手就扔进了字纸篓里。

信是扔掉了，可是那信里有着一些很真实的内容，人事干事却贮进了自己的大脑记忆库。某一日方洁来办事，正与干事相遇，干事便免不了很关切地小声问道："什么时候请我吃糖呀，小方？"

方洁有点发愣，一时里以为她谈的是职称问题，于是便反问她道："我不是初评就没通过吗？哪能给您吃什么糖呀？"

人事干事哈哈一笑，不再去说什么别的了。她年过五十，正值更年期，特别多疑，平时也并不喜欢方洁的孤傲清高样，所以心里以为这一脸死样儿的方洁，是在跟自己玩着假痴假呆的鬼把戏，好一阵不高兴。

"每星期天上午，男人一到，就把门关死，"她记起了那封信上的话，"一点声响都没有，的确是不正常！"

存了这点"不正常"之心，她在某次接到一个男子打给方洁的电话，那男子又很客气地请她传唤一下方洁时，一下子就辨了出来，那是花树人的声音。花树人因了父亲和方洁的关系，多次来过研究所，他的声音浑厚低沉，极有特色，逃不过听觉灵敏而又提高了警惕性的人事干事。

干事竖起耳朵听着跑来接电话的方洁的每字每句："你好。是我。好，好极了，跟你一样好。好的，别买得太多。上星期留下的，我都吃了足足三天呢！早点儿来，啊？真的很好很好，好极了！"

浸没在爱海里的方洁自以为说这些简而又简的话是够滴水不漏的了。她没料到曾经有过那封匿名信，她没料到那位可以当她的妈的就要退休的老干事对这男女之事还是饶有兴致，她没有料到有兴趣的人会十倍地增强理解力和判断力，她而且也不知道，即使她的每字每句都无懈可击，可是她在与她心爱的人进行着好啊爱啊的心的交流时，她的语调、她的口吻、她的神气、她的整个脸上，流露和焕发出来的那种光彩、那种柔情、那种牵挂、那种甜蜜，都足以显示她此刻已不再是早先心如枯井的花氏遗孀，而是劳伦斯笔下的"恋爱中的妇女"了！

　　人事干事无论是凭女人的直觉还是凭干事的分析判断，都明白了花树人与方洁的干系已非同一般。坏就坏在这位干事与瞿芬又有一定的关系。她嫁过两次，与前夫所生之女正与瞿芬同是化工厂里的化验员。那女儿与改嫁了的老娘有斗争有联合，来往倒是不断的，于是有关守寡的方洁与丧父的花家公子来往密切相逢在周日的敌情，终于经了几棵"消息树"的传递而为瞿芬所掌握。

　　我们的小说就此到了老古话所说的"不是不报，时辰未到；时辰一到，一切都报"的时辰了。

十　　八

　　瞿芬听那位同一组室的干事女儿闪烁其词地做敌情汇报时，整张粉脸连同嘴唇都变白了。

　　变得如纸一般苍白的脸使那位传递信息的女士很快意，因为瞿芬的利嘴素来如刀般快而且从不肯饶人，同组室的人多年来一直深受其害，还从没见她让那么几句糊里糊涂的话就击中要害大受创伤的。

　　瞿芬抖动的手溅出了好几点硫酸，其中还有一滴落到了没有防护的脚背上。她痛叫了一声，看着自己的脚面的棉袜在刹那间就被烧出了一个窟窿，而疼痛的地方却是在心口，她忽然就咧开了嘴笑了：

　　"都胡说些什么呀！"她对已经意识到自己引发了一个炸药库而不免有点张皇的干事女儿说，"无根无据的传说，我从来也不相信的。"

　　"我，我陪你去医务室吧……"

　　"不用。瞿芬还没到这个地步呢。"

　　去医务室之前，她拐进厕所，用水冲洗了自己的创口。这是每一个化验员都懂得的自救常识。她冲了受伤的脚，也冲了自己的脸，出来时，一双漂亮的丹凤眼红肿着，但干而亮。

　　医务室给了她三天病假。回化验室去交病假条时，她将一瓶早已装好的硫酸放进了自己的手提包。

据后来对这一切作出清晰回忆的干事女儿说，虽然当时有许多人看到瞿芬取走了一小瓶硫酸都无动于衷（因为这在化验室是常事，大家都时不时地取一点回去刷洗卫生间里的污垢），可是她却已经有了不祥的预感。她说，瞿芬是个极娇的人，平时让蚊子叮个包都要嚷半天，那天被硫酸烫这么大一个洞，居然像没事一样。"也实在是太不正常了，"她说，"她那时一定是已经下了杀人的决心了！"

她的推断并不完全准确。生活毕竟不像小说那样夸张。瞿芬虽然心中充满了对方洁和花树人的狠毒之情，但若是没有提早回家，没有亲耳听到花树人打给方洁的电话，她一介女子，也还不会真的动起杀心——尤其是不会下得了剪除亲夫的决心。连她自己也没料到，她会在还没踏进家门时，就已在虚掩着的门边，一清二楚地听到了一心以为她还在化验室里兑着试剂的花树人的这么一番情话：

"……洁妹，你听我说，我的确是下了决心了，我怎么也不能这么委屈了你了！我管不了那么多了！……也就是你吧，还这么想着别人！花林的事，你不用操心，孩子已经十三四岁了，离成年已经不远，即使不判给我，将来也不会不认我这个亲爹！我现在是什么也顾不得了，我只要你！……好好，不说这个，今天先不说这个，星期天我来时，我们再好好商量一下！我的亲亲，真想你……我这几天忽然想起了一件事来，告诉你，我已经寻觅到我到底是从什么时候起爱上你的了！……嘿，我就知道你马上就想听，此刻就想听了，……别这么悲观，我们不是马上就又可以见面了吗？什么预感？没的事！有我在，你什么也别怕！……好好，我告诉你，我是在第一次见到你的字，就是你报考研究生的那张试卷，号码是0088，我没记错吧？对了，就是从那时候起，就爱上了你的！……哈，不哄你，你的字里带着你的精气神……你的悲观情绪可真影响了我了，死啊死的，干什么呀！我们还有很长很长的路要走呢。洁妹，我这辈子是为你生，为你死的了！……"

如果说瞿芬在猛一听到自己的丈夫用"洁妹"、用"亲亲"这样的词儿称呼着以前的后妈时，还无法抑制地起了一种扑进去、立到这无耻的男人面前、狠狠地照他那张道貌岸然的俊脸掴两个耳光的冲动，那么，她愈是听到后来，便愈是消淡了那些低级状态的激怒。她的心像是被一点一点地浸进了冰冷彻骨的水中。她的神经像是在被一寸一寸地腐蚀着。她浑身的血肉都像是进散到了无有，只剩下了一组铁一般冷石一般坚硬的骨架支撑着她。她从来都是风风火火的女人，可是在这短短的个把钟头里，特别在这长不过十来分钟的电话窃听过程中，她就完成了性格的突变，变得有足够的力量咽下原本是喷出口来的毒火，并且让那烈焰积存下来直至喷发时辰的到来。她在门外不但稳住脚跟、坚如磐石地听完了花树人彻底暴露了其丑恶嘴脸的长篇情话，而且非常明晰地读解了这一部由两人出演但在这里只听得到一方台词的双簧戏。她那本来就十分灵敏的思维很快就作出了一系列的判断：

花树人每周一次的"上课去"，实际上是到方洁家幽会去；

这样的幽会每周不落空，本周还将进行一次；

即便是这样，这两个男女还是急不可耐，天天都瞅准了空子打一个又一个长长的电话说得情意绵绵；

即便是这样，花树人还是不能心甘，早已下定了与她瞿芬一刀两断、甚至连花林也不要了的决心；

花树人是铁了心了的；

"我是为你生，为你死的了……"

瞿芬默默地重复着这句话，不出一声地笑了起来。

笑容在嘴角绽出，心在胸中裂开。

是的，花树人从来也没有对她说过这样的话。即使是在十多年前的新婚燕尔时，即使在他那几年里兴致勃勃地几乎每夜都要做"功课"时，即使在他最不能自制地呻吟出来时。

是的，她一直以为他是那种不懂得讨女人欢喜的人，是个自制力太强的读书人，是个天生不会甜言蜜语的人，可是她错了。花树人原来是个天生的情种。天生的情种只是错误地与她瞿芬相遇，莫名其妙地做了十多年的貌合神离的夫妻，她瞿芬没能打动他和激发他而已。

天生的情种终于觅得了方洁，而只有方洁，才能让他生，让他死！

笑容在瞿芬的脸上死死地冻结住了。

一个念头，一个计划，立即滋生，立即成熟。

一个毁容案，一个谋杀案，就此酿成。

十　九

瞿芬带着冻结在脸上的那种笑容，以一种很自以为是的很女人的绝对愚蠢的深思熟虑，在不到二十四小时的时间内，毁了三个人，自然，同时也毁了自己。

她是中午前返回自己的家的。一直到听见那花树人说了一次又一次的"bye-bye"后恋恋不舍地放下电话，她才装作刚刚抵达家门，面带笑容地走了进去。她的笑容使花树人在猛一见到她时免不了升上心头的惊吓很快便烟消云散，她脚面上的那块灼伤又足以证实她提前下班的正常性和合理性。夫妻俩很平静地共进了午餐。花树人一如既往地睡了一个小时的午觉。在他很安心很满足很深沉地进入梦乡时，他没料到，他的共同生活了十多年的，对他的生活习惯了如指掌的瞿芬，一矢中的地从他裤袋里找到了那把方家的钥匙，并且到专配钥匙的小摊子上去复制了一把。瞿芬素来动作细致，脚步轻盈，顺利完成了她计划中的第一阶段任务。花树人一觉醒来，浑然不觉，精神焕发地去上了下午的班，一路还愉快地盘算着：已经是星期四了，再过两天，又可以跟方洁会面了，若是天气好，倒不妨去植物园一走呢！

　　瞿芬一个下午呆在家里，打了几个电话，摸到了方洁的行动规律，知道她平时不必坐班，但星期五是一定到研究所去的：上午翻阅资料，下午参加政治学习。摸准了这个情况之后，瞿芬很安心地抽了半包"万宝路"，死死地睡了一大觉，醒来后去花林的学校接回了儿子，母子俩到南京路淮海路逛了一大圈，一路走过去吃过去，到了天都黑透了才回来。花树人挡不住饿，已经吃了方便面，见他俩回来，说了一句"花林快做功课"，瞿芬还附和道："是呀，做完了再睡吧！"夫妻俩早已分床而眠，搬入这套三房一厅的新居后干脆就一人一室了。十点左右，一家三口各就各位。花氏父子都是头一挨枕头就着了，他俩哪能知道，另一间屋里的瞿芬，彻夜都是睁着她的一双丹凤大眼，而死神，在她的分分秒秒的义无反顾的召唤之下，已经一步一步地走向他们了。

　　第二天是一个阴雨霏霏的坏日子。按西方人说法，这种不但是星期五而且是十三日的日子，特别会发生不幸的事，所以称之为"黑色星期五"。专事外国文学研究的方洁大约深受了这种西式文化之毒害，一早起来，心情就极其恶劣。她平时做事手脚就重，这一天更是漱口打翻了水，走路碰倒了凳，连煮稀饭都煮得糊了底。眼看着都快过了九点钟了，她才急匆匆地出了家门，因为走得匆忙，身后的门关得"嘭"地一声大响，让隔壁邻居好一阵不满。那邻居就是写匿名信的，此时正在做着修身养性的"香功"，一个受惊，功法全乱，心内不禁大怒。"妖精！"他恨恨地骂道，"看你这个张狂样！是赶死去呀？"

　　他的诅咒正在由瞿芬实施。方洁走后大约一小时，瞿芬抵达。她体态轻灵，穿的又是一双软底时装鞋，上楼时悄没声响的，谁也没有听见。她用来开锁的钥匙虽然是新配的，但由于上面事先抹了点机油，所以开门时竟然也没有一点儿声音，只是在她闪身进门又从里面合上那门时，尽管她是够轻手轻脚的了，但隔壁那位终日里无所事事的匿名邻居还是听到了一下很异样的磕碰声，匿名邻居急忙开了自家的门出来张望。他老眼昏花地似乎觉得那"妖精"的门内有点儿动静，但竖了耳朵细听，却又什么也没有了，只好讪讪返回。他的这些窥探动作，倒正被已经进入方洁室内的瞿芬清清楚楚地感觉到了。瞿芬由此而得到了提示，待到出门时，便格外地放轻了手脚，以至于匿名邻居后来在公安局前来调查时，一口咬定方洁走后，肯定没有人来过。"没人逃得过我这双耳朵，"邻居作证道，"我一上午都在家。风吹草动我都知道，我还专门出去看过！"害得那公安局的破案多费了许多的事。

瞿芬一踏入方洁的生存空间，立即就嗅到了花树人的气息。女人天生了极其灵敏的感觉，况且这瞿芬又是女人中的人精。她环顾四周，认出了一定是出于她的干过木工的丈夫之手的许多东西，特别是那个借天不借地的、横空架于大门上方的小橱。这是一架与她瞿芬家的大门上方悬挂的完全一模一样的小橱，不但那大小式样，甚至连油漆的颜色，也像是从一块调色板上分了出来的。瞿芬冷笑着注视了那架小橱许久许久，然后小小地改变了一下自己的计划。她进了方洁的卫生间。不出她所料，那盥洗箱里放着一小瓶用来刷洗马桶的硫酸，只是几乎空了。瞿芬很熟练地将它灌满了——用自己所带来的。然后，她把这瓶子搁上了大门上方的令她深恶痛绝的小橱。瓶子就在小橱的边缘，而小橱的门，则并不合上，只是虚掩着。干完这一切，瞿芬以比猫还轻捷的动作，逃过了隔壁邻居的"没人逃得过的耳朵"，扬长而去。

方洁在很认真地参加了下午的政治学习之后刚家，途中还买了一包花树人很爱吃的广东肉肠。只要再过一天，他就要来了，她一路愉快地想着，早上的沉闷悒郁一扫而光。因为心情舒畅，她拿钥匙开门时动作比往常更猛了一些，手一推门，人就一步跨入。那门一下撞到了墙，门上的小橱受到震动，盛满了硫酸的小瓶就立时三刻倾倒了下来。隔壁的匿名邻居听到了一声简直不像是从人口中发出的惨叫，冲进房内一看，方洁已经面目全非地倒在地上，昏死了过去。

几乎是与此同时，花树人家的邻居在走道上闻到了一股浓烈的煤气味。他们想起这家人家的主妇上午九十点钟就出了门去，但中午时分好像见那姓花的老师回了家，然后又是那小学生进了门，父子俩再也没有出来过。煤气味一阵阵地钻出门缝，邻居们意识到出了事了。他们擂了一阵子门，不见反应，倒是惊动了上下层的另几家。众人合力破门而入，只见花树人倒在煤气灶旁，显然是试图去关闭那开关而没有成功，心跳脉搏尚在，而那个小花林，则是沉沉地躺在床上，深度中毒，只剩下游丝般的一口气了。

这个结果，是精心操作了这一煤气中毒事件的瞿芬所始料未及的。她没有料到这小花林因为头天随她去逛马路吃得太多，今儿上午在学校里拉起了肚子。小学生勉强坚持到中午时分，就向老师请了假，回到了家里。家里的父亲刚吃完方便面，依了平时的生活习惯，将煤气开小，火上坐上了茶壶，准备他几十年如一日的午睡。通常是他一觉睡醒，那壶里的水也正好刚开，因为火小，开了的水也不会漫溢。见病了的儿子回来，当爹的给他服了两片止泻的黄连素，就拉着他一同上了床。他们怎么也没有想到，那只坐在煤气灶上的擦得锃亮的茶壶，是漏的，是瞿芬早知其漏而故意擦亮了换下了另一把不漏的，是专用来送她的不忠的丈夫去为另一个女人生为另一个女人死的。漏了的茶壶在父子俩进入梦乡时按瞿芬的预期目标滴水熄了火，成了瞿芬毒杀亲夫的凶器。中了毒的花树人惊醒之后只有滚下床爬到灶间去的力气，却已无法逃脱噩运。还不到十四岁的花林，成了他的父亲的殉葬品。

尾　声

我已经说完了这个故事了。我在开头就跟读者诸君说明过，本小说拟打破一般的程序，只注重客观事件的过程，而既不去追求那些传统的前后照应，也不刻意营造那些新潮的暗示象征，而且我在讲述这故事前，就已经把每个主人公的结局告诉给各位。我只有一个过程不想详说，那就是公安局如何侦破了此案，在方花两处同时发生惨案之后的不到二十四小时内，便将凶手瞿芬女士捉拿归了案。瞿芬的手法太拙劣低级，如同那种像模像样地编了出来骗不明世事的小孩儿的粗糙卡通似的，能逃得过我们的明镜高悬洞察秋毫的刑侦人员吗？

瞿芬是在本市著名的专门救治烧伤病人的瑞金医院被逮捕的。去抓她的人先是扑向瑞金医院的高压氧舱，因为花树人和花林在那里抢救，公安人员以为她一定在那里。不料管氧舱的人说，这可怜的女人一听儿子比老子更为严重，十之八九要成为植物人后，大概神经受不了如此刺激，竟然大笑了起来，一边说着："好，断子绝孙了，好，断子绝孙了。"一边就跑了出去，公安人员正不知该往哪里去抓这个十恶不赦的罪犯，忽一女刑警说，去方洁的病房吧，我估计她一定在那里。众人提了手铐将信将疑地赶去，果不其然，这瞿芬，正端坐在满头满脑地缠了雪白的纱布的昏迷着的方洁身旁呢，面上带若极为称心惬意的微笑。女刑警的准确判断，再一次证明了只有女人才最懂得女人的这一真理。

瞿芬不久便被枪决。

在此之前，方洁已告不治身亡。

花树人经医院大力救治，奇迹般苏醒了，只是醒来的当天，他就从医院六楼的窗口往下纵身一跳，当场死亡。

花林成为植物人。作为花氏家族的唯一直系继承人，他的医疗费用，从变卖了花方两处一应物产的所得资金中支出。

鬼手百局，你在哪里？

谨以此文纪念已故象棋大师朱剑秋先生

一

我一写下这个题目，就不禁打了一个寒战。

我面前出现了他，《鬼手百局》的作者，拥有"象棋大师"这个国家级技术等级称号的，已故专业棋手，朱剑秋。

他坐在他那间十平方米的夹板房中。他正在写着他的那本棋谱——《鬼手百局》。我去看望他。我们对坐在他的那张八仙桌两侧。桌上一如既往地摆着一盘棋，还有文稿。

他那年大约七十四五。因为过瘦，他显得比实际年龄要老。他的脸面虽然白净。但沟壑赫然，横向的在额头，纵向的在两颊，嘴角被这些深深的皱纹牵拉得松松地垂了下来。他的脖子饱绽着几根粗筋，令我想起烂尾工地里耸立着的水泥立柱。他的蒙着白翳的两颗眼珠，被包裹在糜红潮湿的眼眶里。

"鬼手，是我们象棋术上的一个专用名称，"他向我解释道，"诡异，奇谲，攻时出其不意，守则难以预料，一招出手，便通盘弥漫鬼气……"

"常常因此而造成千年难解之残局。"我说。

"唉——"他长长地叹了口气，红红的眼眶里灰白的瞳仁悲哀地对住我，同时摇着头，"又来胡说。鬼手是鬼手，残局是残局，鬼手是招数，残局是结果，两者根本就风马牛不相及！我早就说你永不会成为真正的棋手。你少动脑筋……"

他一摇头，两颊就凄凉地微微晃动，筋骨突现的脖子显得格外地细弱了。

我连忙给他的茶杯续上热水，以此打断他的话头。

"这是我刚从杭州龙井村买来的雨前狮峰，泡出第二道来，才香呢！"我说。

除了棋，他只有另一宗嗜好，那就是茶——好茶。

他啜了一口茶，点点头，只是不再理我，顾自摆开了棋局。

他住在我们整栋楼中结构最差的三层夹板房内。

面积约有十二三平方米。左邻是我家，前厢房，面临山东路；右邻是后厢房，窗下是弄堂，叫永乐里，"文革"期间改称过"永斗里"，现在自然又改回来了，一度住过母子俩，姓吴，后来则住进了小夫妻俩，男的外号叫"黄牛"。朱大师住的，夹于两个厢房之间，原先一定只是走道。以后房东为了扩大住房率而开发，用一层薄薄的木板围住。几乎是全封闭式的。所以称之为"夹板房"。只有一个窗，是天窗，即上海人所谓的"老虎窗"。

我为他打开了老虎窗。那窗用一根粗粗的麻绳拴住，往下一拉，开了，系到夹板墙上的一个大钉子上，就算是固定住了。关窗更简单：松开绳扣，"啪"的一下窗就弹回去了，全自动。

开窗是因为房内的空气实在太浑浊了。一只煤饼炉在屋子中央。那是朱老先生最重要的生活用品：烧水，煮饭，取暖。炉子的水开了，我为他灌满了热水瓶。他从棋盘上抬起头来说，把旁边的锅坐上去吧，黄牛今天给我买了两块大排骨，炖一炖，中午吃汤面，晚上他来帮我烧糖醋大排。我看见了地上的淘箩里果真有洗净了的鸡毛菜，还有一把很新鲜的切面，用报纸卷着的。为了炖排骨汤，我往炉上压下了一个新煤饼，刺鼻的一氧化碳立即腾弥开来。我不能不拉开那天窗了。

"冷，"他却说，"别开窗。"

他穿着棉衣、棉裤，还有棉鞋。因为有点脏而显得很有点旧。煤饼炉透出的热挡不住天窗往下掷下的寒。况且他要在窗下的八仙桌上摆棋，要写他的《鬼手百局》。

我记得那次去探访他，是一九八五年的初春，春寒料峭。

他的《鬼手百局》，刚开笔不久。

八年后，《鬼手百局》完稿，收录并点评分析了象棋大师朱剑秋鏖战棋坛数十年收集积累而得的，或是他自己使用过的，或是棋坛曾经出现过的，以"鬼手"之术或反败为胜，或逼平敌方，或造成不解残局的，奇谲瑰丽、耐人寻味、"鬼气冲天"的棋谱凡一百局，全书字数约三十万。

未及一年，公元一九九四年隆冬，朱剑秋谢世。

《新民晚报》"文化版"曾刊有一条消息云：

我国最年长的象棋大师朱剑秋日前因病抢救无效而去世，享年八十二岁。朱剑秋生前曾为黄浦区政协委员、上海市体委象棋队副队长、上海少年宫象棋班指导教师，著有《残局解析百篇》《棋坛扬州"三剑客"传略》等书。

没有提及《鬼手百局》。因为没有出版。

二

朱先生是我娘家的邻居。

娘家所在的弄堂——即我适才说过的"永乐里"，地处黄浦区中心地段。往北数十米为南京路，往南不远即延安路，还有豫园。东边不到一站地就是黄浦江的外滩，西部为人民广场，过去叫跑马厅。吃穿住行样样方便。人口密集度极高，如今的说法是人气很足。很足的人气聚集于一幢幢一排排低矮简陋的小楼和一个个狭窄幽暗的门洞里，基本的结构元素是弄堂。每个门号里都窝着好几户人家，多则七八家，少的也有四五家。比如我家所在的214号，那时底层是个印刷车间，上面两层，就住了大大小小五户，三楼便是我家、朱先生，还有先为吴家母子，后为"黄牛"夫妇俩及其儿子。连楼道，统共七十平方米吧，三户，人口过十——在那时，还算是很宽敞的了。

永乐里两边的房屋，东侧是被视作"上海典范民居"的石库门建筑，西侧却因为门面对着山东路，属于那种底层经商、上两层住人家的"商住两用房"。两排都是三层楼。"典范民居"石库门有个小天井，虽然搭了披间，堆了杂物，悬垂着尿布被单，但多少还有点光亮和回旋余地，而另一边的"商住两用"，却就更加阴暗和逼仄了。底层商家在山东路上开了店，而上层住家的门洞，则一溜地开在了弄堂里。进门便如进洞，一片漆黑。若不开了灯，陌生人休想摸着楼梯，感觉倒是与迟进大光明电影院的影厅无异。

弄堂是老而又老的了。从我十来岁时这两排房就总是修，总是修。小修时一个门洞一个门洞地敲打，弄堂口总有人在搅拌纸筋石灰，黄白色的水一摊一摊地溢出来。沾上我们的鞋，带上我们的楼梯，让我们回家后挨骂；到大修时，弄堂两边都搭起脚手架，碗口粗的毛竹，用青黄色的竹篾绑住，遮天蔽日地令弄堂终日昏昏然，可那时就是我们的节日了。我们会欢天喜地地玩捉迷藏，在毛竹间鱼一般地窜，决心身为"强盗"而决不让"官兵"捉住。女孩子跳橡皮筋可以不用轮着举起橡皮筋，两根毛竹间每个人可以尽情地跃个痛快。更多的活动是捡起一根稻草绳，比我们的辫子还粗的，两端系于一根横着的粗竹上，弯弯地垂下的绳，就成了我们最惬意的秋千了。

十三四岁那年，我抱了小我整十岁的小弟阿毛下楼去玩。我捡了绳，做了秋千，把满心欢喜的阿毛放上去，教他两手抓住两边，然后推动了他。他晃悠着，"咯咯"地笑，然后突然一下松了手。我扑上去没有抓住，他仰面跌到了地上。

地面是石子、花岗岩。铺就的路叫"弹格路"。阿毛的后脑勺摔在弹格路上。他嚎哭起来，脑后突起了一个包。因为地上有很多的垃圾，草绳篾片灰土之类的，所以没出血。

我使劲地揉他脑后的包，力图使它平复下去，同时谆谆教导反复叮咛兼之做出种种允诺道：回家不要告诉妈，姐姐以后再抱你到弄堂里玩，还带你去外滩看大轮船，还买糖给你吃，软糖、奶油糖。

可以告诉哥哥吗？阿毛抽噎着问。

不可以。

可以告诉朱伯伯吗？

朱伯伯？朱伯伯是可以的。

朱剑秋未见得有太好的好脾气，但是对孩子很耐心。

小弟阿毛幼时口齿不清。叫"伯伯"与叫"爸爸"浑如一体，朱先生对此十分满意。阿毛会走路后总是钻进他的夹板房，尤其是用餐时分。朱剑秋每每见到他，总从自己的饭碗里挖出最精华的那部分来，诸如一片肥肉、一夹子蛋黄等等，填进他的嘴里，直到有一次阿毛终于喉咙里卡上了一根鱼刺被送进山东路南头的仁济医院为止。

他有两个女儿，但是都随着朱师母住在扬州乡下。他年轻时也在扬州，不过是在城里，当教师。教语文和历史，乡下的妻子女儿不跟随他。日本人来了他就从扬州走了，一人闯上海，从此成为上海人。上海地方有成千上万像他这样的"单身汉"，并不是没有家小，只是家小都在老家而已。朱先生每回一次乡下就见女儿们长高一截长大一圈，从小只与亲娘相依为命的女儿们也就不跟他太亲。他更多的时间在我们山东路的永乐里，每天跟我们这批拖了木拖板从一人宽的楼梯上奔上奔下的孩子们相处。他把他对孩子的喜爱给了我们。

曾经住过前厢房的吴家母子，后来我长大了才知道是一个老板养着的外室。那老板偶尔来看看，戴一顶铜盆帽，永不让人看清脸面，贼一样地进出，我们被父母告诉道是在外地做生意的吴家伯伯，即吴家小哥哥的爹爹。吴家小哥哥刚搬来时才满月，后来愈长愈可人，到五六岁时，秀秀气气地惹得一条弄堂的阿婆阿妈阿姨都爱他，他的口袋里爆米花就从来都是不断的。朱伯伯一度也格外地疼他，因为他小小年纪居然还可以与朱伯伯对上几弈，据朱伯伯后来回忆说，这小子，下棋肯动脑筋，是个棋苗。于是，即便朱先生正在他的八仙桌上自己跟自己下棋——我现在明白那是在研究棋谱——我们都懂得这个时候是绝对不可以去烦他的，可是白白净净的吴小哥，却可以进入他那夹板房并且站到八仙桌的一边。

其时朱先生正与红娣阿姨同居着。红娣阿姨是在“大世界”里跳舞的舞女，与同在“大世界”谋生的棋手朱先生相识并一定是相爱了，于是就进入了我们山东路，永乐里，214号，三楼，夹板房。我记忆中的红娣阿姨漂亮极了，好像是一张很饱满的鹅蛋脸，雪白雪白的，人长得很高，腰肢细细的，走路扭扭摆摆，蛇一般。红娣阿姨进驻本楼的时间好像不短。为写这篇文章我特意打电话向已迁居浦东新区高层大楼的我家老母咨询，老母很肯定地答复我道，她住了四年，从解放前两年到解放后两年。老母关于弄堂生涯的记忆总是很精确。

但吴家小哥哥很快就在弄堂里失宠了。原因盖在于他做了一件在阿婆阿妈阿姨们看来是大逆不道的事：他趴在朱先生家的夹板门下，从离地约有一指宽的缝隙里往里瞧，看到了红娣阿姨的“雪雪白的大屁股”。

看见就看见了吧，吴家哥哥还很激动和执著，一直趴到红娣阿姨开了门出来倒水。红娣阿姨出门见到了狗一样卧着的小子，曾经惊问，吴小哥则坦率地发表了感想：

"红娣阿姨的屁股雪雪白，介大，好看得不得了！"

听说朱先生倒并不太在意此事。

"小孩子嘛，懂什么？不就是说你好看嘛，算了！"他对勃然大怒的红娣阿姨说过。

可是被赞赏过的红娣阿姨当时很冲动，还是找了吴妈告状，并且在楼下弄堂里的水龙头前公布了小哥的劣迹。

或许她也没有料到，从此永乐里的每个人看见吴小哥都会忍俊不禁地笑，他口袋里的爆米花从此绝迹。

不多久。吴家母子搬走了。

据说红娣阿姨后来很后悔。

"我该听朱先生的。"她常说，"他总责怪我。"

三

十余年后，公元一九六六年，吴小哥回来过一次。

朱剑秋届时被里弄里的一个由一批无业游民组成的叫什么"炮司"的组织隔三差五地拖了去挨斗。永乐里就是这个时候改名为"永斗里"的。我那时正在学校里等候毕业分配。某个星期天回家，在214号的门洞口见到了墨汁淋漓的大字报。我很认真地读，方知这位曾经担任过黄浦区的政协委员因而一度备受全弄人敬重的朱先生，解放前竟然曾经参加过国民党。在那个时候，光凭这，就够得上标准了。

晚间，老母从锅里铲起四条煎好的小黄鱼，嘱我给隔壁的朱先生送去。

"他家来客人了。"她说。"记得吴家小哥吗？他后来读了哈尔滨的军校，后来在南京军区当了军官了，最近派到上海来做军宣队了。专门来看看老邻居老地方。"

"这个时候来……"我想起了门洞上的墨迹未干。

"人家才不在乎呢，"我妈说，"下午就来了，一直坐到现在。给朱先生说了政策。说朱先生当年在'大世界'是集体报名加入国民党，老板做的主，不算什么大问题的……谢天谢地，还好他来说一说，要不然，我看朱先生是要上吊的了。"

"怎么了，朱先生？"

"几天都没见他下棋，坐在房里像段呆木头……还好来了客人，还给他讲了政策，"我妈说，"人家当了军宣队员，专门搞运动的，懂政策。"

那段时间所有的人都懂得政策就是生命。

我在朱先生的夹板房里看见了一个身材魁梧的军人。

他正在那张八仙桌上与朱先生对弈。

"你连走了三步错棋，"朱先生说，"我给你说说。"

一如既往，正如他自从担当了少年宫的象棋指导教师之后，常把一些小棋迷带到他的夹板房内进行个别辅导一样，朱先生将棋子搓乱，有点像当下搓麻将似的，将棋局重新排开，然后回忆出刚才对弈过的那一局，一步一步地为那魁梧的军人讲解起来。

他有这样的特异记忆。可以将无论来去多少回合的棋路一步不差地重摆出来。

他都没有理会到我给他端来了什么。

一论棋，他会把什么都忘记。

那军人也只是抬起头，对我礼节性地笑了笑。

他当然也未必想得起我是谁。

我发现他依然白净，虽然身高马大。

四

在一条那样的弄堂里住久了，无论赵家钱家孙家李家，无论张三李四王五麻子。互相间都会知根知底到一片赤诚，谁都瞒不过谁去。

　　比如我们楼下的亚珍她娘，解放前做过"玻璃杯"，现在叫陪酒女，全弄堂都知道，后来得了子宫癌，大家都说就是那时落下的病根；比如那排石库门房里有个叫荷花的，小时候给卖到四马路"会乐里"的妓院里，因为长得太难看，所以只好做个端洗脚水倒马桶的丫头娘姨，结果到嫁进我们弄堂里来时，经丈夫验证，还是个正宗黄花闺女，正应了她名字里"出污泥而不染"的意思；比如210号上上下下两层住的是印刷厂老板兄弟两家，老大家的娘子虽然漂亮，但娘家是徐家汇棚户区里的拉老虎塌车的，而老二娶的虽然有点跷脚，娘家却开绸布庄，带进来的嫁妆正好补全了夫家印刷厂多年的亏空，等于是救了全家老少，所以跷脚走进弄堂里才眼睛总是望着天而且从来不跟任何邻居打招呼，一派凯旋的功臣模样。比如朱先生跟红娣阿姨住在一起四年之久而乡下的朱师母并不知晓，但终于因为中华人民共和国婚姻法颁布了，两个人只好分开，红娣嫁了一个当干部的，在昆山附近的，接二连三地已经生了三个孩子了，等等。弄堂的狭窄空间，藏不下大多的隐私的。

　　也并不是容不下一点点秘密。有些秘密半露半掩。比如朱先生一入冬就穿上棉衣棉裤。很合身，很干净，松蓬蓬地让他好像胖了许多。到次年春末脱下，因为穿了一冬当然脏了显旧了，硬邦邦地如笋壳般一直套到五一劳动节后才肯脱下，但自会有人为他拆洗重缝，次年他还是可以穿上松蓬蓬的。做这一切的，是已经另适他人的红娣阿姨。这秘密，老邻居我妈是清楚的。但是这洗过的重缝过的干净衣裤是什么时候送来的，那脏了的板结了的又是什么时候送过去的，秘密联络疗式接头地点，那就谁也说不上来了。

　　大约是二十世纪八十年代末，我依着常规回娘家去看看，不意间遇到了红娣阿姨。

　　她一见我进门就站起身走。

　　要不是老母说这就是红娣，我哪里还能认得出她来！

她根本就不高，充其量只是个中等身材。是老缩了还是当年从小孩子的眼里看出来的大人都是高个子，我不能确定。她而且不胖，甚至可以说有点黑瘦，让我们牢牢记住的"介大的雪雪白的屁股"不知是明日黄花呢还是某种幻觉。我相信是前者。时光过去了四十年，差不多是一世人生了。

老母指着桌上的一个小包裹说，她听说朱先生一直在写书，就是那本什么"鬼"的书，坐得痔疮都发作了，就特意做了几条内裤，细布，大裤裆的，送来。事先没约好，朱先生由隔壁"黄牛"陪着，去医院看病了，没遇上，只好放我们家了。

老母接着笑谈道，真是一夜夫妻百日恩哪，她陪了小儿子和毛脚媳妇到上海来买结婚家具，送东西给朱先生，是偷偷溜了出来的。

然后老母说，他们全家人，都不知道她以前的经历。前几年开放了，两个女儿在家里学跳交谊舞，跳得乱七八糟，她看得实在难过，就更正了她们几步，把两个女儿都看呆了，说是姆妈呀，你还有这么个水平呀，我们怎么从来也没有看出来呀……这个红娣啊，刚才跟我说起这些，笑得肚皮痛！

红娣阿姨嫁人后，朱先生的夹板房里，再没有进过女人。

朱师母当然来过。总是有事才到上海，比如两个女儿要嫁了，来买嫁妆。比如女儿的女儿生了病，到上海来开刀。事办完了就走。永乐里214号三层夹板房是朱师母的驻沪办事处。

朱师母病卒于"文革"期间，患的是糖尿病。医书教导我们说，那病通常是富贵病，发达社会的都市人吃得太好太多又动得少就容易得。终生在贫寒和劳作中完成抚育两个女儿之天职的朱师母何以会与糖尿病结缘，实在让人费解。

朱先生从此就成为真正意义上的鳏夫。

他的生命里，只剩下了棋。

五

朱剑秋的生活是有基本保障的。

他是市体委所属象棋队里的专业棋手，每月领得到一份工资，"文革"前好像总是在六七十元人民币之间吧。这个数额，在当时不算太低了，当时的大学本科毕业生，属国家正式干部，出校门每月也才四十多元。朱先生总是十二万分地心满意足。他凭这份工资养活自己，当然还要对扬州老家的妻女负责。他订报，订的是《解放日报》；订杂志，当然是象棋类的，好几种。他有许多书，基本上也都是棋谱之类，但我记得在他的床头边看到了《红楼梦》和《三国演义》。他抽烟，最好的是"前门牌"，最差的是"劳动牌"，但晚年因不堪"老慢支"的折磨而戒去。茶要好，对我送去的"龙井"（当然最好是正宗的）十分中意。偶尔见他与棋友对饮，只是"加饭酒"而已，但见他饮后送客，一副怡然微醺状，便知他是已经到了称心如意的极乐世界了。

他住在他那间夹板房内直至终老。自来水要下得三层，到弄堂里去提；烧的是煤饼；用的是马桶，那种木制的圆桶，中间有两道铜箍的。他雇请弄堂里一个胖大妇人为他倒马桶，一个月几元钱的工资，那胖妇名叫"阿花"，虽是文盲，但却绝对尊重知识、尊重人才，数十年如一日尊称他为"朱先生"。即使是有段时间他因"国民党问题"挨了大字报也决不改口。

二十世纪七十年代初，年过花甲的朱剑秋从市体委退休。之后数年，他仍在市区给少年宫做了几年象棋指导，直至年老力衰难以挤公交车奔波而只能蜗居室内撰写书稿《鬼手百局》止。从（二十世纪）五十年代算起，前后三十年，带教过的学生不计其数。

动手写这篇短文的当天，公元二〇〇〇年十一月十八日，《文汇报》的"体育新闻"版以头条位置刊登了一条消息，标题如下：

全国象棋个人锦标赛在皖落幕

胡荣华第十四次获全国冠军

新闻旁配有一则专评，标题是"奇迹"，文章有这样一段：

"想当年'胡司令'从十五岁起就独步棋坛，扬我国粹，并创下'十连霸'伟绩，可谓空前。其后楚河汉界上，群雄纷争，各路诸侯，竞登王座。但遍数纹枰风流，终无能出其右。"

时年五十五岁的胡荣华风流倜傥的彩照，足有四寸见方，赫然在此文之侧。

胡荣华幼时学棋，朱剑秋是热情关怀他的老师之一。

在我为这篇文章作再一次文字修改时，不知是不是因为冥冥之中真的还有着朱剑秋的在天之灵，我居然在公元二〇〇〇年十二月二日的《新民晚报》上，读到了早已被茫茫人世泱泱世事遗落久矣的朱剑秋的名字。

那篇文章本是为再次夺冠的胡荣华而写的：

一九六〇年……当时称雄棋坛的都是四十岁左右的中年棋士。像广东的杨官璘，湖北李义庭，黑龙江王嘉良，上海何顺安、朱剑秋等，他们一个个都盛名远扬，何尝把这个十五岁的娃娃（按，指胡）放在眼里。

弈至最后一轮。当时的形势是朱剑秋积13分，杨官璘、何顺安、胡荣华同积12分紧随其后，当日的《北京日报》体育版发表文章，说朱剑秋夺冠的希望是50%……最后的战况由于何顺安战胜了朱剑秋，杨、何、胡三人同分，胡荣华以小分领先而首次登上全国个人赛的宝座……从此开始了他棋坛霸主的伟业。

我从胡荣华的辉煌的背后看到了朱剑秋曾经拥有过的辉煌。

我在明白了胡荣华什么时候开始辉煌的同时，明白了朱剑秋什么时候开始失去了辉煌。

我从一轮轮辉煌的交替轮换中，读出了"成则为王，败则为寇"这一竞技场上的铁定法律。

我心中充满了对一代宗师没有赶上如今如此尊重辉煌的好年代和好时世的深深的惋惜，还有悲哀。

六

后厢房的吴家母子搬走之后，走马灯般换过好几家房客，但二十世纪八十年代中期，正是朱剑秋开笔撰写他那本《鬼手百局》之际，来了"黄牛"一家，一住就是许多年，至今。

叫他"黄牛"的，是他的妻，一个很爽直的女工。她说他虽然不姓牛，也不属牛，可是生就了一副黄牛脾气，倔，憨，当然也蛮老实的，肯吃苦，所以从他们俩谈恋爱起，她就叫他"黄牛"了，要不是为了给新生的儿子起名报户口，真要想不起他到底是姓什么叫什么了。

这很符合我们那条弄堂的传统。弄堂里的许多人都有绰号，绰号会被很快接受和流传，大名却会永久隐退。绰号的起法多用了修辞格，其中又多为比喻，如西侧石库门群落里有一家广东人，因为其尖嘴猴腮的家族面相特征而统统被称为猢狲，猢狲老爹、猢狲阿婆、猢狲妈、猢狲娘舅，乃至男小猢狲、女小猢狲。还有一家，据我所知是因为那女主人正当怀孕期间搬入弄堂，其脸面的皮肤有两片妊娠斑，黑乎乎的色素沉着，竟从此就得了个"毛笋壳"的外号，一辈子养得再白都甩却不掉，连她后来生下的女儿也被叫成了"小毛笋壳"。"黄牛"的绰号是很随大流的，又响亮，从此也就定格。

黄牛在一家运输公司当搬运工，不抽烟，不喝酒，不打牌，唯独爱跟人走几步棋，据说在厂工会组织的比赛里还得过第三或者第四名。

他知道朱剑秋在棋坛的地位，很仰慕，刚搬来时，斗胆要求与朱大师杀一盘。

朱剑秋让他车、马、炮、相、士共计五个子，厚厚一叠。

没几个回合，黄牛一方就被扫平，将死。

黄牛当时呆呆地看着自己被将死的"帅"，有五分钟没有动弹。

他从此对朱剑秋佩服得五体投地。

他不再要求坐到那八仙桌边与大师对弈，但大师家只要来了学生，或棋坛同好，而他又正好下班或厂休在家，那就一定闻声赶到，擦桌抹凳倒茶，然后立于一侧观战，一脸的舒心惬意享受模样。

当然不久他就知道了朱剑秋在写书，书名是天书一般的《鬼手百局》。

他用一个礼拜天修好了那张摇晃几下会变成菱形的方桌。

他又让他的妻做了一个塞满了棉花的布垫，搁到了害朱剑秋痔疮发作的硬木椅上去。

再不久，他每天早上为妻儿买早点时，就顺带着给朱老先生也端来了热腾腾的豆浆，还有一副大饼油条，有时则是一团粢饭，里面放了肉松和榨菜末子的那种。

黄牛的妻在钱财问题上很一丝不苟，但凡用在朱剑秋身上的账，她都记在一本练习本上，到月底跟老先生结算。

但七十高龄的朱老先生毕竟再不必为一顿早饭而起早了。

我曾在我的一篇题名为《娘家情结》的随笔中描绘过永乐里的人际关系，如下：

"弄堂里有许多未成章法却代代相传的规矩。比如中秋月饼要吃杏花楼的。婚嫁照相一定要去'王开'。比如有人生病住进了仁济医院，风闻此事的邻居们会排了队轮流领用那每次只限两人入内的探视牌，拎了水果点心之类去嘘寒问暖。但各家门口的水龙头却很神圣不可侵犯，即便刚登过便池的本弄居民，也总是僵了几根手指头走回自己家门去冲洗，从不肯就近开了人家的龙头涉了贪小之嫌。比如除夕夜家家都'守岁'，年初一户户都放鞭炮，任何禁令不起作用，任何教训均不接受。比如弄内某翁姑享高寿无疾而终，其家人必得备大批碗碟以飨乡邻，很荣耀地充当一回赐福增寿于人的救世主；但人们别了逝者从火葬场回来，却又务须在弄口跨越一个熊熊燃烧着的花圈，无论男女老幼，据说不做这么一次马戏式的腾跃动作，便要染了晦气的。"

黄牛他们一家虽不是永乐里的老居民，但在搬来之前，住于南边金陵东路一带。那地方也属黄浦区，许多弄堂的格局与山东路上的基本相同。他进入我们214号，三楼，很快融入，足以说明山东路与周边地区的人文气息，乃一脉相通。

七

朱剑秋的书稿日渐增厚，身体日渐老去。每年的棉袄棉裤虽有红娣阿姨如地下工作者般暗中供给保障，但生活起居已日渐难以自理。（二十世纪）九十年代初的某日，我回娘家时又趑入他那夹板楼，进门就闻到了一股酸臭，但见黄牛正在为他更换被褥。瘦骨嶙峋的他，被包裹在一条大棉被中，安置于他的八仙桌前的椅子上。见了我，他有点不好意思地说，头天晚上，棋友邀请吃馆子，那鱼头汤，太油了，滑肠，于是就，嘿嘿，不过不是菌痢。

黄牛一面将一套沾着黄色斑迹的棉毛衫裤跟换下来的被套裹在一起，塞进大脚盆，一面说，不是的，鱼头汤哪里会吃得拉肚子？是昨天晚上写书写得太晚了，炉子早熄了，窗子又没关，着了凉了。

我翻了一下桌上的文稿。方方正正的字。清清楚楚地填在八开大的五百字方格稿纸上。棋谱都是描画出来的，夹在文字说明中。他的文章我早就读过，用词措辞相当严谨精确，偶有文白相间，显出相当深度的古文学养。纸角的页码，已近三百了。

快成了吗？我问他。

不不，这只是初稿。裹在被子里的他答道，还要好好校一遍，校一遍，出不得差错的，要不然，岂不在棋坛贻笑大方？

从那次全面换洗被窝开始，黄牛不但每天清早仍为他捎带热腾腾的早点，而且还包下了他的买米、买菜、买煤饼，乃至洗脏衣裤的一应杂务。

再过半年，《鬼手百局》眼看杀青，他的一位棋友带来了好消息说，有一家出版社可以考虑接纳此书。他兴冲冲赶去。途中，具体来说，是在刚刚迈出我们永乐里的弄堂口时，滑了一跤，腿骨骨折。黄牛背着他去医院上石膏、换药，仁济医院的护士们都以为这老头儿有幸养着了一个孝顺儿子。

令朱先生滑跌一跤的，是摆在弄堂口的一个水果摊。

到（二十世纪）九十年代，摆个摊做点小生意已经不必担心负上"走资本主义道路"这一类的罪名的了。那"毛笋壳"的女儿嫁给了"男小猢狲"后，就在经过居委会的同意后，占下弄口之半壁江山，摆出了一个水果摊位。弄口本来并不宽敞，有了苹果橘子的香味后就少了走路的地方，兼之摊前总有点儿的果皮纸屑绳头，早已老得巍巍然的朱先生，挟了部分书稿加快了脚步，滑一跤绊一跤跌一跤的几率是极高的。他的确跌了。

老人最怕跌。这一跌，大伤了他的元气。

他完稿的时间大大推迟，错过了那次可能给他出书的机会。

机不可失，时不再来，他于是终生都没能见到他的手稿化为铅字。

他的棋友，一个姓徐的先生，十数年前与他结识，住得挺远的，还是隔三差五地到我们山东路，进永乐里，入214号门洞，登木楼梯，到朱大师的夹板房里来跟他学棋会弈。他有时会带来一点好茶，云雾龙井碧螺春之类的，跟老友品茗论棋，或是由朱先生写着自己的书，他则在一旁边喝茶边读读朱先生订下的数种象棋类期刊。十数年下来，看多了朱剑秋敲半天棋盘才终于往文稿上写几个字的艰难进程，深知这本《鬼手百局》耗去了他多少生命。书稿一成，虽已五六十岁但还算正当壮年的他，就很积极地为朱先生跑腿打电话，充当了联系出书事宜的经纪人。

无果。

出版界要考虑经济效益，《鬼手百局》不是畅销书。

出版社可以给你一个书号，让你自费出版，但你要拿钱来，以万论计。

朱先生每月工资不多。他去世后女儿清点其遗产，除一套棉衣裤尚新之外，箱箧中尽是旧衣烂袄。黄牛帮着从书架的一堆棋谱中挖出了一张存折，当然是他的养老钱，全部积蓄，共人民币两千余。

徐先生像没头苍蝇般乱钻，一事无成。

朱老先生跟我妈说，晓玉在写小说了，她那篇《阿花》，我看过，好像是拿我、红娣，还有阿花，做了模特的。

我妈忙说，你可别找她打官司，她又没把你们写成坏人。

我本来就不是坏人，他笑着说，我只是请你问问她，能不能帮我找个出版社，出这本《鬼手百局》。

他已经是病急乱投医了。

八

我保存着朱剑秋在公元一九九三年十二月上旬的十天间写给我的三封信。

第一封信写于十二月一日，在我到山东路他的夹板房取了书稿之后的月余。他写道：

> 王晓玉同志：您好！
> 十月二十七日一别，转瞬已一月有余！拙稿象棋《鬼手百局》，承蒙热情帮助，深为铭感。……

我取稿时他刚大病一场，形容枯槁。患的虽只是感冒，但并发了肺炎，黄牛在仁济医院的急诊观察室里陪了他三天，才把他给救了回来。他的腿已经跛了，在那夹板房内移动时务必借助于手，扶着八仙桌，扶着椅，扶着夹板墙。我那天带去了一个外地出版界的朋友。朋友明白《鬼手百局》的价值，但他就职于文艺出版社，这样的书不在他们业务范围内，况且他还并不拥有决策权。更多是出于安慰，我还是带走了书稿。

书稿堆上了我的书桌，我像是终日面对着他那双蒙着厚翳的双眼。我开始苦苦思谋出路。其时年轻的评论家朱大可还未去澳洲，听说此事，便为我介绍了一位他的朋友，姓袁的，是个棋迷，交游甚广的，说是可以代为操作出版，稿酬按当时的出版社稿酬标准。每千字三十元。

信息传到山东路，朱先生同意了，只是说，稿酬实在太低了些。

但大可传过话来说，即便是这太低了的稿费，出版社的意思是要分期付出。我把信息再通过朱先生的"经纪人"递过去，于是就接到了他的第二封信：

王晓玉同志：您好！

为拙稿事，屡承枉驾操心，甚感不安，谨再次表示谢忱。此事本属一次性解决，所以我将稿酬提低……目前所提分期付款法，你要考虑后托徐同志（按，即那位经纪人）电告，昨日徐曾二次通电未能与你直接联系上，是令堂大人接话。今特专函再次奉告，仍希望一次性解决。加之我风烛残年，不堪百事羁身，请谅原。如对方不同意，请即将原稿掷还，毋任感盼！

此事不论成否，盛情容当面谢。

祝你万事如意！

朱剑秋敬启

九三、十二、四

（一九九三年十二月四日）

　　第三封信是在我交涉未果送还书稿后给我的一张收条了。

　　我平生仅为此而痛悔我没有当上出版社社长。

　　他的《鬼手百局》终于没有出版。

　　他去世时旁无亲人。黄牛上班去了。黄牛是个好职工，在运输场里吃苦耐劳，是有名的老黄牛。黄牛是个好邻居，但邻居毕竟只是个邻居，后厢房与夹板房之间的那层夹板是拆不了的。后来黄牛总是对朱先生大白天里死在床上心怀愧疚，他说，其实老先生这几天一直有点不舒服的，我早就应该把他送到仁济医院里去的。他的妻说，黄牛真的好几次都想送朱先生去医院，可是他说，医药费报销起来实在太麻烦，每次总要害得黄牛跑好几次，还是自己买点药吃算了，没想到就这么去了。他的女儿们从扬州赶来，默默地在夹板房里收拾了几天，到火葬场参加了由市体委出面主持的追悼会后的当天，就返回老家去了。

　　这一切，都是后来黄牛告诉我的。

　　我问黄牛，那么，那本书呢？《鬼手百局》。

　　黄牛说他不知道，而且说，这一年里，朱先生大病小病不断，好像也没再多提起过这本书。他的八仙桌上，似乎也没再见到那些书稿。

九

　　为了写今天这篇文章，我前几天又特意回我的山东路永乐里老家转了一圈。

　　在上海的城市地图上，这条小而短的山东路并不是无足轻重的。北头有个地铁二号线的出口，毗邻着刚由法国人设计改建而成的远东第一街——南京路步行街。新建的海仑宾馆通体都是幽绿色的玻璃幕墙，俯视着邻近的这条小路，展示着它的高贵典雅。往南行数十步，在过去的"二马路"和"三马路"之间，平地拔起了"解放日报报业大楼"，一幢明亮的蓝绿色现代高层建筑，因为山东路的狭小而更加显出了它的雄伟气度。中段的仁济医院也改建过了，新添了很温馨的暖色调的一排住院大楼，与过去的带有教堂意味的老楼们和谐地挤在一起。南端有一座立交桥的斜梯，从延安路上不由分说地硬插进来，几乎要抵达旧时所称的"五马路"即现今的广东路，望着很粗暴，但那是近年的城市大开发所必需的，因为往东不远处，就是越江隧道的出入口了。路上嘈杂而拥挤，行人如过江之鲫，挡住了急吼吼地鸣叫着的轿车货车摩托车助动车们。山东路的路面，从我有记忆至今的五十年里，好像从没开阔过一寸。

我拐进永乐里。证实了我的想法：这条弄堂，也跟那山东路一样，从没开阔过一寸。弹格路是早已铺上了水泥了。弄口长年臭气熏天的男用小便池也敲掉了。垃圾桶还在老位置，不过已不再是水泥砌就，而是换了改革开放后全市通用的可移动式圆桶，倾倒时可以用机械操作的。门口的水果摊还在，有个小小脑袋的男孩子依在我认得出来的"小毛笋壳"膝头，想必已是"小小猢狲"了。水龙头们在每个门洞口排开，有几个依然上锁。214号门口居然有麻将牌桌，是一张矮桌，围着的是清一色几个老太太，坐的是我们小时候就十分熟悉的木板凳，还有一张毛竹靠背椅。我认出了她们，知道她们是我儿时哪个好友的娘，尽管她们有的胖得像了球，有的干瘪弯曲得像了虾干。我走近她们时，她们和谐地集体专注于牌，一个都没有抬头望我。

我在214号的门洞口停住。里面没开灯。像是张着大口的兽。还有谁记得这里曾经有过朱剑秋这样一个象棋大师吗？还有谁想得起在这个地块这条弄堂这个逼仄小楼里发生过的故事吗？还有谁知道其实这里面已经凝结出了或许是棋坛经典的三十万之多的文字，而这些文字如今却不知飘零或是隐匿到了哪里吗？

啊，鬼手百局，你在哪里？

附：朱剑秋先生给作者的信件手稿

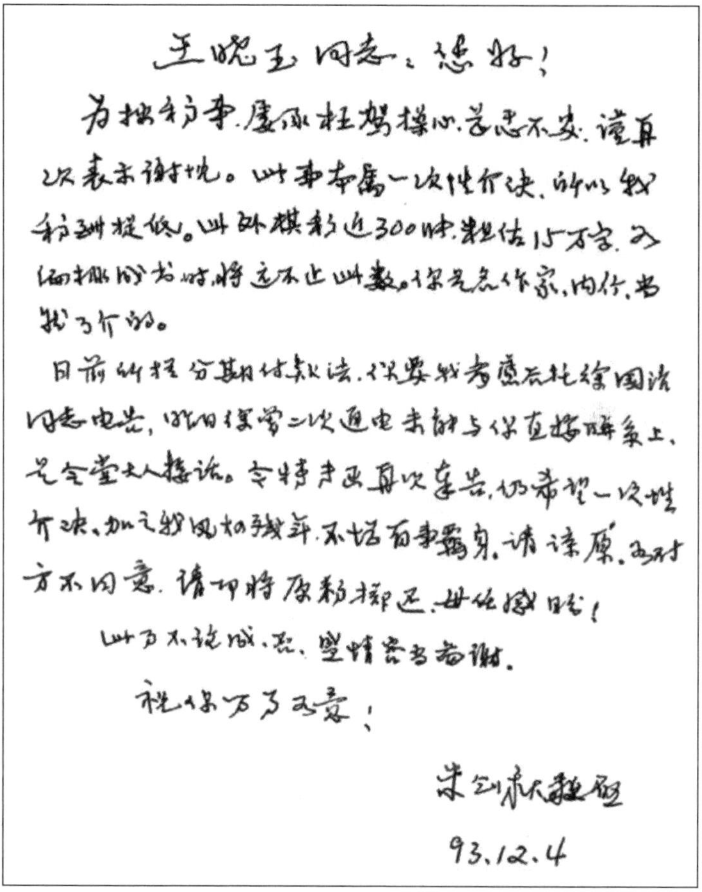

王晓玉同志：您好！

为拙稿事，屡承枉驾操心，至感不安，谨再次表示谢忱。此事本属一次性介决，所以我稍加提议。此外棋稿近300帖，粗估15万字，如细排成书时，将远不止此数。你是名作家，内行，当能了解。

目前所提分期付款法，你要我考虑后托徐国治同志电告，昨日傍晚二次通电未能与你直接联系上，是令堂大人接话。今特来函再次奉告，仍希望一次性介决，加之我风烛残年，不堪再事蹉跎，请谅原。如对方不同意，请即将原稿掷还，毋任感盼！

此事不论成否，盛情容当面谢。

祝你万事如意！

朱剑秋敬启

93.12.4

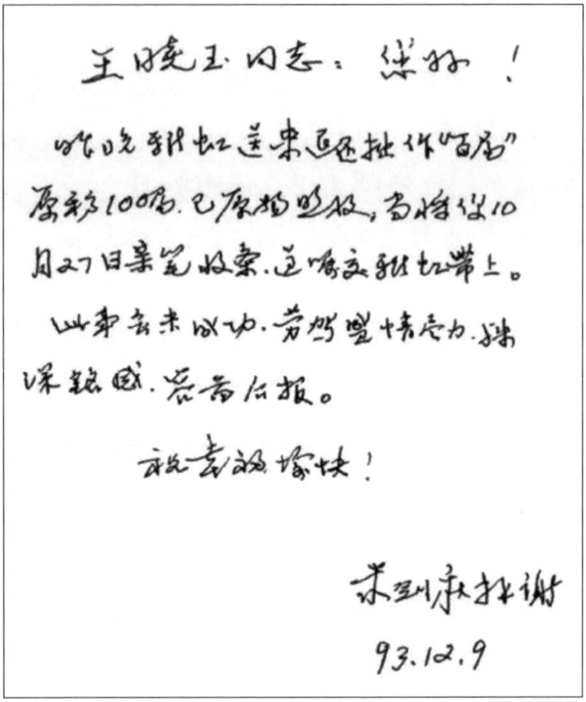

王晓玉同志：您好！

昨晚郑虹送来退还拙作"百合"原稿100页，已原物照收，当将您10月27日亲笔收条，送请交郑虹带上。

此事未克成功，劳您费神尽力，特深铭感，容当后报。

祝春节愉快！

朱剑秋拜谢

93.12.9

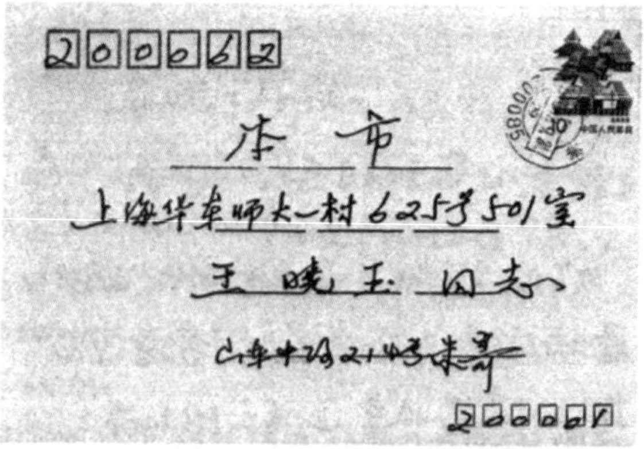

200062

本市

上海华东师大一村62号501室

王晓玉同志

山东中路21号朱寄

200001

我要去远方

引　子

他们俩无论走到哪里，都会因为两人无懈可击的般配而格外引人注目。

此刻他俩正站在上海虹桥机场的国际航班入口处，紧紧地依偎在一起。尽管在那样的地方那样的氛围里，亲人间的依依不舍难分难离泪眼相望抱头痛哭接吻拥抱都不算稀奇激不起轰动效应了，可是许书和安琪这一对还是吸引了不少来往过客的注意。他俩太漂亮了。他俩的漂亮又太相称了。相称的漂亮会互补，一加一不是二而是大于二。许书身高足有一米八十，宽肩、蜂腰、长而结实的双腿、背脊挺直、绝无一般高个子常难免的驼背。他的皮肤很白皙，甚至带着点苍白，但眼眉却黑而浓，鬓角唇上透出一股肃杀的青色，兼之眉骨突出、鼻梁挺拔、嘴唇轮廓分明，因此在端正的面庞上，布满了英武刚强之气。这在上海这样的江南城市里，特别是在虹桥机场这种地方——大腹便便的、五短身材的、细眼塌鼻的南方人种近几年已日渐占了较大比例的地方——实在是不太多见的。不多见也就出了众。

而那位小鸟依人般紧贴在许书胸前的安琪，则是一派典型的江南女子风范。她身材并不很高，一米六五上下，但因为肩窄腰细过于苗条，兼之穿着高跟鞋，所以显得格外修长些。她穿着一件本白色的风衣，腰带系得紧紧的，下摆一圈露出了穿在里面的绛红色的呢裙，配了深褐色的短帮皮靴，看上去又妩媚又得体。一头烫成大卷的长发披散在她脑后，因为有两枚发夹很不经意地夹在耳边了，她那瘦削却还不失圆润的一张瓜子脸就被和盘托了出来。这是一个集中了江浙一带姣好女子全部优点的漂亮脸蛋：不很白的皮肤，却光洁而滋润；未经刻意描画过的双眉，细而长，眉梢弯弯地斜插向鬓角；眼睛是带了流畅的弧线的银杏状，很自然的一副双眼皮；小巧的鼻子，鼻尖恰到好处地垂向一道深深的人中；鲜润的、不大的、却又不失其性感的嘴唇；还有一个小小的尖尖的下巴，收拢了整张瓜子脸的全部线条，好似一篇好文章的圆熟的结尾。安琪的相貌，简直可以说是无可挑剔的完美！

欣赏的、羡慕的、嫉妒的，因为很明了他俩分离在即而幸灾乐祸的目光，一次又一次停留在他们身上，他们茫无所知。不单是因为他们早已习惯了这样的目光，更因为他俩新婚不满一个月，那难以割舍的痛苦正如钝刀子般剜着他们的心，他们此刻都觉得，世界只剩下了面前站着的紧挨着自己发疼的那颗心的那个人。

"女士们，先生们，去悉尼的康泰斯111航班，再有半小时就要起飞……"扩音器响起来了。

安琪颤抖了一下，紧紧闭上了眼睛。但只是一刹那，她就从许书的怀里挣脱了出来。

"走吧！"她并不看他："早点把我接出去！"

他们俩无论走到哪里，都会因为两人无懈可击的般配而格外引人注目。

此刻他俩正站在悉尼机场的国际航班候机厅内，紧紧地吻住，难分难舍地拥抱在一起。接吻和拥抱在这里是通常性礼节，青年男女在机场吻别更是常有的事，可是几名坐在长椅上候机的旅客，还是免不了注视着玛克和苏珊，并且微笑了。他俩吻得未免太久了些，而他俩看上去又是如此合适的相配的一对！

他俩都是纯粹的英裔血统，但很显然又都是早年移民的第四、第五代子孙了，属于土生土长的正宗的澳大利亚人。两人都是金发、白里透红的肤色、修长挺拔的身材，衣着打扮步态举止合乎规范，显示出了受过良好教育的身份。但两人都长得十分结实：玛克有了啤酒肚，苏珊胸部高耸，臀部肥硕；玛克长了一副阔大的脸，苏珊则非但皮肤毛孔粗大，而且但凡裸露在衣裙之外的部位，都带着长期日光浴造就的健康的棕色——这一切，都正是澳洲人与大不列颠人的明显的区别！更何况，在秩序井然的公众场合，吻别热烈到这么如胶似漆的，也就是以其粗犷奔放不拘小节为民族性格特征的澳大利亚人罢！

玛克和苏珊并没感受到周围的目光。他俩沉浸在因为久吻而激起的情热之中。他们刚刚同居了一个月，在相互的不断熟悉了解中，愈来愈感到和谐和默契，所有的朋友也都认为他俩十分般配。他俩虽然都有过爱的经历，但这一次却都感到新鲜，有激情，一个月之久了并未生成厌烦。他俩并不想分离，可是玛克突然接到了向往已久的去中国任职的聘书。苏珊鼓励他去。但是到了机场，却发现跟玛克分离原来是一件很令人沮丧的事，她那颗总是处于活泼泼甜蜜蜜状态下的心，竟在此刻有了一种被钝刀子切割着的痛感。她把这种感觉告诉给玛克。玛克笑着，拍拍她的脸颊，然后就紧紧地吻住了她。她觉得那痛感很快在舌尖融化和消解了，于是自己也以加倍的热情牢牢地攫住了他。

"女士们，先生们，飞往中国上海去的康泰斯112航班，再过半小时就要起飞了……"扩音器里说。

玛克与苏珊几乎是同时松开了对方。玛克拎起了手提箱，苏珊却又凑上了嘴唇，在玛克的脸颊上印了一个响吻。

"叭！"她在吻后说了一句话："我会到中国来看你的！"

第　一　章

一

一个月后，在悉尼的许书，住进了苏珊的家。

完全是两次很偶然的邂逅相遇，造成了许书成为苏珊家房客这一事实。

那一次是在邦达地区的环球超级市场内。这是许书就读的语言学校附近最大的一家自选商场，货物品种齐全，而且是面向一般民众的，价格也比较低廉。自然是为了招徕顾客，这家商场每逢星期四，实行优惠售货：将那些比较滞销的、过了规定保质期但尚可使用的、或者虽然未过保质期但那期限已很迫近了的商品调低价格，贴上"Special"（廉价）的标签，优惠售出。这一招式很灵，星期四那天的顾客果真就特别的多。便宜货谁不喜欢？

许书在货架间的长廊上徜徉着。

"那种Special的鸡在哪里？"他想着，目光如同扫描器，将一排排货架上凡贴了那种黄色标签的东西一件不漏地逡巡过去。

到悉尼已快三个星期了。仗着原先的英语基础，加上三星期的环境强化训练，他已能相当流利地用英语进行口头交流了。但是他还是难以达到完全用英语进行思维的水平。只要不把话说出口，那思想一旦在大脑皮层形成，总还是以方块汉字为主。个别的英语单词，只是一种点缀，一种不和谐音，或者如同这个"Special"一样，是一种引起他兴奋和关注的黄色的不干胶标贴而已。

"婴儿尿布……砂糖……咖啡，哼，过时的……鸡肉罐头！for cat，该死的，给猫吃的……卫生纸，这不必买，由房东供应的……"

刚到澳洲时的兴奋、好奇、惊诧、钦羡，连带着一腔勃勃雄心，如今早已荡然无存。许书此刻只想买到那种Special鸡，买两只，加上刚才在门口货架上已经看见了的Special面包，Special方便面，都是那种不十分新鲜的、但未曾发霉的，以此备好一星期的食粮，以等待下一个廉价售货的星期四。三个星期了，他始终没有找到一份合适的工作，或者说，合适的工作虽有，但人家不要他。许书口袋中的澳元，那些在上海外币黑市场里以毫无道理的高比例换来的澳元，正在一个一个地少下去。他不能不混迹于那些专为便宜货而来的家庭主妇之中，用猎人般的眼光极有选择性地辨认那些黄色不干胶贴，并且将自己的英语水平发挥到最佳状态，将"Special"胶贴所贴之物上的英文翻译成中文，随之作出是否需要的抉择来。

简直是一次实践性的托福考试，TOEFL，托福……他自嘲自讽地想着，唇边带了一丝苦笑。

他拐过了一排又一排货架，回忆着上个星期在这个商场与那种Special鸡不期而遇的地方。这商场太大了，一人多高的货架排成了整整齐齐的行列，犹如中国西安秦始皇陵墓前的兵马俑阵列。许书在货架间的走廊上穿行，忽又想起当年自己在沪棉三十厂当管子工时，每天八小时都得穿梭于纺机组成的弄堂里的场景。该死的、可爱的、Special的鸡，你在哪里？

在一个拐角处，他蓦地停住了脚步。

"shop lifter!"一个很专业化的英文短语跳上脑际。这是前几天从《悉尼时报》的一篇专题新闻稿上读到的。那是一篇呼吁社会公众谴责在超级市场行窃之行为的文章，作者称那种小偷为"shop lifter"。

许书看见了一个"shop lifter"。那是一个很臃肿的老太婆。她正手脚麻利地从货架上取下几包薄薄的长长的东西——许书远看过去似乎是丝袜或者是内裤——然后飞快地塞进她肩上背着的一个麻编提包中去。那提包带了拉链，许书看见她还很地道地拉上了那封口。老太婆干完了这件事，很镇静地推了身旁的运货车走开了，运货车上，赫然堆着几只贴了

"special"标签的冻鸡!

许书拔腿就追上去。

他没走几步,一辆运货车从横向斜插过来,把他拦住了。

运货车里横放着几瓶香槟、葡萄酒。许书的腿碰上了车把,瓶们一阵叮当乱响。

"哦,sorry!"推着运货车的苏珊和被拦住了的许书几乎同时开口向对方道了歉。

货架间的走廊毕竟窄,许书想绕开苏珊的车,苏珊也好像移开那车让许书过去,但正如上海民间俗话所说的那样,遇到"鬼打墙"了,两人都往一个方向闪避,结果像跳那种古典式宫廷舞一般,左左右右地对峙着向同一方向移了几步,而那位臃肿的背了麻编拉链包的买到了special鸡的老太婆,已经推了车走向结账的商场出口了。

许书远远眺望着老太婆货车上的鸡,不无遗憾地叹了口气。

苏珊转动着她那大大的蓝色的瞳仁,迅速地瞥了老太婆的背影一眼,不无轻松地嘘了一口气,然后抿嘴一笑,从从容容地把自己的运货车推开了。

几只酒瓶很轻快地叮叮当当响着远去了。

许书把目光收回后,突然忆起了这位金发女郎的意味深长的笑容。他忍不住循了那轻快的叮当声望去,而苏珊竟也正好回过头来,想再看一看这位被中止了追捕活动的东方男子。他们的目光相遇了。许书带着疑惑,苏珊带着得意。但两人都发现了对方的美丽。

半个多月后,当许书搬进了苏珊家,作了她们家的房客,又跟苏珊成了朋友可以不设防地叙谈之后,关于这次邂逅相遇,便有了下面这番对话:

"我以为那天你是去追赶布莱克太太的。"苏珊说。

"没错,我的确想追上她,"许书答,"可我绝不是打算抓住她。我只是想问问她,那special鸡搁在哪个货架上。"

"上帝，原来不是奔着那两双袜子，而是为了那两只鸡而去的。"

"是的。我根本不想充当见义勇为的英雄。"

"这就是你们中国哲学所提倡的中庸之道？"

"可以这么说。确切一点是'事不关己，高高挂起'，"

"你并不是这么冷漠的人。你后来在塔默拉玛沙滩救了我，说明你并不奉行'高高挂起'政策。"

"我们有我们自己的思维方式。你在海里快淹死了，我不能见死不救。中国有句古话，叫'救人一命，胜造七级浮屠'，有良心良知的人都信奉这个原则。我在国内学医，我在塔默拉玛救你，都是在实践这个信条。而在环球超级市场，布莱克太太不过是拿了两双袜子，那算是什么大事？偌大一个商场，还不是中国成语中所说是'九牛一毛'，拿就拿吧，管我什么事了？我只关心她已经放上运货车上的两只鸡。"

苏珊很失望地叹口气，说："看来我是误解你了，我还以为你嫉恶如仇，打算追上布莱克太太后，当一名美誉远扬的义务警察呢！"

许书笑了："看来我倒没有误解你，你是存心用你的车拦截我，跟我玩了'鬼打墙'的把戏……"

"什么叫'鬼打墙'？"

"难道你没遇到过这种情况吗？两人面对面相遇了，都想闪开，却正巧都往一个方向避让，那结果……"

苏珊笑得弯下腰："有过有过，遇到这种'鬼打墙'，才让人发窘呢！不过，"她很快收敛笑容，"你说对了，我那次可真的是有意为布莱克太太打掩护。她太可怜了，只靠一份养老金，还要养活两条狗，四头猫……"

"我理解你。"

"我却不太理解你。当时你并不知道布莱克太太的情况，却在亲眼目睹了她的偷窃行为时，竟这么无动于衷……"

"小姐，请再听我说一遍：我们有自己的思维方式。我们不会在读了

《悉尼时报》一篇专稿之后就忠心耿耿地充当抓捕shop lifter的勇士。如果你一定要问我，为什么在目击了一个人的偷窃行为时还无动于衷，那么我可以告诉你：我远远地就看见了她腿上的袜子的破洞，而且，凭我这学中医出身的眼光，我已经判断出了她是一个病人！"

"哦，许书……"苏珊用几乎不让别人听见的声音低唤了一声，不再开口，只用那双蓝得如海水般的眼睛深深地注视着许书。

许书避开了那目光，站起身，为她面前的茶杯续上热水，说："请喝这二道茶。中国的绿茶，第二道最醇、最香。"看见苏珊依然目不转睛，许书又补充说明道："这是我妻子特意为我从杭州买来的龙井茶，国际博览会上得过金奖的呢！"

苏珊惊了梦一般苏醒过来，活泼泼地笑了："你有一个好妻子呢！"

"你的玛克也不错呀！"许书笑着回答。

二

许书和苏珊第二次邂逅相遇，是在环球商场为了那布莱克太太而"鬼打墙"之后的又一周，地点是在塔默拉玛沙滩。

塔默拉玛沙滩是悉尼城里很有名气的半裸沙滩。有名气并不因为它的半裸。当全澳洲的海滨浴场已有大半允许或者叫风行半裸，人们对只着一方裤衩在金色沙滩上摇摇晃晃昂首阔步的男男女女早已司空见惯不以为怪了。连许书这样的到澳洲才一个多月的中国留学生，如今面对着一沙滩半裸着的肉，也早已心平气和习以为常了。比如此刻他面对大海坐着，左边右边近近远远处处就尽是横卧着侧坐着半倚着自己男朋友的半裸女，他那目光只要一移离蔚蓝的海水，那高高低低大大小小的乳峰就犹如海上层层推进又步步后退的浪峰，结结实实地填满了他的双眼。他无动于衷。乳峰浪峰统统地只入眼不入心。他的神思不随感觉走，只是独立地自在地孤寂地浮动在他自己头颅之上的一方青天之中。天地之间的一切，于他都是虚无。

只有坐到塔默拉玛沙滩上，许书方能获得这种四大皆空的快感轻松感自由感，所以他很快成了这里的常客。从他居住的邦达地区到这里，只要翻过一小座山坡，走下一个并不很深的峡谷，就可进入这片统共不过千余平方米的沙滩，实在是太方便了。语言学校只安排半天课程，余下的时间他始终没找到工作，许书总得觅一个不至于闷出神经病和闲出自杀念头来的、又不必花钱的栖身之处罢！

他不久就悟出了这塔默拉玛沙滩之所以闻名全澳的原因了：并不太高的、郁郁葱葱的三面岩壁，错落有致地围住了这片平坦地、斜斜地伸入蔚蓝色海水中去的金色的沙滩，同时也满满实实地兜住了从正北方向直射进来的金色的阳光。这里有着跟悉尼市最大的沙滩——邦达沙滩一样细洁光滑坡度平缓的沙滩，但不像邦达那样一览无余且紧挨闹市区所以喧哗嘈杂。这里有鸟语花香、崖壁巉岩，所以不光是半裸浴场，还是个保持了自然韵致的花园。这里跟邻近的另一个名叫"勃朗台姐妹"的沙滩一样，由于山崖礁石临近海面而激起了比较剧烈的海浪，所以除了可供一般性的游泳之外，还可以让那些勇敢的冲浪者踏了彩色的水板去挺立浪尖驾驭大海，但同时，由于朝向是正北，阳光从日出一直照耀着直到日落，所以这片沙滩甚至这方海域都显得格外明亮温暖，不像那朝东的勃朗台姐妹沙滩，一过了正午就阴森森凄惨惨面目狰狞。这里实在是上帝专为他的宠儿精心营建的游乐园、运动场、休憩地、天然的艺术沙龙呢！

许书到这里来却不是来享福，而是来避难。

他不到这里来或许就会钻到汽车轮子底下去，或者从他寄宿的学生公寓十八层楼顶上跳下来。

"许先生，今天就不劳驾你了！"餐馆老板用带了粤味的普通话对他说。

不等他表示诧异或者不满或者抗议，那脑满肠肥的老头就对不知什么时候已站在他身后的一个女孩子吩咐道："快去洗呀，你都迟到一分钟了！"

一个瘦削的矮小的身影匆匆越过他扑向厨房。水池边已经摇摇欲坠地堆起了小山般的脏碗碟。

许书看见那女孩子回头望了他一眼。目光可以读懂：对不起，请原谅，我需要工作……

许书心甘情愿地退让了。一个钟头才三个澳元，不及这个国家法定最低工资的一半。可是法律不保护应该学习而不应该谋职的人。语言学校的中国留学生并没资格加入为无产阶级谋福利争人权的本国工会。老板们再"斩"你，你也只好很主动积极深沐其恩地低头请他们斩。许书刚被斩三天，这瘦弱的小姑娘争去了被斩的优待。许书忘了同情自己，只带了满脸的对那目光和善的小女孩子的悲悯，晃晃荡荡走向塔默拉玛沙滩。

这还不是他第一次到这里来。第一次踏上这沙滩是受雇于人的。雇他的是一个白人。并不讲明是干什么，只议定一个钟头六澳元，做他的副手。许书坚持着要他讲明工作性质。

"清扫沙滩。"那带了啤酒肚的白人说，"很轻松的，只要求一点：诚实。"他上下打量着许书，又补充了一句："你看上去很诚实，不像别的中国人。"

许书听了这番话既不明白也不舒服。

那天到塔默拉玛来，是黄昏时分。海里还有几个跌打滚爬于浪峰的冲浪者，沙滩上却已空无一人了。不大的地盘上看不见多少垃圾，一目了然地只有几个空拉罐、几张废报纸，似乎还有几件不明不白地扔着的内衣之类。

"就这么点活，居然要雇我作副手！"许书想着，猜测着这算不算富足的澳洲人特别偷懒的实例。

他想动手捡拾那些废纸烂铁之类，啤酒肚却喊住他，并且从自己带来的提包里往外掏一些奇奇怪怪的金属零件。许书学的是中医，不是机械电子，只能不明就里地袖手旁观。啤酒肚很快就装配出了两套酷似战时工兵所使用的"扫雷器"来：一根长长的铅杆，一端系了一个铁圈，圈上连了一根导线，导线接着一个示警器——许书在上海街头见到过，那些个体户"模子"们腰间常系着的"BB机"之类。啤酒肚把一套"扫雷器"交给了许书。

"有条理些、细致些，"他说，从东往西巡视过来，我从西往东。我们俩在中间会合。

说完，他用手指点点许书的胸口："诚实些，记住，要诚实！"

许书对此方土地运用如此现代化机械化电脑化手段从事如此简单化劳动而且还必须持有特别关照的诚实品性，依然是不明白，而且并不愉快。

他的"扫雷器"很灵敏。"BB机"不停地响。一个个拉罐的小小的启口从沙砾中被挖掘了出来。许书把它们扔进一只吊在腰际的塑料小桶内。还找到了一串钥匙，令许书呆了半响。一串开家门的钥匙吧？许书眼前闪出了上海南市区的街景，乔家栅的三层阁的楼梯，那扇松木板钉就的门，门上的三保险锁眼。他摇了摇自己的脑袋，赶走这一切幻觉，看见的便又是足下这片不属于自己的黄色的单调的沙滩了，还有斜投的夕阳造就的他许书投于这片沙粒上的细瘦变形的影子。那影子如一根竹竿一般。一根弯曲的、病弱的、因为腰间系了塑料桶屁股上挂了"BB机"所以显得疙里疙瘩了的细竹竿。许书忽然又如同直视了一面逼真的镜子般，在这平滑的沙地上见到了一个多月前的自己。那个许书，穿了白大褂，两襟敞开，露出一身笔挺的西服，系着带有红格的黑底真丝领带，正在病房里巡视着。那个许书，坐于诊室里，正倾听着病家的絮叨，救世主般在病历卡上刷刷书写在处方笺上刷刷书写在病假条上写……许书不得不再使劲摇摇自己的脑袋，以便正确认识到那刷刷刷刷的声音，真实出于自己在沙地上走动的脚下，出于那个移动于砂粒之上的铁圈儿上，日渐暗淡下去了的阳光，正愈来愈无力地把他那孤单的影子愈拉愈长。

"嘀——"尻上的示警器又响了。

许书机械化地弯下腰，往砂土中寻找。他以为又是一个拉罐的启口，提起来的却是一枚戒指，一枚镶了很大一颗钻石的重甸甸的金戒指。

　　若干天后许书住进了苏珊家的地下室，免费的。苏珊帮着许书整理房间时，总让一种过意不去的情绪困扰着。那地下室里有一股霉味，有一股阴冷之气，高高地安在房间上方的窗口虽然露出了地面而且拉进了狭狭长长的一片阳光，但却很容易使人联想起关死囚的牢房。苏珊是个心里藏不住话的女子，她一遍又一遍地重复自己的歉意，许书则不得不一遍又一遍地表示自己的谢意，弄得两人都感到很累。特别是许书，心想本来是叨了人家的光，住房不花钱比special还要special了，怎么弄得还要她好大过意不去似的？为了尽早结束这一尴尬局面，许书不得不很不顾人格国格地向苏珊摊了老底：

　　"苏珊小姐，您想必还不清楚我目前的经济状况，而且也不清楚我在这一个月里所居住之环境的恶劣程度。我从那间十平方米挤四个人的学生宿舍搬到这里，就好似从贫民窟升格住进了豪华别墅；我能承蒙你们答应免费居住，就好比布莱克太太被破例允许领取双份养老金。我难道还能对此不心满意足吗？"

　　苏珊探究地盯住许书的脸看了一会，问道："那么，你为什么不把那枚戒指藏起来？我知道这种戒指的价值，它或许可以换成买下一座房子的钱。"

　　"呵，我连想也没有想到过。"

　　"你真诚实。"苏珊说。

　　许书却苦笑了。

　　许书捡起这枚戒指，有点发愣。第一个念头是，这是一枚几乎一文不值的假金首饰，上面那颗闪闪发亮的东西，不是玻璃就是所谓水钻。安琪当年就曾热衷过买这种假金首饰。离家不远的城隍庙豫园商场里，一把把一堆堆一盆盆地足以让人眼花缭乱。安琪不是不喜欢真货，可是她买不起真的。她却又爱打扮，爱炫耀，爱出风头。她能一眼就从让人目不暇接的花花绿绿闪闪发光的假货中，把最适合于她自己最价格低廉又最像真货的那一个那一根那一圈挑出来，戴上了挂上了别上了使她自己顿时显得雍容华贵气度非凡。许书太熟悉这种假货了，所以当他弯腰捡起了这异域土地垃圾之间用了那清扫用的"扫雷器"才发现的钻石戒指时，根本就意识不到那昂贵的价值。

他的驻足凝望和若有所思立即引起了沙滩另一侧啤酒肚的注意。他像沙漠里的驼鸟一样飞跑过来。

"哦，那是因为你不知道它的价值。"苏珊说，"所以你不在乎。"

"不。"许书淡淡地答，"从啤酒肚的比那钻石还要发亮的目光，从他那发着抖的手指，从他一把抓住再也不肯松手的动作上，我能估量得出那价格。可是我当时的感觉，只是一种：那就是在明白了雇我的这位老板，使用了如此先进的仪器，其目的不过是从垃圾堆里寻觅别人的遗落之物，在垃圾堆里讨生活，我的心，就好像从本来已经下坠到达了的十八层地狱，又往下沉了十八层……"

啤酒肚塞给许书一张十澳元的纸币，转身就走。他愈走愈快，连奔带跑，好像他身后的许书会向他开枪似的。

两套"扫雷器"、还有许书，他弃若敝屣。

许书突然爆发了一阵歇斯底里的狂笑。

那灰暗的天空和傍晚时变成黄褐色的沙滩冷酷地吸干了他的笑声。

周围一个人也没有。三面岩壁树影憧憧，因为日渐溶入暮霭之中而好似在往后退隐，沙滩显得格外空旷博大。有海涛声，但却是柔柔的，天与海似乎互相渗透交融到了一起。许书一屁股坐到地上，舒畅地大声地自言自语自问自答起来。

问："你在哪里，许书？"

答："我在这里，呵，安琪！"

问："你在干什么呀？许书？"

答："安琪，我在淘金，知道吗，淘金呢！我跟啤酒肚一样，希望在一片沙砾中寻觅到财富——这不正是你希望的吗，安琪！"

问："你为什么不快点把我接出去？许书！"

答："我买不到special鸡！我找不到special公寓！我什么时候才还得清那数万之巨的债务？我为什么要到这里来？我怎么会跟你作出了这样的决定？我怎么会舍得离开了你？我为什么要脱了我的白大褂摘了我的听诊器舍了我已经得到的一切去拿扫雷器？安琪安琪，你回答我！"

于是问与答两者换了位置。

于是那浩渺的海面升起了安琪。她挥着一方手绢，像是告别，像是指挥，像是鼓励。

"书，我的书，"她喃喃地，伏在他耳边，"我不甘心这里的一切，我要跟你一起，找新的路、新的环境、新的事业……"

"还缺多少？"她咬牙切齿地，一绺卷发汗津津地贴在她额头，"再借！借高利贷！只要能出去，还愁还不起？"

"给！带在身边！"她疲惫地坐到椅子上，扔出一叠澳元，"好不容易从黑市高价兑来的，差点让工商局的检查员逮住！"

许书那一天在塔默拉玛沙滩坐了整整一个通宵。

三

"我得谢谢那位啤酒肚先生，如果以后有机会与他相遇的话。"苏珊说。

许书不接这话头。他是结了婚的男人。他是谈过不止一次恋爱的男人。他是很敏感很聪慧虽然比较内向但并不木讷的男人。他是不到四十正当壮年的男人。苏珊的爱意，从言语举止眼神姿态一阵阵透发出来，好似动物世界植物世界都存在着的求偶信号一般，身为异性的许书不会感受不到。苏珊要谢啤酒肚的潜台词再明朗不过了——若没有他的雇用引导，许书不会发现这一方乐土；若没有许书几个小时几个小时地神不守舍地半痴呆状地和尚打坐般地坐在塔默拉玛沙滩上，她苏珊未必会活到今天。苏珊对救命恩人萌生了爱意，于是连着感谢上了夺走了诚实的许书手中的戒指塞给他一张十澳元纸币的啤酒肚。爱屋及乌，许书熟读古书能不懂？

一阵骚乱。

有人在喊叫，有人在吹哨，有人在奔跑。几个半裸的女人忘乎所以地挥手顿脚，因为就在许书一侧不过两三米远的地方，那一个个大面包似的乳房晃得许书有点头昏目眩。她们硕大的只夹了一条布片的屁股遮住了许书的视线，许书坐在砂石地上只好从一根根石柱似的肥腿中间穿视过去，目光犹如在拥挤的车道上蛇行而过的摩托快骑。他很快明白，海上出事了。

他的视力超过一点五。他看见有两名男子奋力向某一处海域移去。他们中的一个突然减慢了速度，继而翻过身成了仰泳，那卷向沙滩的海浪便十分照顾地把他送回了陆地这一边。许书能推断得出，这人是抽了筋了只好自救，否则便是泥菩萨过江了。许书再看那第二个英勇的救援者，那勇士竟在海面上消失了。凡有点游泳常识的人都明白：救人的人被那被救的人拉下了水，一场可怕的同归于尽的悲剧已在所难免。有个目力想必也不差而且想象力和推断力一定很强的女人发出了歇斯底里的尖叫。

许书从沙滩上站起身时，甚至还没忘了拍一拍屁股上沾着的砂土。他脱了外衣、长裤还有皮鞋和袜子，略略犹豫了一下，干脆把衬衣和背心也都扒了下来。内裤是一条紧身的斜开衩的男用三角裤，很不雅观的，虽然这里是半裸沙滩，但许书在奔跑时还是很有点担心那开衩口，尽量把小腹往内收着些。

他跃入了水中。

"呵，我又忘了那穴道叫什么了，你那天在海里掐住我的那地方……"

"肩井穴。"

"中国的穴位学真了不起！我当时只觉得浑身一麻，两条手臂全酥软了。"

"你要再不松手，别说是诺姆，连我都要一起为您殉葬了。"

苏珊咯咯笑着："诺姆也真有意思，被我揪住了，竟又一把揪住了你！你也是掐了他的、他的那个……"

"肩井穴。不，我不能让他跟你一样失去自制力。我只托得动你一个人。他要由他自己游回去。我用了另一种方法脱身，他只是肘关节留下点轻微扭伤，一周后就会复原的。"

"许书，你真了不起。"

"我在国内是有证书的救生员。我学的是中医，本来就擅长经络学，我是相当优秀的推拿师……嘿，多谢您介绍，明天我开始为人家送牛奶了，但愿能不耽误语言学校的上课……四十多户人家呢！"

第　二　章

四

玛克依照苏珊来信上的地址，去找许书的妻子安琪。

他到中国已近两月。

在接到苏珊这封信的当天，他挂了一个电话到悉尼苏珊家。苏珊的声音愉快而热烈，把"爱你爱你"当作标点符号那样频繁地使用着。玛克禁不住开起了玩笑：你近来每封信都用这么大篇幅向我介绍那许先生，不能不让我怀疑，你大约爱上他了。

苏珊大笑："呵，你的猜测有点道理。不过，亲爱的玛克，爱这位救命恩人决没到达爱你的那个程度。我们的房间在一楼，妈妈住二楼，许书只占用了那间地下室。我虽然很过意不去，但到今天为止，还没邀请他取代了你进入我们的圣地——爱你，玛克！我会到中国来找你的，我一定要来！"

玛克放下电话时禁不住微笑了。苏珊到中国来？她来干什么？除非是旅游，那种把日程安排得满满的、导游如同澳洲牧场上的赶牲畜人一般，把游客当作羊群牛群驱往预定的沃原——难以计数的名胜古迹——的那种旅游，对苏珊这样的女孩子才适宜。而苏珊显然并不是打算参加短期旅游。临别时她甚至说过，她忍受离别的时间极限是一个月，过了一个月或许不到一个月，她就要飞来中国。她说她不能想象生活中没有了玛克不知道玛克在干什么不参与玛克之生活，她要时时刻刻地伴着他，否则她会感到自己只留存了一半生命，那另一半给玛克带走了。苏珊是个绝对重感情的女孩子，简直有点东方化的痴情，这在玛克，还是第一次遇到。只是苏珊身上又充溢着过于鲜明强烈的澳洲色彩，她是一个过于典范过于执着过于根深蒂固的澳大利亚女子，不像他玛克，游历过大半个亚洲和几乎全部欧洲，学的又是东西方文化比较学，人类各国各民族各种文化他都容易理解、习惯、吸收。玛克可以在中国呆一个月、几个月、一年，甚至再长些时间，而苏珊，玛克敢肯定：除非短期旅游，她绝对适应不了中国！

她能适应得了这拥挤的公共汽车吗？玛克一攀上车，就这么想。门在他背后一开一合地关上了，气阀很辛苦地"嗤、嗤、嗤"地一下又一下响着，但玛克背着的双肩袋还是被挤得高高地夹住了。售票员是个比玛克的爸还老的老头子，不无歉意地朝玛克苦笑着，用手势比划着说明不能再开门为玛克松绑因为怕玛克从车门跌了出去。玛克谅解地报以点头和微笑。他知道在这古老文明的国度里，这位很有传统道德观念的老售票员，能在他玛克的背包被夹后给予解释给予歉意，那已经是很给了玛克这个外宾以面子、以礼仪、以优厚待遇了。他早已习惯了这种一出门一上街一坐公共汽车就可以欣赏到领受到的文化景观。可是苏珊，在那总面积几近中国，而总人口只比上海市人口略多一些的空旷的国土上土生土长的苏珊，那个夏日里热衷于泡在浩渺的海水中、冬日里喜好驾了车横穿空无一人的维多利亚大沙漠作长途旅游的苏珊，她，能理解、能接受、能像他玛克那样融入其中吗？

他耗了两个多小时才从他供职的师范大学找到安琪家所在的南市区乔家栅路。

若是在澳洲，这点时间足够他与苏珊驾了那辆"奔驰"从悉尼抵达三百公里外的美丽的蓝山了。

可是玛克倒也不悔、不懊丧、不生气。

临出门时，他拿出苏珊寄来的地址，询问外语系的一个学生，怎么个走法。

那已经读到四年级的学生用很流利的英语向他建议："打个电话，叫辆出租车来，不就行了？"

玛克说，除非实在必要，他才叫出租。一般情况下，他希望乘公共汽车，或者步行。因为他希望更多地了解中国，他正在为自己的一本关于东方文化的书收集多多益善的资料。

那大学生似笑非笑地望着他，既不赞同玛克也不反驳玛克。玛克暗想：总觉得当代中国的年轻人往往比年纪大的更有自己的主意，从面前这位刚过二十的大学生身上，似乎又可得到一次验证。玛克不再对自己不想召唤出租车一事多作解释，只是固执地指了那写有几个汉字的地址，要那学生画出个简要走向图来。

"是这个地方呀，乔家栅！"大学生说，"吃点心的地方。就在南京路上。花几毛钱坐一辆公共汽车转一辆电车就到……"

玛克按他的指点，在南京路石门路口下了车。

在那熙熙攘攘的南京路上没走几步，玛克就被两名獐头鼠目的青年男子一左一右挟持住了。

车声，人声，商店里播放的高音量音乐声，使玛克根本听不清那两位男子在说些什么，但玛克完全能领悟到他们的跟踪挟持目的，他马上用很清晰地道的中国普通话对他们说：

"我没有外币。"

这是玛克在两个月驻华生涯中所学到了三句必修中文口语中的一句，别外两句是：

"我不要味精。"

"请您帮助我。"

甩开了那两名男子，上了又下了南京路石门路口那座长长的多岔道的难辨出口方向的天桥，玛克就用上了那第二句中文："我不要味精。"

他进了那家闻名上海的乔家栅点心店，他已经明白那位四年级大学生指错了路。安琪的家在南市区，而且并不是供应糯米汤圆小笼包子虾肉烧卖叉烧大包玫瑰松糕的地方。可是点心店透出的香味和点心们的五光十色，使玛克想起自己一早只喝过一杯清水寡汤羼了不少奶粉的牛奶，于是他欣然进入了还算干净的店堂。

他指着一个瘪嘴老太正努力享用着的小馄饨，向很殷勤地走近了来的一位又瘦又矮的老头儿服务员说：

"我不要味精。"

岂料那瘦小老头竟能用英语回答他道，可以，先生，看样子您对味精过敏，所以我们一定不放味精，请您稍候一会。

玛克惊讶地望着老头儿略现佝偻的背影，回味着他刚才的那几句话。流畅、准确尤其是不卑不亢，虽然发音很不地道，带着上海地方口音中那种噬噬声。难怪这里被称为"十里洋场"！难怪有一位真正熟悉中国文化的学者著文说，在中国这块土地上，与西方最接近最有神韵一致之处的并不是那些华侨比例最高、走私货最多、装扮最擅长于模仿港澳作风的地方，而是上海！

老头儿端来馄饨时，玛克没再使用他所掌握的第三句中文，而是用英语向他提出了请求帮助指路的要求。

"愿意为您效劳。"瘦老头很绅士派头地回答。

三个月后，当安琪投入了玛克的怀抱，玛克为她在一家四星级宾馆包下了一个套室，两人相聚时很随意地聊起这个干瘦老头时，安琪却很不以为然地评说道：

"上海这地方，这种懂几句洋泾浜英语的老头子多的是，还不大都是旧上海做过咖啡店里的仆欧的那种人？"

"你不以为这正是上海的文化素质相对较高的表现吗？"

"不。这只是上海人的聪明，为了在大千世界谋取生存而学一点手段，掌握若干工具……"安琪说到这里打住了。她看着玛克阔大的脸，那上面的毛孔一个个张大着，白种人的皮肤显得粉而艳，令人想起近几年市场上很常见的那种快速生长的AA鸡，她不能不把自己对上海人的精辟见解，拦腰中断了。她安琪若再往下淋漓尽致地阐述下去，岂不是在作自我揭露、自我批判了？AA鸡一般的玛克，浑身散发出令安琪怎么也习惯不了的某种特别气味的玛克，虽然可以称得上洋人中最帅气、最有教养的一类了，但安琪自己心内清楚，他永远只是她这聪明的上海人的一件工具，暂且利用的某一种手段。反过来说，他玛克为自己一掷千金，开销超过了他在中国之薪水的好几倍，而且已信誓旦旦地保证日后为她办好一切出国手续，又焉知是不是也只是一种手段、出于那种如她安琪一样的仅只是另一种目的的工具使用观？

玛克在乔家栅点心店里，从那位能操几句洋泾浜英语的老服务员那儿终于弄明白了，偌大一个上海，被称为"乔家栅"的地方，竟有三个：两个很有名，一在南京路上，即四年级大学生也知道的，一个在复兴路附近的襄阳南路上，也是一处特色食府，但都不是安琪所在地。安琪所住之乔家栅，是一条路名，一条一般的几十年的老上海也未必知晓的、掩藏在南市区文庙附近老城厢地段里的、东西向总共不到五十米的、不久前还是台阶路的小小马路。

玛克听到了"老城厢""文庙""台阶路"之类的字眼，连带了那位因为一般的几十年老住户都不知道而唯有他知道的洋泾浜英语老头的得意的笑容，便激起了强烈浓厚的造访踏勘寻觅探究的兴趣。他像一头闻到了远处猎物之气息的良犬，或者说像一个有意前往淘金地而终于从一架精良的仪器上看到了金矿的蕴藏信息的探矿者，顿时兴致勃勃、迫不及待、浑身充满了自觉性积极性能动性。苏珊来信让他去见一见安琪，并吩咐他带点礼物去，玛克知道这纯粹是中国人所说的"借花献佛"，意在以此落实一点她对许书的感激——天知道，除了感谢之外还有什么！苏珊这姑娘太热情、太有激情了，认识玛克不到一个星期就同意与他做爱，三天之后便把他接回了自己的家，玛克虽然体会得到她真爱自己，但从不对她的贞操抱有奢望——毕竟，据她来信描述，许书是从死神的手中，把她生生地夺回到人间来的。玛克出门时，几乎完全是出于与苏珊的一个月的情分，去履行一项指派性任务，而在有滋有味地吞下了那碗虽然没有味精、却也照样鲜美无比的小馄饨之后，在听到了洋泾浜关于上海有三处乔家栅的介绍之后，那种被指派的消极性，已完全被出于他自身爱好的专业兴趣所消解。寻找安琪这件事，已转化成玛克到中国进行文化淘金这一目的之载体了。

他实在是不虚此行。

他一进入那片区域就失却了方向观念。那一条条狭小局促的马路似乎大多是东南向、西北向，或者是西南向、东北向，甚至是缓缓地转着圈儿形成一个不规则的环形。玛克觉得自己似乎在一个圆桶里转悠。他想起了小时候在纸上玩迷宫的游戏，而且隐约记得祖母说过迷宫这一游戏，源出于中国古代的"八卦"。玛克转悠着，忽又想起自己读过的一本关于上海近代史的书，那书上介绍说，近百年来由于西欧列强的瓜分，上海的大片地段辟作租界，而真正属于中国本国所有的只是一小块"老城厢"，旧时是以一圈砖砌的城墙团团围住了的。玛克一想到这本书，顿时恍然大悟，那种在圆桶内团团转着的自我感觉刹那间发生质的变化：他明白自己进入了一个上海滩上最富有中国传统特色的核心部位，进入了一个当年的中世纪城堡，进入了活着的中国庞贝城！

这种感觉，随着他愈来愈接近安琪所在的乔家栅路，也愈来愈强烈了。

他路过了一家菜场。看见了并且闻到了大堆烂菜皮。有三两个老太婆，衣着还是整洁的，在专心致志地翻捡着，把那些形状上色泽上都表明尚未完全腐败的菜叶挑选出来，很珍爱地搁进手中拎着的塑料袋中。

菜场门口在出售一种鱼。玛克凑近细看，是那种可以长到斤把重的黄鱼。但摊位上的只有四英寸长。都是严禁捕捞的鱼苗！玛克禁不住叹了口气，看见那卖鱼的姑娘长得很姣好，正不解地望着他，玛克开了口：

"for cat？"

那姑娘摇摇头，那表情是不懂玛克的话，而不是否认他的问题。玛克只好"喵——"地学了一声猫叫，并且指着鱼，意思是很明白的了。

姑娘的面容活跃起来。她笑着，指指鱼，指指自己，还指指玛克，然后蠕动红艳艳的嘴唇作了咀嚼和吞咽的动作。简明的形体语言让玛克一目了然了：这鱼不是喂猫的，是人吃的。姑娘可以吃，你玛克也一样可以吃。

玛克赶紧离开鱼摊。他又经过了一个专售猪下水的摊位。一副大肠挂着。几颗猪心被风干成暗褐色。有一个家庭主妇在买猪肝，只要巴掌那么大一小块，操刀者在很小心地切割着。还有两枚冒着臊气的猪腰和一副腐塌塌红通通的猪肺。玛克不必再问了，他明白在这块区域里，这些都是供人食用的。

　　他经过了文庙。里面在举办廉价书籍展销会。人山人海。玛克微笑着在门口张望了一会，又举头瞻仰了一番黑漆高墙和飞檐明瓦式的古典式建筑。天色有点发阴，阳光很惨淡地发白。令玛克意识到已过正午了。他不能把时间泡到文庙书市里去了。找到安琪后聊一会，他必须赶回师大。星期天，在学校的外国专家们晚上有一个聚会。他可以在聚会上谈一谈今天游历"老城厢"的观感了。

　　他终于找到了乔家栅路。

　　他看到了那个门牌号码。门牌之下有一个大大的水龙头，粗大的水柱哗哗地冲在地下。地下的一块石板上，水柱落下的地方，凹下了一个大大的坑。几个女人围在那龙头周围，有的提了铅桶，有的端了盆，显然本来是准备盛了水洗什么的，见到玛克后都忘了自己的使命，呆呆地望着他，任凭水柱在凹坑激起的水花溅湿了她们自己，也溅湿了玛克的裤管。

　　玛克后来知道，这个水龙头是这条路上好几个门牌内十几户人家唯一的水源。

　　他弯腰弓背地钻进那道其实未必会碰到他脑袋的门。他这个进门的动作与许书截然相反。许书生于此长于此，虽然身高与玛克接近却从不低头进出。他侧身避让着窄窄走廊上烧得通红滚热并且有开水壶在吱吱响着并且冒着蒸气的煤球炉子，动作当然比两个月前在此灵活自如地穿越往来的许书笨拙得多。他登上嘎嘎作响的大楼梯，因为把握不住每格阶梯的高度，那皮鞋的尖头时不时地如敲鼓般击打在两格阶梯之间的竖立着的木板上，听起来极不和谐。他还终于把握不住地趔趄了一下，幸而楼梯两侧都是墙，一面是泥湖的，一面是条形板拼成的，左右挟持着玛克才没有倾倒下去。因为这一声巨响，楼梯尽头的那扇松木门倏地打开了，一道强烈的光带从上空铺撒下来，安琪全身裹着那白光，俯视着玛克。

五

"你那时简直就像个天使，站在云端。"玛克说。他喜欢在拥着安琪时回忆那第一次见面。

安琪默不作声，闭着眼睛。她心里冒出的话不能不咽下去："你那时简直像个魔鬼，刚从地狱升上来。"

她难以用什么美好的语词去描叙自己初见玛克时的感受。可是当自己在接受着玛克的拥抱时，她又怎么能把自己的真实想法表现出来？唯一的办法是闭嘴、闭眼、短暂地闭气。玛克以为这是东方女子柔顺温婉的典型表现。要是换上苏珊，只要献给她一句赞美，她会回还你十句甚至更多些。她会尽情地使用她所掌握的语词，歌颂玛克从头到脚的任何一个部位，好似她是专门学习解剖学似的。玛克对这样两种女子都喜欢，正如他对东西方截然不同的两种文化都饶有兴趣一样。

那天一见面，玛克就被安琪那出众的、又是典型的东方女性的美貌震慑住了。

他是对各种形态的文化景观都十分敏感的人。在初到上海的一个月里，他走遍了闻名世界的几个景点：南京路、外滩、豫园、四大公司、大世界、新兴的上海商城与半纪前的上海大厦、外白渡桥、南浦大桥，甚至包括地处郊县的松江醉白池、嘉定青龙塔、南汇钟园、金山石化城。虽然走访了那么多地方，他还是觉得很不满足。他的学识和他的敏感告诉他，他对上海文化的了解还始终停留在一种粗线条上，一个很浅很浅的层面上，深埋地下的矿藏，还远未挖掘出来。他没料到苏珊介绍许书并引他去拜谒安琪的一封信，竟是他楔入上海文化的又一领域、开启了宝窟之门的"芝麻咒语"。他在踏上乔家栅路、钻进安琪家大门。攀上那木扶梯、最后见到豁然开朗之松木门的瞬间，有一种感觉，好像是自己钻入了一个细胞，一个包含了某一生物机体之全部基因的个体细胞！

安琪是这个细胞里的细胞核！

安琪彬彬有礼地接待他。

她竟能操着流利而相当标准的英语与他交谈。

"我知道您今天会来。"她说。看见了玛克惊讶的神色，她用眼神指点着书桌上的一封航空信，"许书来信说了，您是他的房东的朋友。"

玛克的目光从她身上移向书桌。书桌的小巧和物品堆放的整齐，特别是案头几件典雅别致的小摆设，吸引了他的注意力。他环顾着这间不足十平方米的三层阁。房屋结构的简陋粗劣，已完全被女主人的刻意精心布置所掩盖了。清一色乳白漆的家具，好几面擦得锃亮的大镜子，使这狭窄的空间并不令人感到局促窒息。没有床。床在哪里？玛克正想着，看见了屋角一架小小的一样漆成白色的木扶梯。循此移上目光，玛克发现了一个小小的阁楼、出入口有一页色调淡雅的镂空编织纱帘。玛克明白那一小方天地便是安琪的休憩之所。他的心，由不得一阵温馨，一阵向往，他的呼吸急促了起来。

安琪为他端上了咖啡。

玛克注意到咖啡杯的旁边，有盛了方糖的小碟，有斟满了牛奶的小壶。这是十分地道的西方化的招待方式，给了客人以选择的充分自由。玛克像是受了抚慰一般，整颗心全部神经，立即感到了一阵轻松。

玛克毕竟是玛克。对老城厢、台阶路、烂菜皮、四英寸长的小黄鱼所形成的文化氛围，他只是站于局外人的位置，进行观察，加以领悟，纳入自己了解和掌握的知识仓库之中。他自以为是投入，其实他永远是格格不入。格格不入只会造成紧张，造成疲累，虽然有时候会刺激出兴趣来。兴趣不能代替全部生活。玛克需要与自己的意念吻合的、同步的、有共鸣的生活内容。在中国，他找到了安琪。

而安琪又并不拒绝他。

六

安琪怎么能拒绝他呢?

床上床下的玛克完全是两个人。那个风度翩翩、文质彬彬、温文尔雅的学者玛克不见了,席梦思床上只有毛茸茸的、散发出一阵阵羊膻气的、拼了老命搓揉着安琪的丛林汉玛克。良好的教育造就床下的玛克,遗传的基因形成床上的玛克。安琪不厌弃前者,但一身历其境就只能凭了意志——那意志来源于功利——才能坚韧地忍受着后者了。拒绝是不可能的了。早知今日,何必当初。当初是她自己有目的有意决心有预谋最终很有行动地与玛克一起,拆除了那层双方都曾努力维护着的友谊的隔膜的。关系一旦发生了质的变化,无论床下床上她都不能拒绝了。

玛克一完事了就沉沉睡去。

安琪赶紧挟了睡衣去浴室冲洗。

这是一套全新的程序。与许书的一个月新婚生活绝对不是如此。许书不需要像玛克那样在事前喝那么多酒,一会儿啤酒,一会儿白兰地,一会儿又是香槟。安琪总有点怀疑玛克是借酒助兴,仗酒提"性",如果没有酒,他这胖大的身躯或许有点内分泌失调而多少有点无能。许书只是默默地吻她,轻轻地、移动着地、全面地,使她每个毛孔都贮满他对她、溢出她对他的爱意。许书不要求她脱得一丝不挂,自己也不。隔着那几方薄薄的柔软的内衣,安琪决不会像与玛克相处时那样深感被动甚至羞辱,特别是那么急于洗刷了自己整旧返新。许书会用他那长长的细细的骨节分明但不失柔软的手继续抚爱她,把她的头搁进他自己的喷发微微的热气——绝对不是羊膻气——的颈窝,一直到她依偎着他沉入甜蜜宁静的梦乡。而这个玛克,只需一个翻身,马上就鼾声大作!

洗浴完毕,安琪坐到那间小小的会客室里,把自己埋进软软的沙发,点燃一支细细的"摩尔"烟,陷入了深深的沉思。

第 三 章

七

八月份是悉尼的严冬。尽管极限最低温度从来也到不了零下，但那种从南极海面刮过来的风，非但寒而且潮，终于把那些零零落落地粘着在落叶乔木树干上的残存的几片黄叶片彻底干净全部地扫除干净，街头于是兀立了许多在寒风中簌簌发抖的光秃秃的大树小树，塔默拉玛山谷那本来郁郁葱葱披了厚实绿装的山崖，也好像那种穿久了让蛀虫蚀坏了的皮大衣，现出一块块斑斑驳驳的空白来。

许书已久不在沙滩上呆坐了。

他没空。

他已经是塔默拉玛地区小有名气的推拿医师了。

他如今只能在很偶然的没有病人的空隙里，从那扇向东开启着的、正好面对了塔默拉玛沙滩的落地钢窗，远远地望一望那片由蓝色和金色分割了又组合成了的画面。

他所供职的"诺姆诊所"，其实只是一小栋简易的小平房。除了必需的附设用房之外，用以营业的只是东西两间，各十余平方。大一点的是问诊室，小一点的是治疗室。业主诺姆太太，几乎从来也不来。真正在这里"坐班"的，只有许书一个人。

诊所从下午一时起营业，到晚上十时止。十时后许书锁上大门，依然去苏珊家的地下室。

这个轻松而又专业对口的工作，是借助了苏珊的力量，方才谋得，或许说是"创造"出来的。

那是在他搬入苏珊家不久，刚入秋的六月里。

许书应该说很不幸又很幸运。在为了牟利而雨后春笋般地冒出来的语言学校中，他瞎猫碰着了死老鼠般碰到了一个很认真办学的学校。那学校聘了一位曾在亚洲许多国家教过英文的教师主管兼主教。那教师就是诺姆，在塔默拉玛沙滩很主动地下水去救苏珊，又差一点很被动地让苏珊拉作殉葬品的勇士。他游泳虽不高明，但有一整套科学的、系统的、严格的学校管理手段。他是一名多次得到过州政府教育部嘉奖的优秀教师，决不容忍他所在的学校纪律松懈，学生愿来就来，愿走就走。他像一只负责的老母鸡一样，把所有归它孵化的蛋们统统管辖在她的卵翼之下，直至出壳的鸡崽们都能发出合格的鸡鸣声。他并且还有一个在澳洲比较少见的、以他为核心、以他为荣耀、以支持他的事业为己任的妻子，一个澳式贤妻良母。他把他这位在家里闲得无聊的妻子拉到学校来，义务充当他的助手。具体的工作是：手拿学生花名册，一个班级一个班级地去点名，八时正一次、十二时正一次，严格查核那些无故旷课者、迟到早退者。按他的规定，凡迟到早退满三次，按半天缺课计；凡缺课数超过总课时三分之一，以自动退学论；而自动退学者，一概得不到该校之结业证书。他这一招式很厉害。特别是对像许书这样一些因为就读语言学校方才获准入澳、只有取得了结业证书方有希望办理继续留澳之手续的中国自费留学生，诺姆管理法好似孙悟空头上的紧箍咒，把他们那整整一个上午，都给死死地管束住了。

许书和他的同学们，失去了许多打工的时间和机会，敢怒而不敢言。

因了沙滩事件，许书与诺姆的关系多了一层含义，诺姆太太很感恩，在许书因为清晨送牛奶而满头大汗地扑入学校却还是迟到了时，营私舞弊了几次，没在点名册上为他划大叉。

又因了许书住入了苏珊家的地下室，某一个周末的晚上，诺姆夫妇与许书在苏珊所举行的家庭party上见面了。

诺姆一见许书，马上很不客气地说："送牛奶重要还是学习重要？你都迟到过几次了？"

诺姆太太在一旁很过意不去又很骄傲地笑着。

许书想，外国人中也有政治辅导员和叛徒呢！

苏珊笑了："也不这么要求我？"

许书面无表情，好似没听见这句话。自从搬进苏珊家，他常常从苏珊的话里听出弦外之音。苏珊喜欢自己，他知道。苏珊自以为在思想上情感上都与自己很合拍，理由是那次在环球商场，两人都对布莱克太太滋生了同情心，而且关于在塔默拉玛沙滩的那枚钻石戒指，两人都持不在乎的态度。实在真是天晓得。许书自己心里有数，那枚戒指刚从砂粒中被捡出来时，他许书的第一个感觉是：它是假的；第二个感觉是：它是他被人雇了来专门寻觅因此才寻觅了出来的；第三个感觉是：因此，它理所当然地是归那个啤酒肚的雇主的。许书哪里是不在乎呢？许书不是中国古代那位锄地时锄到了金块而不屑一顾视作土石的圣人。他本来就是在与安琪合谋了之后下了决心到大洋彼岸来淘金的，只不过没料到有啤酒肚的这种淘金方法而已。她苏珊真是过于看高了他许书了，许书常常不无自嘲地想。她哪里知道，许书后来又去过几次，那曾经掩埋过一枚真正的钻石戒指的地方。双脚一踏上那松软的砂土，许书就情不自禁地往那些因为阳光照耀了云母石而闪闪发光的地方看，那目光并不亚于啤酒肚的先进工具"扫雷器"。若是再有那么一次发现呢？许书决不会作苏珊那么抬举的谦谦君子！

苏珊在把那些聚会剩余食品一样样搁进冰箱。

虽然是地下室，苏珊还是把它安排得应有尽有。炊具全部是电气化的。烧水用电茶壶，水开了会呜呜叫；烤面包用那种会自动切断电源的"三明治炉"；电磁灶属于以不熔玻璃作灶面的最新式的那一种。偌大的二百五十升的冰箱，是苏珊在许书搬入后的第二天，打了个电话让商店送了来的，自然是专为这位房客添置的。

地下室内间的卫生设备，包括抽水马桶、热水淋浴器，倒是原来就有，而且几乎是全新的。苏珊告诉许书说，这地下室以前专用来堆杂物，但去年有一位远房亲戚从英国来，在悉尼要逗留三天，于是便专门收拾了出来并且让建筑工程队突击改装了一下，也便可以将就着住人了。苏珊说，那亲戚是个老头儿。若是一位女性，或许会与二楼的老母或一楼的她挤一挤，那么，这地下室就未必动工改建了。

"是上帝安排的。"苏珊很开心地说，直视着许书，"上帝专为你的到来安排好了一切，使我可以天天都看见你。"

许书对此自然还是假痴假呆。

"改建用了多少钱？"许书曾随口问过。

"不多。五六千澳元吧。"苏珊答。

许书早已强烈地意识到了什么叫做贫富悬殊，所以对苏珊家为迎接一个亲戚住三天而耗资若干并不惊讶。苏珊家拥有相当多的房产。寡居的母亲和她，靠房租收入而过着充裕的生活。所有的房产中，这栋容载着她们母女俩的小楼最小，但也最精致，而且地处悉尼最美丽的风景区之一——塔默拉玛山谷之中。朝阳、幽静、面临沙滩、后花园开阔、又临近邦达十字街，那里的超级市场鳞次栉比、应有尽有。苏珊的老母虽已年近七旬，但体格极健，每天一早外出，傍晚返回，是自己驾了她那辆银灰色的车出去的。她拥有的近十处房产，足够她忙碌的了，况且她有自己的交际圈。除了按月提供给苏珊吃喝不愁的大笔生活费用，她对苏珊的一应活动概不干涉，母女俩的生活像两只互不交叠的铁圈。如此富足的苏珊，还会去在乎一枚遗落在沙砾中的小小戒指吗？许书每每想到此，连带着对苏珊的不贪钱财的品格，也觉得似乎没必要给予太高的评价。

苏珊关上那冰箱的门，动手沏了两杯咖啡，一杯放到许书面前，一杯自己端好了，微微呷一口，很满意地叹了口气，然后坐到许书面前那张椅上，闪动着蓝蓝的眼珠和长长的睫毛，望定了他。

"又来了！"许书禁不住也微微叹了口气，随即又努力咽下了涌上喉头的一个呵欠。

安琪决不会在这样的时候给他端上一杯这么浓的咖啡，安琪知道他喝了咖啡会失眠。

安琪决不会在他需要倚在床上、读一本喜欢读的书的时候，眼巴巴地候着。不，应该说是狠巴巴地逼着他来闲聊。安琪懂得时间的宝贵，懂得对许书来说，时间是用来做学问、于事业、图发展、争名利的。安琪不以耗他许书的时间为乐！

安琪永不知足地甩着鞭子驱他向前。

苏珊心满意足地加固栏杆想把他圈养起来！

安琪与他共同背着沉重的债山。

苏珊从云端伸下一柄汤勺，里面盛着赈济的薄粥。

许书这么想象着，竟不由自主地挥了一下手，似乎要避开那长勺里洒下的粥汤。

苏珊略略吃了一惊，重复了刚才的那句问话："你以为怎样？"

"什么？什么事要我……怎么样？"

苏珊笑了，露出一口峥齐的小牙："我看出你走神了。你的确太累了。"

"不不，"许书觉得有点失礼，连忙否认。本来就应该否认，走神不是因为累，而是因为安琪！

"所以从明天开始，你可以把清晨送牛奶的事辞了，下午那件劈木料的活也不必干了……"

"啊——这怎么行……"

"哈，我说你是走神了吧，你根本就没听见我在跟你说什么！"

许书重新聚起全部精神，这才弄明白了，就在刚才的聚会上，苏珊已经与诺姆夫妇商量并决定：由苏珊提供房屋地点及资金；由诺姆夫人出面申领执照，为他许书，开办一家小小的推拿诊所。诺姆夫人现在虽然是家庭妇女，但当年却是正宗的护士学校的毕业生，申领开业执照是没有问题的。她是业主，许书算雇员。

苏珊说："记得我曾带你去过的那栋小平房吗？过去租给人家当面包房的，后来那人发了财去买了公寓了，那房子一直空关着，从明天开始，使用权归你了。"

"怎么……没跟我商量一下？"

"你不是全神贯注地看着那肥皂剧吗？"苏珊一口呷干杯里残存的咖啡，"明天开始，你去收拾一下那屋子，准备着干你的本行吧！"

说完她就匆匆离去。她有点受不了许书发直的眼神。她以为许书是喜出望外了。怎么会不喜出望外呢，瞧她苏珊和诺姆两人，竟有如神助般想出了这么一个好点子！许书是个心气很高的人，苏珊已经看出来了。无端地资助馈赠，许书是不肯接受的，苏珊知道。但若是让他作为一个雇员，利用他的专业特长，自己养活自己，自己开辟他自己的财路，那他哪里会不乐于接受呢！苏珊估计着许书在喜悦之后，会觉醒了那种被称为"感激"的意识。但苏珊不需要他的感激，苏珊要逃避那种客气的感激。她爱上了许书，不希望从她所爱的男子的眼睛里看到那种客客气气的感激。许书的眼睛是典型的东方美男子的眼睛。不大，但长长的，漆黑的瞳孔望进去深不见底。许书一旦陷入沉思，苏珊就会对这双沉思着的一动不动的眼睛煽起一种难以克制的热情。她好几次觉得自己很有点把持不住了。若不是清醒地意识到这是中国的许书，不是澳大利亚的玛克，这是以他的矜持稳重深沉内向而带有东方式神秘感的许书，不是以他的开朗粗犷热情奔放不拘小节而充满了随意性的玛克，苏珊早就会如同前几次的恋爱一样，以她苏珊式的主动，扑进对方的怀抱，钩住对方的颈脖，把对方占有过来，也把自己奉献出去了。许书对她有吸引力，但许书对她又表现出明显的距离感，于是许书就同时使她冷静、使她理智、使她望而却步。她一次又一次地约束着自己，总在热情燃到最炽烈的时刻，迅速退却。

苏珊实在是有点误解了许书。她没有想到许书的眼神发了直，是因为又一次见到了那柄伸向他赈济他的长柄粥勺。在许书，困境中的窘迫与接受施舍时的尴尬，分量是差不多的。苏珊出门后关了门的声响，惊得许书凭空一个颤抖。在确信那四壁之间只剩下自己一人后，许书一头扑到床上，把脑袋埋进两个枕头之间，呻吟了起来：

"哦，安琪安琪，你为什么要放我到这里来，你为什么要让我到这里来啊！"

八

安琪没有料到许书这么快就摆脱了困境，但更没有料到，在经济上摆脱了困境的许书竟在精神上陷入了更深沉的苦闷。非但如此，由于收入丰厚，眼看在短时期里就有希望敛聚起相对国内收入而言堪称暴富的一笔钱款，在偿还出国所用之债务之外，还能余下可观的若干，这许书，这没出息的许书，竟愈来愈坚定了尽快回国的决心。他写信给安琪说，过了圣诞节，最迟不过明年二月，他就要飞回上海，飞回自己的乔家栅三层阁，飞到心爱的妻子安琪身边，永远永远地守着应该守着的一切，再不离开。他急煎煎地关照安琪：

"接信后立即去我的医院，说明我近期便将返国。按照国内有关政策，我尚未超过保留现职的一年期限，因此，我回国后仍有权利继续在院内任职。另望转告院内领导，我在此地已收集了不少医学方面最新信息资料，其中不乏有价值者……"

安琪是在回乔家栅的三层阁取几件替换衣服时，从地板上捡起了这封信的。邻居们不知道她住进了他们一辈子也望尘莫及的大宾馆，安琪告诉他们说是，因为一个人太孤单起居不便，住到同校的一位老师家里去了。忠厚的十几户共用一个水龙头的乔家珊老住户们深信不疑。老城厢的人如同都市里的乡下人，想象力比起那大马路霞飞路一带当过租界良民又处于改革开放之风口浪尖的居民来，先天薄弱得多。他们忠心耿耿地守护着在他们看来天造地设再般配不过的这一对恩爱夫妻的小窝，每有许书来信，他们就小心翼翼地代为收下，然后塞进那条门缝底下，还唯恐弄出一丝折绉。

安琪粗粗读完了这封信，随手就把它揉成了一团，扔进了书桌一侧的空着的小橱。那里已经蜷缩了一二十个这样的纸球。

"我看错了他！"安琪匆匆地往提包里塞衣裤时想，"呵不，我没看错，总算抢先迈出了一步……"

她挟了衣物碰上了门走下楼梯时，住在亭子间里的一位老阿姨笑呵呵地问：

"安老师什么时候也出去吃洋面包呀？"

安琪侧身让过她端平了准备下楼去倒掉的尿盆，屏住了气却又装出了笑脸回答："许书来信说了，在办着呢！"

刚从那带了凹坑、水珠溅出三尺远的水龙头旁小心地让开，安琪就被人叫住了。

"啊哈，总算把你等到了！"

一个债主。算是邻居，也住乔家栅路上的，算是同学，许书念小学时的。在豫园商场有一个摊位，专卖各种假金假钻石假珍珠之类的首饰。虽然几次进过派出所又曾劳动教养过几年，但毕竟挨到了财已大气可粗的境地，经常将一个个轮着雇用了来的摊位妹——很清秀很年轻但带了一种很类似的乡气的姑娘们——带回乔家栅来过夜。他叫什么，安琪总也记不住，只知道人称"乔家栅一只鼎"、简称"阿鼎"。

安琪站定了，微微笑着，等他开口。

岂料那阿鼎，竟也抱臂而立，歪斜了头，并不说话，只是上下打量着安琪。那目光如板刷般，刷遍了安琪的全身，而在那些特殊的部位，又好像点标点一样，停留了格外长的时间。

安琪感到一阵火辣辣的恼怒从心口漫开。无非就是借了他五千元人民币，这样的泼皮，就敢于在光天化日之下，以如此轻薄的眼光睥视安琪！而这一切，仅仅是为了送许书出国！

"许书来信了？"那阿鼎终于开了口。他开口说话时还有点人样。

"只是来信，不是汇票。"安琪答。

"没那个意思，"阿鼎说，"兄弟不是黄世仁，一见了弟妹就逼债……"

安琪懒得纠正他的胡说八道。

"区区几百张分，兄弟不在乎。兄弟只是问问，许阿哥混得怎么样了？"

"在当推拿医师，半工半读。"

"好极了！在外国当医生最挺分了！弟妹以后跟过去，笃定享福去吧！"

"谢谢关心！"安琪急于摆脱他。

"等等，"阿鼎却伸臂一拦，"兄弟有句话，一直在等见到了弟妹跟弟妹说……"

"下次汇票一到，马上就先还你的。"

"嘿嘿，不要以为兄弟也是那种见钱忘义的人。我只是告诉你，我们许阿哥是难得的好男人，千里挑一万里挑一的……"

安琪再一次打断他："这还用你说？"

阿鼎冷了脸，细小的眼睛里竟射出了冷光："我告诉你，我看见你跟那个老外了。"

安琪虽然没料到他会冒出这句话来，但并不因此张皇失措。她的嘴角掠过一丝高傲的、不屑的笑容，直视着面前这五大三粗的夯汉：

"老外？哪一个？我是教英文的，需要与外国专家打交道。不知道你在什么地方见到了哪一个。没别的事了？以后见！"

说完，她车转身子就走开，只觉得背后插着那两片刀刃般的目光。

安琪坐进了一家咖啡室。

除此之外，她还能坐哪儿去呢？

　　她所在的学校不实行坐班制。有课有政治学习时必须到，其余时间没必要到。偌大一个办公室里，没课没政治学习而天天去报到的只有两个人：一个正在与妻子闹离婚，把学校当成了避难所；还有一个正值更年期，严重忧郁，在家里就想跳楼自杀，坐进办公室情绪才放松些。安琪何必去与他们为伍？

　　回宾馆去？不，她刚从那儿"逃"出来。住进去两个多月，尽管尽力躲避着，还是被那些"宾馆太太"们生拽活拉地视作她们那个圈子里的人了。总共大约有十来个吧，都是由老外和港人澳人豢养着。互相不报姓名，都以包租的房间号码作代号，赛似特务间谍活动。安琪的代号是"1616"。大清早就有电话打来了："1616，我是1706！"声音软绵绵地，安琪想起了这个刚过二十岁的小姑娘，"十点钟，在我房间举行一个party！一定要来，啊？好姐姐！我开一听荷兰咖啡，是他刚给我寄来的，招待大家，一定来呀！"安琪模棱两可地答应着，一等玛克出门，她就后脚跟了前脚逃出了宾馆。

　　安琪不愿、不屑、也不敢与她们为伍。

　　她用双手捧着咖啡杯，感到那热气慢慢地传递到了她的手心里，慢慢地透过血管在暖和她那冰凉的心。阿鼎的目光如铁一样冷且硬，冻住了她的全身，尽管这是刚过暑热的九月份。

　　她不能不正视这个现实了：自从两个多月前在玛克的寓所迈出了那一步之后，她已经陷入了一个怪圈。

　　两个多月前她依然规规矩矩地住在乔家栅。学校里课时不多，她有足够的时间去兼职"扒分"。债务累累，还掉一点是一点。幸喜学的是英语专业，正走红，三教九流都想学，到处都在办辅导班补习班，像她这样的正宗师范本科毕业生，完全可以待价而沽。她像电影院里的跑片，像过去戏子唱堂会，一家家一场场地跑场子，精卫填海般地往送许书出去后所留下的巨大经济空洞里投掷着少得可怜的卵石。

她甚至去当家庭教师，送教上门，教那些钱袋鼓囊囊因而担心后代脑子空荡荡的个体户的孩子，很屈尊地从ABC教起。

再苦再累她心甘情愿。许书出去是她主谋。先送他，他再带自己。两人总有团聚的一天。她是谋划好了就行动而且义无反顾的人。

许多人不都是这么完成了出国梦，把梦想变成了现实的吗？

可是许书的一封接一封的来信使她愈来愈沮丧了。

"昨天去为一家雇主劈了四小时木柴。因为是按钟点计工资的，那雇主家的婆娘一边玩着狗，一边盯着我，唯恐我放下手中的斧子偷懒。安琪，肉体上的疲累我不怕，但精神上的这种重压，我实难忍受呵……"

"口袋里的澳元在少下去、少下去，街上的黄皮肤的同胞在多起来、多起来。他们都需要工作。而澳大利亚的失业率，本来就已超过了百分之八……瞻念前途，不寒而栗……"

"还是没找到合适的工作。我只好又到塔默拉玛沙滩去消磨我的时光。只有在那里，我可以跟海面上升起的你，倾诉我的苦闷、我的后悔。安琪，我何必舍了你到这个不属于我的地方来呵……"

最初接到这样的信，安琪总是心疼着他、担心着他。已经听说了好几例在国外的留学生不堪生活重压而跳楼上吊的事情，安琪心里坠坠地害怕自己的许书也顶不住。但许书三天两头甚至有一个星期竟每天一封地频繁来信，终于使她的牵念和焦虑，日渐化成了失望甚至不屑。

"跟我同居一室的小金，竟然夺去了我好不容易觅到的一份差使，尽管那不过是为一家中文报纸翻译几则广告……但他也难呀……"

笨蛋！你就这么束手待毙？就这么生生地让人家明抢暗偷？那儿不是社会主义中国，还要你学雷锋发扬风格？那儿是尔虞我诈的资本主义社会，为生存竞争你应该学习你同室的小金！你怎么连这点起码常识都不知道？

"安琪安琪，我只有在拿起笔跟你交谈时，才觉得恢复了我本来的自己……"

有这么多写信的时间，不会去翻翻报纸上的"就职专栏"？有这么些寄信的邮票，不会去多打几个电话，问问人家是否有就业空缺？

最使安琪不能容忍的是，许书在信中描述了那次在塔默拉玛沙滩捡到一枚钻石戒指而交付给啤酒肚的过程，继而感叹道：

"这儿也有靠拾垃圾过活的人，也有守株待兔式的淘金人，也有靠偷窃才能换下破袜子的布莱克太太。我何必混迹于他们之中？国内一样有我发展的天地，我不是已经在中医院得到了中级职称，在我的乔家栅里得到你了吗？即便是阿鼎，只要他努力，在他的摊位上，不也一样改变了他的贫穷屈辱的地位了吗……"

安琪读毕大怒，把这封信揉成一团，扔进了写字桌下的小橱。这才叫"人各有志"呢，她咬着牙想。你堂堂一个男子汉，怎么就甘心作井底之蛙、瓮中之鳖？你堂堂一个医科大学毕业生，怎么竟以不学无术的下三烂阿鼎作参照系数？你堂堂正正高高大大空长了一副刚强勇武的好皮囊，没想到一旦离了狭窄但平静的小巷子小港湾、一旦捧不住了那吃不饱但饿不死的铁饭碗，竟就如此无能、悲观、畏缩、渺小！安琪啊安琪，当初怎么就会在一群足够挑选的追逐者中，独独选上了他，而在作出了倾家荡产先选一个出去再拖一个出去的重大决策时，不是让自己先走，竟错误地推出了他这张蹩脚透顶的臭牌！

这是她扔向小橱的第一个纸团。

给许书写回信时她克制着自己尽量把语气放缓和。她安慰他又开导他，告诉他某某在某国一开始也很困难但如今已拿到绿卡了，某某在另一个国干的是再不能低贱的事了但毕竟筹齐了资金办妥了手续把老婆连带着儿子一起接了出去。即便是某某吧，去某国干了仅仅两年，竟也腰缠万贯地回来了，买了某"上只角"地段的一套公寓房，再不必拎马桶用公共接水龙头挤公共汽车上班了，如今靠利息也可以吃一辈子了。安琪相信，榜样的力量是无穷的。

岂料那边的许书毫无长进，来信中的语词一封比一封凄惨。凄惨的来信在安琪手中都成了纸团。

后来玛克来了。

玛克从吱嘎作响的木楼梯上升上来时，曾让安琪大吃一惊。再难看的阿鼎也不是这番怪模样。但安琪很快就调整了自己的心态。以对一个外国白种人的标准来衡量，这玛克简直可以算是美男子了，除了脸太阔了点，肚子偏凸了些。玛克而且是个很有教养的学者，对中国文化饶有兴趣。安琪与他非但没有太大的语言障碍，而且也还谈得来。

"我不喜欢这栋专家楼。"玛克对前来回访的安琪说，"我要尽快搬出去。"

"不是很宽敞了吗？设施也全。"安琪说着，环顾这套间，不禁想，许书和自己若有这么一套，何须有如今这番折腾。

"不自由！"玛克悻悻然地说："你没注意到？客人进出居然都要登记！"

"这有什么呀！还不是为了你们的安全。"安琪解释时又不免想，自己倒是很爱国主义的。

玛克其实没说出他不快的真正原因。上一天晚上，他邀了一个马路上搭识的女孩子来玩，竟然让那大楼的看门老头拦住了。那老头说什么也要那女孩出示身份证，女孩又怎么也不肯拿出来。玛克听不懂他俩的中国话，只见一老一少争执对峙了一会，老的要抄电话，女的转身就跑了。玛克不傻。他明白那女孩子是干什么的，也明白那老头子那双色泽浑黄但不失锐利之气的眼睛已目测出了女孩子是干什么的，更明白这在中国又是被政府被传统的文化意识所绝对禁止和排斥的。玛克扫兴而又发作不得，便下了搬离学校的决心。

"这里简直像奥斯维辛集中营，专用来关押非日尔曼民族的外国战俘。"玛克说，他不愿让安琪有什么疑惑，开着玩笑掩饰他不满学校管束过严的真正原因，"我是搞国别文化比较的，这环境对我的研究不利。"

安琪笑了："怎样的环境对你的研究有利？总不见得是我们乔家栅吧？"

"啊哈，我正想向你提出要求，让我搬到你那间美丽温馨的小房间里去呢！"

安琪并不显出尴尬："行啊，我们俩换一换吧，我对这组套房正求之不得呢！"

"天哪，我真不明白这集中营有什么吸引人的地方。"

"玛克，你不知道中国的一句俗语吧？'饱汉不知饿汉饥'呢！我倒要问问你，我们那乔家栅，又有什么地方使你这么感兴趣？"

玛克连着三个星期天都跑去找安琪。安琪知道这未免太招人现眼，已婉转地请他若有事或有闲需要见面不妨让她到他这里来。安琪不干那种没逮狐狸反去惹一身臊的事。

"乔家栅？乔家栅太有趣了，太令人神往了！"玛克兴致勃勃地说，"那里是最能代表中国文化的地方，最能体现中国民族特色的地方。从建筑、从服饰、从民俗、从居民的气质……还有那带了深深的凹坑的青石板砌成的接水站、煤球炉子、木楼梯……"

安琪实在忍不住，尽管她绝对不想得罪这高鼻子。她的嘴角浮上尖刻的冷笑，打断了玛克的赞美辞："是的，你们总是把我们这里最落后、最丑陋、最不开化不文明的东西，看作是最纯粹、最正宗、最能体现我们的特色的东西，寻觅着、欣赏着，并且希望我们永久永久地保留下去！你知道不知道，或许这些正是我们在努力摆脱着、改造着、变革着的东西……"

安琪自然不是在发表改革宣言。她不是外交部代言人。她只是一介教教英语入门的、还没评到中级职称的小教师。她只是出于对自身处境的认识、特别是对自己与许书耗了那么多精力财力奔向某一目标、目前又眼看因了许书的不争气而很可能鸡飞蛋打这一可悲处境之恼怒和失望，发出了这么一番感叹。临到玛克这里来之前，她刚刚又揉了一个纸团扔进那写字桌的小橱。许书的这封信，集他抵澳后不断用书信奏给安琪听的哀叹曲、反悔调之大成，信末说，已经挨过了三个月了，还有三个月，这里的一学期便将结束，他不打算办理继续签证的手续了，况且，也没有这个经济力量交纳下一学期的学费了，所以估计不到年底就可以回国来。许书这封信不像是一个海外留学生，而像是一个蹲大狱的有期徒刑犯写给犯人妻子的哀告书，在苦苦哀求老婆再守几天空房给浪子一个回头的机会。安琪终于明白，靠了这许书，是永不能跳出乔家栅的了。

而面前这位脑满肠肥的老外玛克，竟也要津津乐道那水溅尺把高的青石板凹坑，安琪还能憋得住心里的怨恨和反感吗！

玛克有点吃惊地望着安琪，望着这个虽然接触过几次，但始终只给他留下温婉柔顺典型东方化印象的女子。他看见了安琪眼中的泪光，不太明白这漂亮的中国女子怎么会一下子激动起来。他斟了一杯香槟给她。

"我并不想冒犯你，安琪，"他温和地说，"我喜欢乔家栅，或许真的如你所说，在追寻文化踪迹时，有那么一种猎奇的复古的返璞归真式的偏颇心理，但是，更重要的是，因为那乔家栅的小小胡同里，竟藏着这么美丽可爱的你！"

玛克说的是真心话。他第一眼见到安琪，就喜欢上了她。安琪太美了，而且是那种完全不同于苏珊的美。反差愈大，愈能引起玛克的兴趣，对专业如此，对女人也同样如此。每每见到安琪，他总有一种想把她拥入怀里的冲动，只是因为很明了这是在一个崇奉贞操观念、女人们大多遵从"三从四德"之遗训的古老的东方国度里，他才不敢造次。只是这安琪，实在太吸引人了，尤其是此刻，因为他所不明底细的原因而显出了与往常之温驯截然相反的另一面，那就令他产生了一种感觉：原本贴在墙上的画上的、如纸片一般薄的古装美人，突然虎虎有生气地、有血有肉地坐到了他的面前。为什么不拥有她呢？玛克问自己。她一定也寂寞，她的许书住在苏珊家里。自己也太寂寞了，苏珊来信再也没提过要飞来中国！玛克这么想着，在说完了那句久藏于心间的早就想献了出去的恭维话后，一把就抓住了安琪的双手。

安琪无声地倒在他的怀里。

那一刻倒未见得有什么功利目的。安琪太疲累了。她一直有一种挣扎在茫茫大海中的疲累。前面有一方绿洲，她却游不过去。突然有一块木板漂来，安琪能不把它紧紧地抓住？

于是陷入了一种怪圈。

安琪回到乔家栅的三层阁后，匆匆地摘下墙上那张结婚照，藏到箱子里。她不能承受那上面的许书的注视。

她不但厌弃乔家栅，也开始尽量回避这间曾经是温柔乡、避风港、安乐窝的三层阁。未必是什么内疚惭愧之类，只是心理上的一种不舒服感，生理上则一开了那松木门就反胃。

她住进了玛克为她租下的宾馆套间。

但是玛克也使她反胃。她几乎是染上了洁癖：总想到浴室里去冲洗自己。

对邻居说，住到同事家里去了。

对同事说，住到亲戚家里去了。

对宾馆服务台说，身份证丢了，只好用这张介绍信代替，还有工作证。

介绍信和工作证都是假的。

这很容易。安琪从插队和乡下"病退"回上海，就是用的假证明。重操旧业，驾轻就熟。

服务台的小姐面无表情地收下介绍信还出工作证，只是对玛克递过去的澳元很仔细地看了又看。

她们很客气，很冷漠，很规范化，带着很洞察一切了如指掌的表情，称安琪为"玛克太太"，有时候则称"1616号房间的太太"。

1616号？大约提篮桥里的囚犯也是用这种称呼法的吧？

八月份后，许书的来信突然改变了主旋律。他不再哀哀切切，而是豪情满怀了：

"诺姆诊所今天正式开业。苏珊不知从哪里弄了那么多来祝贺的人。州政府的一名管卫生医疗兼福利事业的官员也来了。当然都是祝贺诺姆太太的，业主是她。但一个下午就来了十几个病人。冬天到了，漏肩风、颈椎炎、痛风症，容易发作。按我与诺姆的协议，诊所的纯利润七三开，我可得大部分……安琪，我们还债有望了！"

安琪不能不为许书的转机而高兴。同时免不了懊悔。何必呢，竟这么匆匆地把希望转向了阔脸的、羊膻气的这一个！

这懊悔只维持了几天。许书一封接一封的来信很快又成了纸团进了那小橱。

"汇上澳元一千元。还给阿鼎还是谁，由你酌定，我在塔默拉玛地区已小有名气，自然我也毫不客气地'调整价格'了。年底我非但可以还清全部债款，而且会有一定的结余。我的签证是明年三月份到期，我等不到那个时候，我一定回来过年……"

"我忍受不了别人的施舍，我已开始支付苏珊的房屋租赁费。尽管如此，我还是觉得是在别人的同情和资助下讨生活。想你，安琪，我们不久就可以见面了！"

真的等着他回国，重新像两只经营小小泥窝的老燕子，蜷缩在乔家栅，天天挤了公共汽车去上班？

难了。不会再习惯了。

非但是因为安琪日渐习惯了那宾馆太太的生活，而且更因为，无论她如何防范，那阿鼎，毕竟是"看见了你和那个老外了"。

如果许书不回来，坚守在那里，她安琪便将借助于玛克的力量，尽早也飞过去，并且与许书团圆。许书是很可心的丈夫，阿鼎并没有说错。若是让玛克与许书站在同一块地皮上由安琪挑选，她只会义无反顾地倾向她的亲夫。

问题是，一旦许书返回乔家栅，在安琪看来，这两个男人就不是立于同一个层面上了。

她陷入怪圈，她必须从中挣扎出来。

第　四　章

九

澳洲的圣诞节正值盛夏。这是1788年第一批英国移民抵达这片大陆时最感到吃惊的三件怪事之一。许书读到过一本当年移民所写的书，那上面说：

"简直是一个不可思议的地方！这里的动物不是走的，而是跳的；这里的树不落叶子光掉皮；这里的圣诞节，居然不在寒冬而在酷热的夏天！"

在澳洲逗留了近一年的许书，早已明白那"跳的"动物是指袋鼠，那"不落叶子光掉皮"的树便是遍布了整个大陆的桉树。但悉尼城里，这样的树已不多见了，街道上庭园里已大都是从别的大陆移植过来培育起来的各种多姿多彩的花草树木。桉树毕竟不好看，一年四季总在蜕变因而总显得破破烂烂衣衫褴褛似的。

只有到了蓝山，那被澳洲人称为第一风景胜地的断层山脉丛林地区，许书方才惊讶地发现，那种七歪八牵斑斑驳驳的桉树一旦连成了片，竟可以组成如此壮阔、深邃、美不可言的画面。

"太美了！"许书禁不住感叹着，不停地按动手中相机的快门。他打算回国后写一本关于澳洲的游记，最近正用刚买下的这架八成新但只要一半价的名牌相机，多多益善地积累着资料性的图片。

苏珊笑盈盈地把刚从游览点小卖部买来的冰镇鲜桔汁递给他。

"名副其实的蓝山！"许书不住口地赞赏："通体笼罩着这么一层淡淡的蓝色！世上少见！"

"这是因为，"苏珊开口解释了，"山上那密密层层的，几乎全是桉树。桉树会挥发桉油，所以这一片地区的空气中含了很丰富的油脂成分。晴天里阳光充足，特别能折射出这种神秘的蓝光来。"

许书在回头凝听苏珊的解释时，看见了她那双同样蓝得晶莹洁净的眸子。他急忙将自己的目光移开。

岂知那善解人意的苏珊，马上就捕捉到了他的慌乱。她微微一笑，声音里带了讥讽，也带了点苦涩："没白来吧？你以为我会骗你……"

许书不看她而回答着她："我怎么会以为你骗我呢？我只是……"

苏珊用了更尖刻的口气："是害怕，对吗？我其实并没有吞了你，昨天晚上，是不是？"

在说到那"is it？"时，许书听到了抑制不住的哽咽声。

一阵无可名状的不安、内疚，以及对苏珊的痛惜，涌上了许书的心头。光天化日之下，如织之游人中，他没有了头天晚上的矜持——那矜持真实基于恐惧——一个转身，用一条手臂绕过苏珊的肩膀，挽住了她，那手指还轻轻地拍了几下。苏珊顺势倚到了他的怀里。

"苏珊苏珊，"许书轻声对着她说，好似在安慰一个委屈的孩子，"该说的，昨天晚上都已经跟你说了，你难道还不能原谅我？"

"噢，不能，不能原谅……"

"我马上就要回中国去了呀！"

"我也去。我早就想去了……"苏珊喃喃地。

头天晚上，他们俩借宿在冈德盖的一家很平民化但非常洁净舒适的旅馆里。

白天他们已经参观了冈德盖因之而闻名全澳的"狗碑"。一头黄铜铸成的大狗，雄赳赳气昂昂地蹲伏在一只同样用黄铜铸成的食品箱上。底座是大理石。碑上写着为此狗立碑的由来：那是一头很忠心耿耿的义犬，专为主人看守食品。二百年前的澳洲遍地丛林荒野，开拓者处境极为艰难，食品奇缺，食品就是生命。主人离开时，这狗就跳上食品箱，不容他人侵犯；主人回来后，它将食品完璧归赵。因了它在澳洲特殊历史条件下的特殊贡献，后人便为它树了碑立了传。

许书在碑前碑后拍了许多照，还与那狗合了影。

晚上用餐毕，他俩一个呷着咖啡，一个品着茶，继续着参观那狗碑时的话题。苏珊已经知道了许书的习惯，再不在下午七时后往他面前递咖啡。

"其实，"许书说，"那碑与其说是为狗，还不如说是为你们澳大利亚民族，或者说是为澳大利亚民族的奋斗史而立的。"

苏珊笑了："你说得不错。我跟玛克到这里来过一次，他也这么说。"

许书默了默神，问："玛克最近来信了吗？"

苏珊显然不愿意多谈，尽管这些话题本来是她自己提起的："不。他不爱写信。"

很短暂的一个冷场，苏珊又开了口："你那安琪，好像也一样懒得动笔，是吗？"

话一出口她就懊恼，怎么搞的，偏在不该提玛克时提玛克，不该说安琪时说安琪！多么自由多么温馨多么难得的一个长长的夜晚，好不容易才得到的啊，却在一开始就由自己营造出这么一个僵局！

当初议定这次野游时，人员众多，队伍庞杂，远不止他俩。

许书决定过了圣诞就回中国。朋友们都很有点舍不得，所以一经苏珊提议，纷纷报名，而且还一一自认了任务：诺姆夫妇负责供应食品饮料；布莱克太太带好可供全旅游团人员使用的一次性餐具——许书有点怀疑这些餐具的来路；苏珊的妈、鲍林太太，因其通晓经济之道而自告奋勇主管全团账目。许书懂医，被指派为随团医师；苏珊没有具体任务也没有显著特长，于是就当领导，自称"Boss"。

除此之外，大家还一致通过批准布莱克太太带上她的两只狗和四只猫。

但不久布莱克太太就因为哮喘大发作而住进了医院。苏珊的妈收留了她的狗们猫们，加上圣诞前必须如同中国的黄世仁般向住了她的房子而总拖欠房租的杨白劳们讨债，所以也宣告退出了女儿当领导的组织。

苏珊依然很起劲地作各种筹备工作。

临行前一天晚上，她到许书的地下室来，捧了一大叠澳大利亚各地区的旅游图。

"由你挑选，"她说，"你想上哪里就上那里，我们一起玩个够……别担心钱，我带着信用卡。"

许书的脖子里马上感到冒出了汗。自尊与无奈交错着如同一把剪刀在铰着他的心。

"别去了吧……"这句话已经冲到了喉咙口，但强咽了下去。苏珊像个小孩子似的趴在地毯上，把一张张旅游图摊成一个大圆圈。

"到这里来！"她站在圆心地位喊，"看中了哪一张就选出来！或者，闭了眼睛抓，看运气！"

她能把所有的生活内容都游戏化。她来到这世上，似乎就是专来玩一遭似的。安琪呢？安琪把生活的每一部分内容都看作是为达到某一目标而进行着的某一步骤，她到世上来似乎就是来进行永无止息的跋涉的。哦，安琪，从下个月起，我到你身边来，偕你同行！

传来几下汽车的鸣笛声。

苏珊仰头从那扇一半露出地面的窗口一望，诧异地说："咦，诺姆的车，怎么现在就来了？"

诺姆带来了几大箱装得整整齐齐的、分门别类了的食品和饮料。每个纸箱上，用印刷体文字工工整整地标明里面的内容，有的还注上了食用方法。他让许书帮着，把纸箱一个个搬到苏珊的车上，同时告诉许书，经他与太太仔细商议，他们夫妇俩决定，留在悉尼过圣诞，不再参加苏珊主办的本次旅游了。

"许先生，"他说，"不进你的房间，就在这里，我们谈一谈，好吗？"

他俩坐上了苏珊家门前小花园的长凳。

诺姆很严肃。他平时一直很严肃，但自从由她夫人出面开设了那小木房里的"诺姆诊所"，同时雇请许书为主持医师后，他对许书态度倒也就很快从教师转为朋友，不再如以往谆谆教诲好为人师喋喋不休热衷于说教了。诺姆太太因为挂了个业主的空头牌头，每月从诊断得到的红利，已超过了诺姆先生的月收入，诺姆明白这完全源出于许书的剩余价值。

"我们很清楚苏珊对你的感情。"诺姆说，开门见山。"所以也明白苏珊发起本次野游的真正动机。你呢？"

许书闪开目光："苏珊小姐向来热爱运动……"

"请不要回避。"诺姆不客气地说，"你知道我对学生的要求素来严格。我对朋友也同样要求真诚、负责。请你回答我，你到底是不是知道，苏珊是爱上你了。"

许书挺直了背，直视诺姆："知道。可是我不能，我有妻子。而且我深爱着我的妻子。"

"你妻子爱你吗？"

"爱。很爱。"

"现在呢？"

"现在……呵，怎么会不呢……"许书不知怎么地口吃起来。他眼前闪过安琪一封比一封短、间隔时间一封比一封长的、电报似的来信。

"在德国，夫妻分居半年以上，就被认为是自动解除了婚约；在比利时……"

许书急忙打断了他："不，她是在中国！中国有中国的传统道德、文化意识、婚姻观……我相信她！"

"行呀行呀！"诺姆挥了一下手，显然不愿意继续这种在猜测估算基础上进行着辩论，"你们双方都深爱着，犹如我和我太太，可是，苏珊怎么办呢？"

苏珊有玛克。玛克也快回来了。

"那是几个月后的事。我只关心现在，关心你和她的本次旅游……"

"我跟苏珊说去，取消那计划吧。"

诺姆目光灼灼地盯住许书："你能这么干吗？你忍心这么干吗？男人能这么拒绝女人的爱吗？"

许书只好闭嘴。这里人的思维方式很特殊，特别是在男女情爱观上。

"关于此事，"诺姆说，"我跟我妻子讨论过了。我们提供给你一个建议：去吧，好好地陪她一个星期，给她一点真诚的、负责的爱，也就不辜负了这可爱姑娘的一片真情了……"

许书实在哭笑不得。这洋老夫子是来干什么的呀，有这样海淫海盗的吗？他和他的妻子，临到动身时突然决定退出，竟是要想给他许书和那苏珊，提供方便，排除干扰，促成他们去作一个星期的野鸳鸯哪！

冈德盖是第一站。冈德盖之夜是第一夜。许书早已决定在第一夜里就把一切都挑明说死，在取得苏珊的谅解后，把两人的关系定格了，然后共同遵守着，以便在后面的旅程中，愉快而和谐地不越雷池半步。

严密的理论化计划施行起来却实在艰难。

苏珊以电话预订的这套房间，除了两间卧室之外，还有一个小小的、但布置得极有情调的会客间。墙壁和窗帘的颜色都是橙色，地毯是大红的，而临窗的墙角，竟砌着一座十分地道的英国式壁炉。这壁炉是真的，不是假的，若在冬季，完全可以生火取暖，因为在炉门的一侧，还整整齐齐地叠着一小堆木柴。但有趣的是，自然是因为考虑到装饰性情趣性的需要，那铁制的炉门上，竟安上了一组非常特殊的霓虹灯：通红的、火焰状的、跳动着的霓虹灯，造就了极为逼真的炉火熊熊的效果。这样一来，这间安了空调的房间，即使是在骄阳似火的盛夏，也会使人于天花板上的彩灯，那安放于窗前的一棵小小的拴产生室外一片严寒而唯有这里温暖安宁的想象效果，加上那悬挂于天花板上的彩灯，那安放于窗前的一棵小小的挂了金银彩纸的圣诞树，这就完全造成了无异于欧洲大部分国家的过圣诞节时的那种特殊气氛！

最要命的是，就在这座假装燃着熊熊烈火的炉门前，安放了一架正好供两人就座的长沙发，而除此之外，没有别的可以安身的地方。

许书自然便只好与苏珊这么肩并肩地埋在沙发里叙谈，一个呷着咖啡，一个抿着浓茶。

幸而鬼使神差地，这率真的、毫无心计的苏珊，竟一句接一句地提到了玛克和安琪。

机不可失、时不我待，许书立即切入了预谋的主题："我和安琪，你和玛克，眼看马上都要团聚了……你准备怎样欢迎玛克的归来呀？"

苏珊发了呆。她显然根本就没往那方面想过。

许书瞥了一眼苏珊那皮肤虽然粗糙但显得滋润鲜艳健康非凡的面庞，实在有点过意不去，于是便循循善诱道：

"玛克很爱你，是吗？"

"呵，是的……"

"你当然也很爱他是吗？"

"是的，我们在一起时很愉快。"

话说到这个地步，按许书设想，应该是由他来很严肃很有条理地阐发一下关于一夫一妻制爱情必须忠贞分离只是一种考验相聚时更显甜蜜等等理论了。可是那个苏珊，却突然一下子把她那咖啡杯往那堆木柴上一扔，双臂紧紧绕住了许书的脖颈，整个身子投进了他的怀中。

"不，不，什么也别说了，"她在许书的胸口呜噜呜噜地哽咽着，"我爱你，我爱你，你别再折磨我了！"

这其实是苏珊第二次明明白白地向许书表示爱意。

半个多月前，夜半时分了，许书敲开了苏珊的房间。

这是从来也没有的事，苏珊穿着睡衣睡眼朦胧地愣在门口。

"请到我房里来一下，"许书的嗓音嘶哑着，"我需要你的帮助。"

就着月光，苏珊吃惊地发现，许书头发凌乱，嘴角沾着血迹，衣裤上浸着好几片泥水。

"出了什么事了？"苏珊张皇失措地跟在许书身后，进了地下室。她忘了应该换下那睡衣了。

许书的床上，躺着啤酒肚，那个雇了许书在沙滩淘金的汉子。

他烂醉如泥，跟许书一样满身污迹。

许书告诉苏珊，这家伙在"诺姆诊所"即将关门打烊时，闯了进来。

他满嘴酒气，但神志清楚，他说，他需要许书给他按摩。

许书不能拒绝顾客。

可是那家伙是个同性恋者，竟然以突如其来的动作，把许书按倒在那按摩床上。

于是便只好与他搏斗。

他力大如牛，许书于是只好按了足以制服他的穴位。

他像死狗一样瘫在地上，但竟然恶狠狠地说了一大篇逻辑性很强的话：

"猪仔！你这中国猪仔！你没有资格在这里开业，你是在非法就业！你想到这里来争夺我们的地方？抢我们的饭碗？滚出去！滚回去！猪仔，我会向移民局控告你的！滚！滚……"

他的酒性终于大发作，鼾声大响。

许书羞怒交加，但又一筹莫展。慌乱中他把他连背带拖地架回到自己的地下室里来了。

"你不该把他带回家来。"苏珊说，为许书的伤口擦着红汞。

"我明白。可是我是医生……不不，主要是因为我实在不知道该怎么办……"

"把他扔到大街上去。"

"这……这行吗？"

"本来就是垃圾。"苏珊冷冷地说着，回身向门外走，"我去拿汽车钥匙，我们把他扔得远一些。"

"等等！"许书喊，"不这么干不行吗？夜间很凉……"

苏珊在门口站住了。她用一种异样的眼光看着许书，说："你真是一个中国人！可是，我爱你，或许正因为这一点呢！"

说完她就走出门去。

没有肌肤之爱的爱情宣言固然震撼人心，但毕竟不具有难以抗拒的攻击性。可是当一个女人的充满弹性的躯体紧紧地偎了上来，两条柔软得如藤蔓似的手臂死死地箍了起来，那种只有年轻的女人才有的令人痴醉的气息弥漫了开来，许书在一时里也心荡神摇，感到难以把持了。他浑身起了一种难以抑制的颤抖，他把手中的茶杯搁到茶几上，长长的手指插进了苏珊那一头浓密的金色的鬈发。在一阵冲动的袭击下，他捧起了苏珊的脸。

苏珊闭着眼睛。长长的同样是金黄色的睫毛上挂着泪花，轻轻地颤动着。她的嘴唇肥厚而鲜润，花苞一样微微张开着。

刹那间，许书看到了安琪。

安琪的面庞瘦削，嘴唇苍白，黑黑的长长的睫毛上也挂着泪珠。

安琪穿着一件本白色的风衣，腰带收得紧紧地，小鸟依人般伏在他的胸前。

安琪疲惫地跌坐在椅子里，递过一沓钱来。

安琪向他挥着一方手绢，远去、远去……

"哦，安琪，别离开我！"许书在心里呼喊着。

他的双手一下子松弛了下来。苏珊的金发掠过他的脖子，头软软地倚上了他的肩膀。许书的心如同从一盆炭火里突然跌入了冰窟窿。冰冷的内疚与燃烧的情热来得一样快。他对两个女人都深怀内疚。他不能推开了面前这一个，就如同不能辜负了另一个一样。他咬紧了牙关，好像运气功般屏息静默了许久。这许久许久，其实不过是几十秒钟而已，在他，却犹如翻越高山峻岭横跨远洋大海一般艰难。他终于从迷茫的无边无际的情热之海中，从深不见底的冰冷彻骨的负疚之渊中挣扎了出来。他恢复了他赖以维持心理平衡的理智。理智使他很理智地保持了拥着苏珊的姿势，甚至还令他极冷静地用手指拭去了苏珊眼角的泪珠，并且很温柔地将她额头一绺乱发理顺，捋到她的耳后。紧接着，他用很温和的动作，好像只是为了去取那杯苏珊胡乱搁到柴堆上的咖啡杯，从苏珊的绕了他脖子的手臂中把自己解脱了出来。

他站起身，为苏珊换了一杯热的咖啡，为自己的茶续上热水，然后依然坐到苏珊身边。苏珊没有看他，也不接那咖啡，垂了头坐着，一副可怜巴巴的样子。许书的矜持深深地伤了她的心。

"请原谅我，"许书说着，主动地执住苏珊的手，好像在安抚一个妹妹，甚至一个女儿，"我也喜欢你，真的。但更多的是感激，感激你在我身处异域、举目无亲的困难日子里，对我的帮助和关怀。可是你明白，那不是爱。我不能骗你，所以只能告诉你实情。我深爱我的妻子。我是个中国男人，做不到在爱妻子的同时又去接受另一个姑娘的爱。我的理智告诉我，若是这样做了，我会时时感到同时对不起两个女人，我的心会始终处于被撕裂成两半的痛苦之中。我的理智还告诉我，如果我这样做了，还同时伤害了两个爱我的女人，这又是我所不愿意的……"

"我不在乎。"苏珊低声说着，"我不争夺丈夫，我只需要爱。"

　　"唉！"许书拍着苏珊的手，苦笑了，"瞧我们俩，毕竟是两种人种、两个民族、两大洲、两个国家的人，认的理总是不一样。退一步而言吧，无论你怎么爱我，我也是个决心回国而且马上就要回国的中国人，你总不能随了我去当一个中国人的妻子吧……"

　　"我能。"苏珊说，"我已经从你身上，愈来愈了解和习惯你们中国和中国人了……你看，"她指指许书手上的茶杯，"我不是不再在晚间泡咖啡给你了吗？"

　　许书哭笑不得地只好又把话题绕回来：

　　"可是，我有安琪呀！"

　　为期一周的旅游愉快而和谐。圣诞那天，许书和苏珊赶回了悉尼。听见他俩的汽车鸣笛声，正在二楼苏珊她妈房间里举行party的一大帮人，包括刚出院的布莱克太太，受邀请的诺姆夫妇，都拥到阳台上向他俩挥手以示迎接。许书和苏珊手挽手进入花园，走上楼梯。诺姆夫妇俩禁不住相视而笑了。他们并不知道，在返回寓所前，苏珊已经陪着许书，去买了半个月后返回中国的机票。

✛

　　在安琪看来，许书坚持要回国的所有理由，都不能成立。

　　入不敷出的经济困境早已摆脱，一天的收入甚于这里一个月，命运已经是够照应你的了！

　　更何况，干的还是你的本专业。

　　孤苦伶仃的日子不是也已结束吗？信中满目皆是洋人的姓名：诺姆，诺姆夫人，布莱克太太……特别是那位苏珊，哪封信上没有她的芳名？玛克说过，她是个非常出色的女孩子，美丽、活泼、善良而且富有！有这样一个密友——安琪明白许书只会走到这一步——日日夜夜关心庇护着，还何须总这么哀叹寂寞！

不就是缺了一个我安琪吗？

站住你的脚跟，然后调动你的财力和精力，包括你所有的朋友们的能力，把我安琪接过去，夫妻不就团圆了吗？

很简单的道理，并不十分艰难的问题，这许书怎么就不能明了呢？

安琪曾经以满满写了四页之多的一封长信，细细地阐述自己的想法，苦口婆心地劝导、哀求，或者可以说是不无威逼之意，让许书安下心来，断了那回国的念头。

没料到许书很快回信说，收到你这封信的当天，我正巧遇到一件事，更坚定了我回国的决心。若按我的心意，我一天也呆不下去！

什么事呢？屁大一件小事！

许书说他进邦达地区的超级市场去选购那种special的物品，因为那天是星期四。在推了运货车走往商店门口时，一名看门的警卫人员拦住了他，指着他肩上背着的一个书包，说是要检查。许书不得不忍气吞声地打开书包。商店门口站有警卫，警卫有权对他所怀疑的对象提出检查的要求，这本是这家超级市场的规定，可是那警卫凭什么要对许书发生怀疑？还不因为他是一个华人，一个黄皮肤的中国人！许书说，非但如此，那看门人一边看书包，一边竟噜哩噜苏地说，近来商场内常常有叉呀、勺呀、启罐刀呀之类的小型物品失窃，这类shop lifter愈来愈猖狂了，等等。许书忍无可忍，终于与那警卫吵了起来。而那警卫马上狠巴巴地威胁说要叫警察去。他的势利使他看准了：像许书这样的靠延长签证在澳洲赖一天是一天的中国人，最害怕的一招便是与警察打交道。许书说，当时他真是进退两难、骑虎难下呵。幸而布莱克太太正好也在那家商店购物，听见了争执声出门来看，并且挺身而出，作证说，这是一位令人尊敬的医生，他的推拿使我的腰疼腿疼好多了，他的品格我布莱克太太可以担保，那个警卫方才收敛了那气势，挥挥手让布莱克太太拉了许书离开了。天哪，许书说，在回塔默拉玛寓所的路上，布莱克太太叫许书帮她提上她那只沉甸甸的麻编背包，那里面尽是叉、勺、启罐刀之类的"小型物品"！

"在这里，我们永远是二等公民！仅仅只因为我们是黄皮肤的中国人！"许书如同写标语口号般在信上义愤填膺。

"回你的乔家栅去当一等公民吧！"安琪想着，把这封信一样揉成纸团。她对他已彻底绝望。

她使出浑身解数来增进玛克对自己的感情。

她已不再需要去兼课，去当家庭教师。上班还是要上的。凡事总要留条退路，谁知道下在玛克身上的赌注能赢不能赢呢？上班时她努力保持以往的安琪形象，安琪模式：衣着虽时新合体但决不超群，尤其是不西化洋化，以免那些嗅觉赛过猎犬的老娘们同事从她身上闻出玛克的气息来。她一如既往地软声软气说话，小心翼翼处事，把自己在单位里的影响以及引人注目的程度缩小降低到最低量。使自己成为身在其中的某一社会团体中最无足轻重的一分子，是一种最好的自我保护方法，她安琪深知这一点。

隐蔽好保护好自己的同时，安琪有足够的时间谋划和实施自己的计划。

她有时候独坐沉思时，自嘲自讽地称此为"生产自救"计划。

不是吗？倾家荡产绞尽脑汁送了出去的许书一转眼间就要回来了，好似玛克曾描绘过的那种澳洲土人的武器、名叫"婆曼朗"的飞镖，投掷得再远，也会自动飞回到掷镖者的手里。忙忙叨叨一场空，许书不但开了他自己一场玩笑，更开了她安琪一场玩笑。这玩笑把她从理想的峰巅结结实实地扔回到原本站着的泥地上来，使她彻底地冷了心。但安琪不是个一蹶就不振的人。只要有一线希望，她就会不顾一切地去奋力撬开那露出光亮的铁门。她相信人可以部分地改变自身的命运。相信自力更生，会丰衣足食。

玛克是个美食家。她去买了好几本烹饪书。她变着法儿做出各种流派的特色菜肴，广帮、京帮、苏锡帮，甚至还学会了调鸡尾酒、自制西式点心。玛克啤酒肚日渐见粗。

"你可以成为一个最出色的厨师。"玛克抹着嘴上的油，赞赏道。

"到悉尼去开一家餐馆，如何？"安琪笑盈盈地说。

"行啊，就开在那条中国餐馆最集中的德信街上！建一幢三层大楼，安上千个座位，楼下俱乐部，楼上餐厅，保证你顾客盈门，财源滚滚！"

安琪笑着，心里明白这完全是即兴式的想象型思维，说了等于放屁。

玛克是个喜欢交际的人。安琪虽不能听由他邀人到这处秘密营建的小窝来，但也不能让他一进了这套间就只能面对了她安琪一人，安琪知道西方人特别容易生成厌烦之心，特别是对女人。安琪经再三踌躇，决定有限度地拓宽交际圈——在安全系数之内拓宽。她择取了同一宾馆内的太太们。太太们都用代号，充其量有个姓，再深交一些也无非知道那供养着她的男人的名字。由于每人都有着一块绝密级的军事基地决不允许他人觊觎，因此几乎个个都具有良好的守密素质。没有或者强行抑制住了对别人的窥私欲。安琪认定，在这块土地上，能真正比较放松地交往的，恐怕也就是这几个姐妹们了。

于是她很主动地在"1616"举办了几次party，那"1704""1030""1515"们都积极地参加了。她们都很美貌，而且都比安琪年轻。但安琪往她们中间一站，那格外俊秀文雅的气质，依然使她鹤立鸡群。

玛克说："宝贝儿，中国女人真可爱，但你是最可爱的一个。"

安琪说："比起你的苏珊呢？"

玛克想了想："各有所长。东西方不同文化不同特质的体现……"

于是他又滔滔不绝地谈他的文化比较体会了，撇开了那个关于苏珊与安琪相比较的话题。安琪一直认为，悉尼的苏珊，或许正是玛克心目中的第一号种子妻子。安琪力图取而代之。

一个夜晚，朔风凛冽。玛克鼻子冻得通红地回来了。喝了安琪递上的香槟。跟安琪一起围着一只炭火熊熊特别有中国式情调的暖锅，大嚼了一通涮羊肉，又猛喝下几碗菠菜粉丝汤，最后尝了一块安琪自制的巧克力蛋糕。安琪端上热腾腾的咖啡杯时，他好像才缓过那口气来，感叹道："上海的冬天可真冷啊！我上午在学校上了三节课，下午参加了学校的一个讨论会，那教室里、礼堂里、包括供我们休息的办公室里，竟都没有暖气，真快把我冻僵了！"

安琪轻幽幽地说："我们不都是这么过来的吗？这不也属于你最感兴趣的中国文化景观之一吗？"

玛克一把搂过她，用双手握着她的一只小小的手掌："安琪，我理解你，理解你为什么要把许书送出去了。你真是一个典型的中国式的贤妻良母，把苦和累留给自己，而尽力地让自己所爱的人摆脱贫困和艰难……"

这个玛克，无论怎么引导，总也说不到位、想不到位！安琪心中暗暗叫苦，只好耐心地等候着火候的到来。

圣诞节快到了。

不过几年工夫里，上海就沦陷于圣诞老人的长袍之下：上海人、特别是在年轻一代和高资高智高层次的群体中，兴起了、弥开了、愈演愈烈地燃起了一股圣诞热。自命为洋派海派新潮派前卫派的人无不以隆重地度过这一西方宗教假日为荣、为己任。投寄出去的圣诞卡把大街上一只只邮筒塞得溢出来。数以万千计的、上面中英文都狗屁不通的劣质贺卡在商店的橱窗里、街头地摊上花花绿绿地挂着铺着，显得热闹而俗气。所有的娱乐场所都不肯放过这一大好的创利创汇时机。报上半张之广的篇幅或者以指甲盖大小的中缝部位，登载了举办大型的集美食跳舞摸奖卡拉OK明星献艺时装表演于一夜的圣诞欢乐舞会，以及借工人俱乐部之茶室供应一个"迷你型"烛光圣诞大菜的消息。不管你愿意不愿意，金发高鼻红袍白靴的圣诞老人的鼻息喷到了每一个上海人的脸上。

安琪所在的宾馆也在紧锣密鼓地作准备。门口拉起了彩灯组成的光帘。花园里大大小小的树上都缀上了小小的黄白相间的灯泡，弄得它们如同戴上了专供新娘使用的镶有金片银片的发套。有大幅彩色布告贴出，说是圣诞之夜，大厅里将举办由本市一流管弦乐队伴奏、由专业歌舞演员表演正宗欧式宫廷舞、因而能典范地显示中世纪皇家气派的晚会。门票价格，相当于一个普通工人三个月的工资。

"简直感觉不到是在中国！"玛克评价道。

"呵，这毕竟只是表面现象，"安琪回答，"不是深层的。中国的深层的文化，是不会被圣诞老人的口袋装走了的。"

安琪如此精辟睿智的话，令玛克吃惊和敬佩。如同以前几次一样，他并不明了安琪突然冒出的某些出人意料的想法，其实总是有来由的。他只能以为，他很幸运地遇到了一个具有典型的东方式思维的漂亮女子，他玛克的选择，还是很有眼光的。

他不知道安琪陷入了前所未有的困境。

安琪正在精心编织着一件粗绒线的毛衣。她是专为玛克编织的。过去曾为许书织过几件，但从来也没有这次这么用心过。用心不一定出于什么爱啦，感情啦，像那种言情小说所描绘的那样。用心可以源出于某一种目的。为许书于任何事，都不必这么费劲，因为不存在明确的讨好的欲望。为玛克就不一样。好像要去参加什么比赛一样，不下点功夫不行。

这时候电话铃响了。

安琪有点烦。想必又是"1704"，有事没事总以打电话解闷。她不想理她。君子之交淡如水。况且这小姑娘痴头怪脑不稳当，会惹是生非。

电话不屈不挠地响着，显然是吃准了她在房内。

安琪不得不捏起了话筒。

"是1616号房间吗？"一个男人的声音。

"是的，找谁？"

"您是安琪同志吗？"

安琪呆了一呆。不妙，她想。

并不等她回答，电话那头接着往下说了，很客气：

"安老师您好。我是宾馆治安保卫科。我们想找你谈一谈。您来也行，治保科在一楼大厅东侧；我们派个同志来也行，女同志，到您的1616来。"

安琪开了口："我来。什么时候？"

"随您。我们一天二十四小时都有人值班。"

安琪没有去那间隐埋在布置出一片圣诞气氛的大厅之东侧的办公室。她完全能想象得出那里面的人会向她说些什么。投胎于这块土地，在这块土地生活了三十多年，还能没有这想象力？她又不是那生活道路过于平坦的因而不明事理的许书。她插队修过地球，回城后在里弄生产组修过破伞烂鞋，拼死命考上大学时已经是全班年纪最大的老大姐了。她知道那办公室的门只要一跨进去，她就成了审判对象。她何必把脖子伸进那挂好了的绳套？

她只是不太明白他们从哪条途径了解了她的真名，而且还称呼她"安老师"。她的眼前闪过阿鼎的胖脸。但阿鼎不是那种热衷于检举揭发的人。上个星期回乔家栅时，安琪曾找到他的摊位上，把欠他的款子尽数还清了。他很诚心诚意地推阻了一番，说是自己并不缺这笔小钱，弟妹可不能为了还债而"铤而走险"——他用了这么个文绉绉的专用于他这类人的语词。他还说许阿哥快回来了，弟妹快搬回来算了，何必再在同事家里挤着呢！说"同事"两字时，他加倍用力，闪烁的眼神里含了一种很侠义很大度很哥儿们的谅解，似乎是在向安琪作某种允诺和保证，独差说出几句"迷途知返，既往不咎"之类的话来了。他不会，也没这个能力，把他的触角伸到这个四星级宾馆来。

安琪坐在房间里整整一天，将那件为玛克编织的毛衣匆匆收了口。两个袖子，长短相差近一寸，安琪将那只短一截的用力伸了伸长，还用熨斗压了压，然后很规范地叠将来。玛克快回来了。

她决定摊牌，尽管明知火候还差那么一把。

玛克关于上海掀起圣诞热、进了这宾馆竟至于使他感到不像在中国的理论，令安琪心中直泛苦水。她说了几句反驳的话，其实只是道出了自己苦思一日的某种感觉，岂料又博得玛克一番赞赏，这也使她有苦难言。她尽量调节自己的心态，免得露出反感和焦躁来。她得以全部力量对付最后的冲刺。

晚饭后，总是两人相对最温馨的时候。她把那件袖子不一般长的毛衣抖了开来。

"为你织的，"她说，温柔的笑弥漫在刚上了点淡淡晚妆的脸上，"试试看，合身不。"

玛克发出惊羡的叹息："多漂亮的图案！天哪，是你手工编织的？"

安琪将毛衣的背面翻给玛克看："瞧瞧这是什么？"

玛克大笑了："一个熊猫，一个袋鼠，太妙了！聪明的安琪，这简直是中澳友谊的象征了！"

安琪却嗔怪地拨开他伸向毛衣的手："怎么你也像我，们中国人一样了，专会上纲上线！这是一个你，一个我！"

玛克一把抓住安琪，吻住她："宝贝，我的小熊猫！"

这是第一个小高潮，安琪想，完成了预定的第一步程序，这毛衣没白织。她温情回吻着玛克，慢慢地从他怀抱中滑脱出来。

她帮着玛克穿上毛衣。那短一截的袖子毕竟用熨斗熨过，暂时还不会露出马脚。

她开启了音响，里面播出了带有微微忧伤情调的抒情小夜曲。这盘磁带是她下午挑选了并预先送入音响的。

她端给玛克咖啡，然后紧偎着他坐在沙发里。

开始第二步，她想着，叹了一口气：

"玛克，"用一种幽幽的与那音乐很一致的调子，"知道我很爱你吗？"

"知道，我也爱你，安琪。"玛克一条臂膀紧搂住了她。

"可是，"安琪把头靠在玛克肩膀上，让他近距离地看见她黑黑长长睫毛上闪着的晶莹的泪珠，"今天或许是最后一夜，我明天，就要离开这里，离开你的身边了。"

玛克大吃一惊，咖啡洒到了身上。他手忙脚乱地把咖啡杯放上茶几，顾不上擦那咖啡污迹，双手抓住了安琪的肩膀，问：

"怎么了？出什么事了？我们不是处得好好的吗？"

"许书马上就要回来了，我是他的合法妻子。"

玛克的手指关节一下子就松弛了，手臂软软地耷落下来。

"哦是的是的，"他喃喃地说着，"你是他合法的妻子，合法的妻子……"

安琪没料到他这么快就懈了劲，赶忙一把抓住他的手，带了哭音补一句："可是玛克，我爱你！"

玛克竟从她的把握中抽出了自己的大手，重新去端起了那杯咖啡："我也爱你，安琪……"

简直就像是在镜头面前念台词！安琪忘了自己的功利主义目的支配下的做假，心中升腾起了真实的愤怒。多么空洞的、无力的、虚伪的"爱你爱你"！就这么爱法？当人家丈夫不在时，偷养着人家的老婆，当那丈夫要归来了，马上就乖乖儿地拱手相让，物归原主。这就是爱吗？这就是你玛克对我安琪的爱吗？

安琪几乎咬碎了自己的嘴唇。

短暂的沉默。只有那小夜曲在如泣如诉地呜咽着。

"不能让这学者型的老外有过于充足的考虑时间！"安琪竭力从自己

那种被欺骗被玩弄的自艾自怜中挣扎出来。生死攸关时刻，多情善感会使再聪明能干的人也一样失去思考能力。安琪一把捂住脸，失声嚎啕了：

"玛克，我不能再离开你了！"

"别哭别哭，宝贝！"玛克连忙再次扔掉咖啡杯，扶住她，"我也一样……我心里也舍不得……"

"你知道吗，玛克，我已经有身孕了……"

"天哪！我的？"

安琪恨不能往他的阔脸掴一巴掌。幸喜不是真的。若真有了，还需要作亲子鉴定？

"我们的孩子，玛克……"戏却还要继续演下去，安琪的泪水从指缝里淌了出来。

"你……你一直就没采取措施？"

王八蛋，你就这么放心大胆吗？这难道是我一个人的事？万幸啊万幸，是谎言！

"我要这孩子，玛克，我要你的孩子……"

玛克从沙发上站起身，在客厅里兜起了圈子。他搓着手，皱着眉头。他明白自己肩上负起了意想不到的责任，而把责任加到他身上的，或者说要与他共同承担这一责任的，或者说连带着也一样要成为他肩上重压的女人，却不是他的妻子，是人家的妻子。他心中陡然升起烦躁，甚至有一种被强奸了意志的耻辱。他的恼怒的目光在掠过那架沙发时，忽然第一次发现，那蜷缩在上面的安琪，显得又丑、又老！

尾　声

站在悉尼机场候机厅里的许书和苏珊，吸引了许多过往旅客的注意。

显然是两种人种，站立在一起却显得十分般配。许书身穿一件带隐条的白衬衣，紫绛色的领带严正地系在领扣上，下面配了深咖啡色的西裤和黑色的皮鞋，显得很有教养但又风度翩翩，大有雅皮士的派头。他身旁那脉脉含情地注视着他的苏珊，特意着上了一身在德信街华人商店定做的中式旗袍，用的是著名的来自中国杭州的丝绸，显得格外地窈窕和饱满了。这有趣的苏珊，自然是为了让许书高兴，把那满头披着的长发，绾成了一个中国式的髻，挂在脑后，为梳理这么个发式，她付给一名华人理发师足足一百澳元。许书理解她的一片苦心真情，很违心地赞赏了她的旗袍和发髻，但免不了还是告诉她，这一整套服饰打扮，是半个多世纪前盛行过的，如今的中国，除非在那些怀古的历史剧里，一般是见不大到的了。岂料苏珊听了更高兴，饶有兴趣地问：

"这么说，这是最能体现中国传统文化和民族特色的打扮了？"

扩音机响了："女士们，先生们，飞往中国上海去的康泰斯112班机，再过半小时就要起飞了……"

"我必须走了。"许书说，提起了皮箱。

苏珊一下子把两条长长的手臂伸过来绕住了许书的颈脖。"吻我。"她说。

许书懂得西方的礼节。他用空着的手轻轻搂住苏珊的腰，把嘴唇凑向她那光洁的额头。

苏珊毫不犹豫地把她那鲜润的嘴唇递了上去。

"我很快就到中国来！"她竟能在吻住了许书时还这么清晰地说。

上海虹桥机场的入口处因为在扩建，显得凌乱不堪。过往旅客因为这满地的水泥原木和石料而磕磕绊绊翻山越岭似的，也便失却了不少生离死别依依不舍的缠绵缱绻之情。上路的和送客的大多匆匆告别，连那安琪和玛克也不得不一抵达入口处就忙着说"Bye Bye"了。扩音器已一遍又一遍地播放那催客上机的通知了，飞往悉尼的康泰斯111班机半小时后就要起飞，玛克和安琪都明白不能再在门口多作逗留了。

非但是时间紧迫，而且还因为按两人商定的计划，玛克此去只不过是小别，办完了事马上还要返回中国来的。玛克在中国的任职期按合约还有半年。他好似去悉尼出差。出差的任务是安琪委派的。安琪要他作两手准备：其一、争取办个旅游签证，让安琪尽快到澳洲，往后的路怎么走，视到了澳洲之后的情况再定；其二、从悉尼一方办理好有关公证，如玛克的未婚证明、无艾滋病的健康证明、澳大利亚公民的身份证明等，以备在安琪办好了与许书的离婚手续后，马上可向中国政府提出与玛克结婚的申请。安琪已打听到了申办涉外婚姻的全过程。

玛克不得不出这个差了。"至少要让我把孩子生到澳大利亚去，"安琪如同市场上的商贩一样，提出一个最低售价来，"我总不见得在乔家栅生下一个混血儿来吧！"

他俩在机场入口处握手言别，好像一对再普通不过的朋友一样。双方都感到对方的手掌冰冷冰冷。一月份的上海，正值严寒哪！